Reinhard Junge / Leo P. Ard

Das Ekel von Datteln

Kriminalroman

grafit

Die Autoren:

Leo P. Ard und **Reinhard Junge** halten sich in aller Bescheidenheit für das frechste deutsche Krimiteam. Das Markenzeichen ihrer Romane *»Bonner Roulette«* (1986), *»Das Ekel von Datteln«* (1988) und *»Das Ekel schlägt zurück«* (1990) ist die »Unverschämtheit der Anspielungen« (Egon Bahr) auf die Realität.

Leo P. Ard (= **Jürgen Pomorin**) wurde 1953 in Bochum geboren. Er arbeitet als freier Autor für Presse, Rundfunk und Fernsehen. Im Alleingang schrieb er u.a. die Kriminalromane *»Roter Libanese«* (1984) und *»Fotofalle«* (1985). Außerdem gab er den Reiseführer *»Westwärts«* (1990) heraus und schrieb den Satireband *»Die Miteß-Zentrale«* (1991).

Reinhard Junge wurde 1946 in Dortmund geboren und arbeitet als Lehrer in Wattenscheid. Sein Erstlingskrimi *»Klassenfahrt«* (1985) wurde ins Russische und Ukrainische übersetzt und in einer Bühnenfassung 1991 als Rock-Krimi uraufgeführt (Musik: »Synchron«, Hagen).

Kriminalerzählungen von Leo P. Ard und Reinhard Junge sind u.a. in folgenden Sammelbänden zu finden: *»Die Meute von Hörde«* (1989) und *»Good bye, Brunhilde«* (1992).

Alle hier genannten Titel erschienen im GRAFIT-Verlag, Dortmund.

GrafiTäter und GrafiTote

7. 8. 93 92

Wellinghofer Str. 205, D-4600 Dortmund 30

Umschlaggestaltung: Beate Oberscheidt
Druck und Bindearbeiten: Fuldaer Verlagsanstalt GmbH, Fulda
ISBN 3-89425-426-2

Die Hauptpersonen:

Ruth Michalski (29), Sekretärin, hat zu hoch gepokert

Uwe Gellermann (39), Prokurist, hat falsch kalkuliert

Helmut Michalski (32), Polizist, hat das beste Motiv

Gustav Puth (62), Unternehmer, hat das beste Alibi

Gerhard Roggenkemper (62), Bürgermeister, hat den besten Ruf

Gerrit Bakker (22), Student, hat etwas erlebt

Henk Hoekstra (40), Opperwachtmeester, hat etwas bemerkt

Helga Kronenberger (24), Sekretärin, hat etwas entdeckt

Horst Lohkamp (43), Kriminalhauptkommissar, sieht ganz schön alt aus

Lusebrink & Haggeney, Polizisten, sind noch ganz die alten

PEGASUS Film & Video GmbH:

<table><tr><td>Susanne Ledig (31), Chefin,
Klaus-Ulrich Mager (35), Teilhaber,
Holger Saale (25), Angestellter,</td><td>drehen einen Film und blicken oft nicht durch</td></tr></table>

Handlung und Personen des Romans sind frei erfunden, die Schauplätze willkürlich gewählt. Leser, die anderes vermuten, täuschen sich. Datteln ist überall.

1

Die Frau auf dem Barhocker war Ende zwanzig und hatte sich allem Anschein nach in der Tür geirrt.

Sie trug ein hellgraues Baumwollkostüm, eine zartrosa Seidenbluse und dazu passende Pumps. Ihre dunklen, leicht gekräuselten Haare wippten vom Mittelscheitel aus gleichmäßig nach beiden Seiten weg und legten ein Paar goldener Ohrclips frei. Von der Wimperntusche bis zum Nagellack war ihr Make-up perfekt auf die lässig- elegante Kleidung abgestimmt.

Der Schuppen hieß *De Stoep* und war seit seiner Renovierung gemütlich wie ein Fußgängertunnel. Ein halbes Dutzend Kids hing auf der Tanzfläche herum, sechs, acht weitere dösten am Tresen vor sich hin. Die meisten steckten in Turnschuhen, Jeans und bunten Sweatshirts, kaum einer war älter als achtzehn. Falls es auf der Welt etwas gab, das ihnen wieder Leben einhauchen konnte — *Popcorn*, der Plattenhit aus ihrem ersten Kindergartenjahr, war sicherlich die falsche Medizin.

Die Crew der Keller-Disco ertrug die Pleite mit Kaugummi und Arroganz. Die Saison war abgehakt, seit der Juli-Regen den Zeltplatz, von dem der Laden lebte, in ein Binnenmeer verwandelt hatte. Selbst echte Nordsee-Freaks hatten *last minute* Costa Brava gebucht. Die paar Schaufeln Kohle, die Petrus im August nachgelegt hatte, holten keinen mehr von da unten zurück.

Schräg gegenüber der Lady parkte ein deutlich jüngerer, hochgewachsener Jeans-Typ hinter einem Glas *Heineken*. Seine blauen Augen schauten aufmerksam hinüber. Noch war ihm unklar, ob sie jemanden erwartete oder Anschluß suchte. Der Diskjockey hatte keinen Zweifel, welche Variante dem Gelockten lieber war.

Eine Madonna- und zwei Prince-Songs fegten durch die Boxen, ohne daß der Blonde seinem Ziel näher kam. Die Lady saß nur da und zählte die Tropfen ihrer *Bloody Mary* .

Schließlich hatte der Mann am Mischpult ein Einsehen. Von ganz unten zog er ein abgegriffenes Cover hervor, entstaubte die Scheibe und ließ sie kreisen. Cohens Song von der verhurten *Nancy* wehte durch das Gewölbe.

Die Frau sah auf. Ihr Blick flog erst zum Cockpit des Plattenpiloten, dann zu ihrem Anbeter hinüber. Die braunen Augen blieben unverändert ausdruckslos, wichen aber nicht mehr aus. Als der Refrain begann, hoben sich kaum merklich ihre Brauen.

Eine halbe Stunde später verließ das Paar die *Stoep* und verschwand in der Gasse gegenüber. Zwischen hohen Gartenhekken zog Locke die Lady zu sich heran und starrte ihr ins Gesicht. Zwei-, dreimal wischte der Lichtarm des Leuchtturms über Dächer und Baumwipfel hinweg, dann küßte er sie. Ihr Mund war weich, und sie war so klein, daß sie in seiner Umarmung fast verschwand.

Als seine Hand unter ihren Rock kroch, drückte sie ihn von sich weg: »Nicht hier . . . «

Sie sah seine Enttäuschung und lächelte. Wortlos zog sie ihn auf die leere Dorpsstraat zurück zum *Hotel Albatros*, das keine hundert Schritte entfernt lag. Der Lange zögerte: Das gesamte Erdgeschoß mit Glasveranda, Foyer und Gaststube war hell erleuchtet.

»Komm!« sagte sie und stieß die Tür auf. Ohne sich noch einmal nach ihm umzusehen, eilte sie auf den engen Durchgang zum Treppenhaus zu. Bevor sie hinter der nächsten Biegung verschwand, setzte er sich in Bewegung. Irgendwo ging eine Tür, doch da waren sie schon auf dem Weg nach oben.

Ihr Zimmer lag in einem Anbau auf der Hofseite. Sie öffnete, ließ den Schlüssel auf einen Sessel fallen, der zwischen den Fenstern stand, und zog die Vorhänge vor. Im Halbdunkel fegte sie fast einen Stapel Prospekte von der Schreibplatte, dann schaltete sie die Leselampe über dem hinteren Teil des Doppelbetts an und wandte sich um.

Er folgte ihr. Mit der Schulter drückte er die Tür ins Schloß und lehnte sich an das Holz.

»Einen Drink?«

Er nickte.

Sie holte ein Wasserglas aus dem Bad, griff zu der Flasche *Dimple* auf der Ablage hinter dem Bett und goß ein. Er kam näher, trank, gab ihr das Gefäß zurück. Noch während sie es leerte, fing er an, sie auszuziehen.

Sie hatte schmale Schultern, kleine, kegelförmige Brüste mit festen Warzen und eine sehr zerbrechlich wirkende Taille. Ihre straffe Haut war leicht, aber gleichmäßig gebräunt.

»Na, komm schon!« sagte sie leise und legte ihre Arme um seinen Hals.

Er küßte sie: Stirn und Nase, die Lippen. Die Halsbeuge. Ihre Brüste. Als er noch tiefer hinab wollte, hielt sie seinen Kopf fest und zog ihn wieder hoch.

Sie sahen sich an. Ihre Augen kamen ihm jetzt viel tiefer und viel weicher vor. Er drückte sie an sich, suchte ihren Mund. Spürte ihre Hände da, wo er es mochte. Ließ sich fallen wie sie.

Fast zwölf Stunden später, gegen halb elf am folgenden Morgen, beschwerte sich das Zimmermädchen des *Albatros*, daß sie noch immer nicht auf 235 aufräumen konnte. Sie habe laut geklopft, aber die Deutsche hätte einfach nicht reagiert.

Nach kurzem Nachdenken rief Cornelius Dijkstra, der Besitzer des Hauses, seinen Sohn, der im Schankraum Gläser polierte. Er stieg mit ihm in den zweiten Stock hinauf und eilte den langen Flur hinab, an dessen Ende die Frau wohnte.

Als Dijkstra mehrere Male geklopft und schließlich gerufen hatte, stieß ihn der Sohn an. Er deutete auf einen roten Blechkasten, der in Kopfhöhe zwischen Zimmertür und Notausgang hing. Gewöhnlich wurde hier der Schlüssel zur Feuertreppe aufbewahrt. Doch der Haken hinter der dünnen Glasscheibe war leer. Dijkstra atmete tief durch und öffnete.

Die Frau war da.

Sie lag, die Füße zur Tür ausgestreckt, quer über dem unteren Ende des Betts. Sie trug einen himmelblauen Morgenmantel, dessen Gürtelenden nicht zugebunden waren. Ihr rechter Arm hing zum Boden hinab, die unnatürlich geröteten Augen blickten starr zur Decke. Im Bereich des Kehlkopfes befanden sich zwei breite, unschöne Flecken.

Die Sonntagszeitungen feierten den ersten Mord auf der Insel seit 180 Jahren.

2

Stirn und Schultern des Mannes waren schweißüberströmt. Er ballte die Fäuste, und seine Oberarme schwollen zu kiloschweren Paketen. Die grauen Augen funkelten, als müsse er mit bloßen Händen gegen einen Leoparden kämpfen.

Dann packte er zu. Aber statt einer Raubkatze erwischte er nur den Stiel einer alten Schaufel. Zornig stieß er sie in den Rachen eines Eisenbottichs, der mit grauem Kleister gefüllt war . . .

Erbarmungslos wie Holger Saales Drehbuch war auch die Stimme, die das Drama kommentierte: »Maloche. Methode Mittelalter. Zeitraubend, schmutzig, schwer. Ihre Arbeitskraft ist dafür viel zu wertvoll. Bauen Sie Ihr Heim, ohne sich zu verschleißen!«

Bildwechsel.

Bunte Blumen überwucherten den Schuttplatz in der Wüste. Eine Fata Morgana in Blond schwebte heran. Prallgefülltes T-Shirt, kurzer Jeansrock, knackige Waden. Scheinbar mühelos schob sie eine Mörtelmischmaschine ins Bild. Ihre roten Krallen touchierten einen Hebel, die Trommel begann zu rotieren.

Nahaufnahme.

Lange, schwarze Wimpern, strahlende wasserblaue Augen, Lippen aus dem Kosmetik-Lehrbuch. Schneeweiße Zähnchen blitzten auf.

»Müllers Mischmaschinen – ja, die mach ich an!« hätte Karin Jacobmayer nun hauchen sollen. Doch ihr Mund blieb stumm.

»Verdammt und zugenäht!«

Magers Pranken prügelten das Mischpult. Das Bild auf dem Monitor versackte, das Videoband spulte zurück.

»Kannst du mir verraten, wieviele Anläufe du noch brauchst?« fauchte er. »Ein Dutzend? Zwei?«

Der Filmstar rieb sich die Augen und grübelte. Statt der gelben Perücke trug sie wieder ihre rostroten Naturlocken, aber das machte es auch nicht besser. Schließlich gähnte sie, hob die Schultern und verkündete: »Für neun Uhr morgens kommt der Schnitt einfach zu schnell!«

»Tinneff!« grunzte Mager. »Hier kommt gar nichts zu schnell. Wir machen Werbung, Mäuschen! Das ist was anderes als *Vom Winde verweht* ! Das geht zack-zack oder gar nicht!«

Er langte nach der Kiste mit den Selbstgedrehten, fischte ein besonders schönes Exemplar heraus und schob es sich zwischen die Lippen. Als die Zigarette qualmte, versuchte er es auf die sanfte Tour.

»Komm schon! In fünf Minuten haben wir das Ding im Kasten. Wenn die Trommel startet, holst du Luft, und dann klappt es. Okay?«

»Nein!« bockte die Rote.

»Wie bitte?«

»Nein!«

»Und warum nicht?«

»Weil der Text ganz einfach beknackt ist . . . «

Mager stöhnte. In Gedanken zählte er bis zehn. Dann schwenkte er seinen Sessel herum und beugte sich so weit vor, daß seine lange, bebrillte Nase fast ein Loch in ihre linke Backe bohrte.

»Jetzt hör mir mal gut zu! Ob der Text beknackt ist oder nicht, steht nicht mehr zur Debatte. Der ist mit diesem Baumarkttheini so abgekaspert, und so bleibt er auch! Zur Debatte steht aber, daß wir von diesem Kunstwerk bis Montag fünf Kopien ziehen und abliefern müssen. Dafür fahren wir dann echte Kohle ein. Und von dieser Kohle muß ein halbes Dutzend Leute leben: Saale, Susanne, ich, meine Familie, die Stadtsparkasse und neuerdings auch du. Noch Fragen?«

Mit mahlenden Backenzähnen starrte die Rote auf das Mischpult. Offenbar fand sie den Plan, ihr Germanistik-Studium mit einem Halbtags-Job bei PEGASUS zu finanzieren, plötzlich gar nicht mehr so berauschend.

Dann nickte sie. Und sagte, ohne Mager anzusehen: »Also gut. Aber eins schwöre ich dir: Das war mein erster und mein letzter Auftritt in einem von euren Horror-Videos. Das gehört nämlich nicht zu meinem Job!«

Du wirst dich noch wundern, dachte Mager. Er kannte den Laden besser. Dreißig Prozent der roten Zahlen auf den Firmenkonten gehörten ihm.

Die »PEGASUS FILM & VIDEO GmbH« war laut Briefkopf spezialisiert auf Dokumentation und Werbung. Mager hatte den Laden zwei Jahre zuvor zusammen mit Susanne Ledig, Ex-Lokalreporterin der WAZ und Freie Mitarbeiterin beim WDR, aus der Taufe gehoben. Das Ziel war klar: Eines Tages sollte ihr Firmenarchiv die Chefetagen von Bertelsmann überragen.

Vorläufig versteckte sich der künftige Medienriese noch in einem 83 Jahre alten Zechenhaus dicht am Niemandsland zwischen den Ruhrgebietsmetropolen Marten, Oespel und Lütgendortmund. Der Geldadel der Bierstadt vermutete hier bestenfalls Müllhalden und Asylantendeponien. Nur deshalb hatten, wie Mager behauptete, Ärzte, Anwälte und andere Abschreibungsartisten dieses Fleckchen Erde noch halbwegs verschont . . .

»Also los!« kommandierte er und startete das Band.

Dieselbe Szene von vorn. Wieder schwitzte sich der Muskelmann die Schminke vom Leib, wieder wehte die Fata Morgana heran, wieder rollte die Mischmaschine los. Und diesmal holte die Rote auch gleichzeitig mit ihrer blonden Schwester auf dem Monitor Luft: »Müllers Melkmaschinen — ja, die . . . «

Mager stoppte die Anlage, stemmte sich hoch und stampfte zur Tür. Als er schon in der engen Diele steckte, die das Studio von den beiden Büroräumen trennte, hielt er es nicht mehr aus.

»Das hat überhaupt nichts mit der Uhrzeit zu tun, Mäuschen. Du bist ganz einfach zu dämlich für diesen Job. Wenn du nur halb soviel im Kopf hättest wie in der Bluse, dann . . . «

Die Rote schrie auf. Sie krallte sich den ersten Gegenstand, der ihr unter die Greifer geriet, und holte aus. Mager konnte gerade noch den Kopf einziehen, da zerbarst am Türrahmen etwas sehr Gläsernes. Sein ehemaliger Lieblingsaschenbecher regnete auf den PVC-Boden herab, dann hörte er nur noch ein Schluchzen.

Er setzte sich an den Schreibtisch und löste die Sperre der Rolltür. Die Lamellen schossen nach unten. Eine Flasche *La Ribaude* tauchte auf, daneben ein beinahe sauberes Wasserglas.

Fast im selben Augenblick öffnete sich die Tür zum Hausflur. Eine echte Blondine betrat den Kampfplatz, kurze Haare, dünn und schmal, Rock und Bluse. Sie warf eine Schultertasche aus echtem Rindsleder auf den Besucherstuhl und bettete ihr Popelinejäckchen daneben — eine Symphonie in Beige und hellem Braun.

»Vor zwölf säuft nur der Chef!« sagte sie, pflückte Mager das Glas aus den Händen und leerte es mit einem Zug.

»Igitt! Asbach!«

»Asbach?«Der Dicke fuhr hoch. Er goß nach und rammte seine Nase in das Gefäß.

Calvados roch anders.

»Saale, die alte Filzlaus! Dafür muß er büßen! Ich möchte nur wissen, wann . . . «

Susanne feixte.

»Ach so!« meinte Mager. »Verstehe. Stand der Kerl gestern abend wieder vor deiner Tür? Den *Ich-bin-ja-so-einsam-Blick* im Gesicht? Ein Fläschchen wie dies hier im Gepäck?«

Die Augen der Blonden wurden schmal: »Es gibt Dinge, Klaus-Ulrich, die gehen dich nichts mehr an. Aber mich geht etwas an: Seid ihr fertig?«

»Ja«, stöhnte er und trank jetzt doch. »Mit den Nerven. Die Tussi aus Bochum ist einfach bescheuert. Wir sollten sie wieder feuern . . . «

»Wir? Seit wann dürfen Teilhaber Leute feuern?«

»Mensch, die Rote ruiniert uns . . . «

»Schluß! Sie bleibt. Den Bürokram macht sie doch schon ganz

ordentlich. Und den Rest lernt sie. Auch bei dir . . . «

Auf dem Flur knirschte Glas. Karin kehrte ins Leben zurück. Die Wimpern renoviert, Wüstenstaub auf den Wangen, Augen wie Dolche.

»Lernen? Bei dem? Da springe ich lieber vom Fernsehturm!«

»Prima Idee«, nickte Mager. »Komm schon, ich fahr dich eben hin!«

Die Chefin nahm die Rote in den Arm.

»Du darfst diese Anfälle nicht persönlich nehmen. Kläuschen braucht das ab und zu. Bei Männern in seinem Alter kommt eben alles auf einmal: Ehekrise, Orgasmusprobleme, Prostata . . . «

Wie immer bei solchen Anlässen stellte sich Mager stocktaub. Gegen Susanne war bislang kein Kraut gewachsen. Und »Ehekrise« war noch eine äußerst milde Umschreibung für den Terror, der sein Privatleben fast täglich erschütterte.

»Wir haben um elf 'nen Termin«, sagte er beiläufig. »Und die Mischmaschine wartet noch immer . . . «

»Schon gut«, meinte Susanne. »Ich mach das mit Karin allein. Pack du schon mal die Ausrüstung in den Wagen . . . «

»Wo müßt ihr denn hin?« wollte Karin wissen.

Mager stöhnte. Er hatte es ihr an diesem Morgen mindestens dreimal erzählt.

»Kanalfest in Datteln«, erklärte Susanne. »Rat und Stadt wollen werben – mit einer Mischung aus Heimatfilm und Promotion. Motto des Films: Investieren Sie bei uns, da ist die Welt noch in Ordnung. Herzlichst – der Bürgermeister.«

»Aha. Und was hat das mit dem kritischen Journalismus zu tun, der PEGASUS berühmt machen soll?«

Gute Frage, dachte Mager überrascht.

»Nichts«, grinste Susanne. »Aber es bringt Geld.«

3

»Mord?« schrie Hoekstra. »Hier auf Vlieland? – Der Kerl muß behämmert sein!«

Sein schnelles Urteil war nicht aus der Luft gegriffen. Seit er auf der Insel Dienst schob, hatte er diese Situation etliche Male durchgespielt. Doch das war hypothetisch, für alle Fälle gewesen. Daß es jemand wirklich riskierte, hätte er nicht gedacht: Es gab keinen Flugplatz, die Fähre ging nur dreimal am Tag, und wer mit einer Yacht verschwand, den konnte man noch Stunden später im Wattenmeer abfangen.

»Ich komme!«

Er warf den Hörer hin, scheuchte Alkema hoch und stürmte, ohne aus seinem Räuberzivil in die Uniform umzusteigen, zum Parkplatz. Als der Landrover startete, hoffte er noch immer, Dijkstra wolle ihn nur auf die Schüppe nehmen.

Fünf Minuten später konnte sich der Oberwachtmeister der *Rijkspolitie* vom Gegenteil überzeugen. Von der Schwelle des Sterbezimmers starrte er kopfschüttelnd auf die Tote. Noch jetzt, in diesem Zustand, war zu erkennen, daß die Frau auf viele Männer sehr attraktiv gewirkt haben mußte.

»Böse Geschichte, Cornelius«, sagte er schließlich zu dem älteren der beiden Dijkstras, die schweigend hinter ihm standen. »Für die Insel — und für euch.«

Der Hotelier, Bauchansatz, Mitte fünfzig, mit angegrauten, aber noch vollen braunen Haaren, sog an seiner erkalteten Stummelpfeife und nickte düster.

»Lauf runter und ruf die Alarmzentrale an!« wandte sich Hoekstra an Alkema. »Die *Recherche* muß kommen. Und Lissy soll Wim wecken, damit er für uns zum Hafen fährt.«

Der *Wachtmeester 2e klas* verzog das Gesicht. Er hatte sich, wie es schien, noch nicht sattgesehen. Ein kurzer Blick seines Chefs brachte ihn auf Trab.

»Seltsam«, murmelte Hoekstra, während er den Gang entlang blickte. Rechts von ihm, auf der Westseite, lagen vier, auf der Mordseite aber nur zwei Zimmer. Zwischen ihnen und dem Vorderhaus war der Platz für zwei Räume ausgespart, so daß man durch ein paar Fenster auf das Flachdach des Frühstücksraums hinabsehen konnte.

»Was ist seltsam?« hakte Dijkstra nach.

»Daß man hier einen Menschen umbringen kann, ohne daß jemand etwas bemerkt . . . «

Dijkstra zog die Schultern hoch. »Die Pärchen aus den ersten Zimmern haben lange unten gesessen und Karten gespielt. Die anderen Räume sind diese Woche leer. Wenn das da *vor* zwölf passiert ist, *kann* das keiner gehört haben.«

»Und später? Kein Streit oder Lärm? Hat beim Frühstück keiner etwas gesagt?«

»Nichts. Nur, daß sie Räder mieten und zum Posthuis fahren wollten . . . «

»Ärgerlich«, seufzte der Polizist.

Das *Posthuis* war ein beliebtes Ausflugsziel fast am anderen Ende der Insel. Wer sich sechs Kilometer gegen den Westwind gestemmt hatte und dann dort einkehrte, kam meist so schnell nicht wieder hoch.

Der Blick auf den Schlüsselkasten stimmte ihn auch nicht froher. Laut Vorschrift mußte er verschlossen und verplombt sein, mit einem Hämmerchen daneben, damit man sich im Notfall nicht die Finger amputierte. Typisch holländisch, daß der Behälter offen blieb.

Hoekstra zog die Gardine beiseite und spähte durch die Glastür auf die Feuertreppe. Unten kletterte Alkema gerade in den Rover und gab die Meldung durch.

»Die Zimmerschlüssel passen hier nicht?«

Dijkstra verneinte.

»Aber warum hat der Mörder ihn dann mitgenommen?«

Der Sohn des Hoteliers kam zuerst drauf: »Weil er verhindern wollte, daß die Frau zu früh gefunden wird«, meinte er. »Und jetzt liegt das Ding irgendwo im Wald oder in den Dünen.«

Gedankenverloren starrte Hoekstra auf den leeren Haken hinter der Glasscheibe. Die beiden Sätze paßten nicht zusammen...

»Henk!« Der ältere Dijkstra zerschnitt die Gedankenkette des Polizisten. »Gleich kommen neue Gäste. Kann ich die überhaupt aufnehmen?«

»Bitte? Ja, ich denke doch. Aber nicht hier oben, Cornelius. Den Gang und die Feuertreppe darf niemand betreten. Und wenn sich die Sache herumspricht, müssen wir dir wohl den Vordereingang abriegeln . . . «

Dijkstra seufzte.

Im Erdgeschoß kam ihnen Alkema entgegen. Hoekstra schickte ihn nach oben, die Tote zu bewachen, und griff zum Telefon: »Darf ich?«

Ohne eine Antwort abzuwarten, wählte er 1305: die Nummer der Königlichen Kavallerie – wie Hollands Panzertruppe in romantischer Verklärung noch immer hieß. Seit 30 Jahren saß sie am öden Ende der Insel weit hinter dem *Posthuis* und schoß dort im Winter Löcher in den Sand.

Minuten später war alles klar: Ein Sergeant und sechs Mann rückten aus, um Hoekstras Streitmacht zu verstärken. Denn die bestand, ihn selbst eingerechnet, außerhalb der Saison nur aus drei Polizisten und Lissy, der Halbtagssekretärin.

Der Oberwachtmeister stieß Dijkstra an: »Komm, ich brauche noch ein paar Angaben für's Protokoll . . . «

Die Sachlage war einfach und wurde im Gesellschaftszimmer hinter der Rezeption bei einem Glas Vieux festgehalten: Die Tote hieß Ruth Michalski, war neunundzwanzig Jahre alt und kam aus Oer-Erkenschwick in der Bundesrepublik Deutschland. Sie war am Dienstag mit der letzten Fähre gekommen und hatte sich kurz nach neun angemeldet. Dann hatte sie darum gebeten, nicht geweckt zu werden, und war erst gegen elf am nächsten Morgen wieder aufgetaucht.

»Danach hat sie sich wohl die Insel angesehen. Sie war am Leuchtturm und kam abends mit einem ganzen Berg von Prospekten wieder. Nach dem Essen ist sie gleich aufs Zimmer gegangen . . . «

Auch an den beiden folgenden Tagen war sie unterwegs gewesen. Doch am Freitag gab es eine Abweichung in ihrem Programm. Irgendwann nach neun hatte sie das Hotel noch einmal verlassen: »Wo sie war? Das müßt *ihr* herausfinden . . . «

Hoekstra hatte einen Kugelschreiber gezückt und bemühte sich, die Fakten übersichtlich aufzulisten. Er schrieb langsam, mit Druckbuchstaben, die etwas nach links wegkippten, aber so deutlich waren, daß Lissy keine Chance hatte, beim Tippen Fehler einzubauen.

»Ist dir an ihrem Verhalten etwas aufgefallen?«

Der Hotelier dachte einige Augenblicke nach.

»Sie war am Anfang reichlich abgespannt. Aber nach der Schlafkur ging es ihr Mittwoch und Donnerstag besser. Und gestern morgen war sie richtig gut gelaunt. Sie hat mich noch etwas über die Insel fragen wollen. Ich habe sie auf heute vertröstet.«

Die beiden Männer schwiegen einen Augenblick.

»Noch etwas«, fügte Dijkstra dann hinzu. »Im Safe liegt ein dicker Briefumschlag. 3000 Mark . . . «

Hoekstra nickte und schrieb auch das auf.

»Und wen sie mit aufs Zimmer genommen hat, hast du nicht gesehen?«

»Soll ich hinterherlaufen? Die Frau war alt genug, um zu wissen, was sie tat.«

Der Polizist legte ihm die Hand auf den Unterarm: »Keiner wird dir einen Vorwurf machen, Cornelius. Wir haben nicht mehr 1950 . . . «

Einige Atemzüge lang sahen sie sich stumm an und lauschten dem Ticken der Wanduhr, die von Fotos der Eltern Dijkstras eingerahmt wurde.

»Du wirst jetzt Ärger haben«, meinte Hoekstra. »Aber ich tu alles, damit es möglichst wenig wird. Denk an de Gruyter — der hat noch mehr Trouble . . . »

Dijkstra schniefte. De Gruyter hatte im Frühjahr am Strand das größte Hotel der Insel aufgemacht. Der Schuppen war ganz auf jene Schickeria zugeschnitten, die um Vlieland bisher immer einen großen Bogen geschlagen hatte. Am 3. August stand die Bettenburg in Flammen.

Spekulationen, die Konkurrenz hätte zugeschlagen, hatte *Rijkspolitie* erst vor einer Woche entkräften können. Der Schuldige war ein achtzehnjähriger Hilfskoch des Hauses, und das Motiv hatte er aus dem Fernsehen: Erfolglos in eine Kellnerin verknallt, wollte er sie dadurch gewinnen, daß er sie aus dem Feuer trug. Aber auch das hatte nicht geklappt.

»Oer-Erkenschwick«, grübelte Hoekstra. »Wo liegt das?«

Nach zehn Minuten hatten sie den Ort auf der Karte gefunden: im Kreis Recklinghausen, zwischen zwei Nestern namens Marl und Datteln.

»Was meinst du, Henk«, fragte Dijkstra. »Ob das einer von der Insel war? Ich kann's nicht glauben.«

»Wer weiß das heutzutage schon«, meinte Hoekstra, gab dem Hotelier aber insgeheim recht. Viel zu tun hatte er nur im Sommer, wenn sich 6000 Touristen auf Vlieland tummelten: Fahrraddiebstahl, Lärm auf der Dorfstraße, ab und zu eine Prügelei. Aber wirkliche Verbrechen hatte es bis zu dem Brand nicht gegeben. Dafür kannten sich die tausend Einwohner viel zu gut. Und die Fremden kamen zur Erholung und nicht, um jemanden umzubringen. Bis gestern jedenfalls.

»Nein, das war keiner von hier«, bekräftigte der Oberwachtmeister jetzt selbst und schob dem Hotelier den Bogen Papier hinüber.

»Schreib mir noch die Namen von allen auf, die mit ihr gesprochen haben . . . «

Während Dijkstra sich an die Arbeit machte, schlug Hoekstra den Personalausweis der Toten auf und musterte das Foto auf der fünften Seite. Es war einige Jahre alt, schien aber eine für solche Aufnahmen ungewöhnliche Ähnlichkeit mit der Abgebildeten zu besitzen. Er steckte das kartonierte Heft ein.

»Ich frage Jan Wouter, ob er uns Abzüge macht, und gehe dann ins Büro. Und wenn einer von dir was wissen will, sag nur, daß jemand gestorben ist. Mord ist ein zu schlimmes Wort . . . «

Er öffnete die Tür. An der Rezeption warteten neue Gäste.

»Am besten, du machst deine Arbeit«, sagte der Polizist. »Sonst . . . «

Ein fernes, langgezogenes Tuten drang durch die geöffneten Türen: In wenigen Minuten würde die Fähre zur zweiten Fahrt nach Harlingen ablegen.

Hoekstra zuckte zusammen und rannte ohne Gruß nach hinten, zum Hof. Ihm war eingefallen, welchen Denkfehler Dijkstras Sohn gemacht hatte.

4

»Mager, mach, sonst kommen wir zu spät!«

Mager machte. Mit lockeren 80 polierte er den Asphalt der B 235, die von Castrop nach Datteln führt.

Stadt und Straße schleppten sich endlos hin. Links zogen die Vororte Meckinghoven, Dümmer und Hagem vorbei, rechts drohten neue und alte Umweltskandale: Ruhrzink (Cadmium), Kraftwerk (Schwefel) und die Zeche Emscher-Lippe. Der Pütt war längst dicht, aber von dem, was noch im Boden lag, krepierten am Mühlenbach die Ratten. Und hinter den Dreckschleudern, fast parallel zu Stadt und Straße, der Dortmund-Ems-Kanal, der dem Provinznest 1899 den Anschluß an die Neuzeit geschenkt hatte.

Das Schicksal ereilte sie an der Ecke zum Südring, hinter dem die Innenstadt beginnt. Die Ampel sprang auf Sonnenuntergang, als der PEGASUS-Kombi noch sieben Meter entfernt war. Magers Bleifuß pendelte zwischen Gas und Bremse, und schon schwebten sie mitten auf der Kreuzung. Ungerührt zog er den Motor wieder hoch, aber die Polizeisirene war lauter.

»Herr Mager«, sagte der Obermeister, nachdem er Papiere, Kennzeichen und Bereifung eingehend in Augenschein genommen hatte. »Ob man in Dortmund inzwischen bei Rot fahren darf, entzieht sich meiner Kenntnis. Aber hier in Datteln hört bei dieser Farbe jeder Spaß auf. Es ist unzweifelhaft . . . «

»Hör mal, Kumpel«, versuchte es der Dicke, »wir haben es . . . «

Es war die falsche Tour. Der Mann spürte sofort seinen Weisheitszahn.

»Idiot!« zischte Susanne. »Du versaust alles!«

Sie zog eine Zellophanhülle aus dem Handschuhfach und kletterte aus dem Wagen.

»Herr Hauptmeister«, lächelte sie. »Sie haben ja völlig recht. Aber wir sind auf dem Weg zur Stadthalle, um auf dem Empfang des Bürgermeisters zu drehen. Herr Roggenkemper . . . «

Ob es an der Beförderung lag oder an der Erwähnung des Stadtvaters — die dunkle Miene des Beamten erhellte sich. Noch zögerte er und mimte Bedenken, aber als sich Susannes Lächeln in ein Strahlen verwandelte, brach ihm schier das Herz.

Zehn Sekunden später war Mager wieder auf der Piste — mit müden 51.

Die Uhr zeigte 10 Uhr 58, als sie schräg gegenüber der Halle auf den Parkplatz rollten. Sie quetschten ihren Wagen zwischen einen weißen Mercedes 230 E mit Verwaltungskennzeichen und einen olivgrünen Passat mit Bundeswehrschild — der rote Lada machte sich da prächtig.

Susanne schlängelte sich als erste hinaus: »Ich peile die Lage und beruhige Roggenkemper!«

Fluchend packte Mager die Ausrüstung aus und schleppte das Zeug über die Kreuzung: Der Dumme war immer er.

Susanne stand, ein Sektglas in der Hand, bei einem ranken Oberleutnant und lauschte einem Anekdötchen aus dem Landserleben. Vor ihnen, in grauem Sommeranzug und Schuhen mit überhöhtem Absatz, ein Mensch von höchstens einsfünfundsechzig. Mit Hornbrille, Bürstenschnitt und sorgfältig gestutzter Seemannskrause sah er aus wie die Reklamefigur für einen Rumverschnitt. Die Annäherung zwischen Truppe und Zivilbevölkerung, die sich vor seinen Augen zu vollziehen schien, betrachtete er mit dem Wohlwollen eines professionellen Heiratsvermittlers.

Das war Roggenkemper. Und Roggenkemper war der Chef von Datteln.

Der Mensch war über sechzig, wirkte zwei Wahlperioden jünger und war aktiv wie ein Vierziger.

Neben dem Dattelner Stadtparlament kommandierte er in Recklinghausen die Kreistagsfraktion und den Unterbezirk seiner Partei. In Münster bereitete er die wichtigsten Entscheidungen im Landschaftsverband Ruhr-Lippe vor, und im Düsseldorfer Landtag galt er als gewitzter Redner, dem man besser keine Blöße bot. Außerdem kämpfte er im Deutschen Städtetag und in zwei Aufsichtsräten. Sein Draht zur Welt war eine auf Lebenszeit zugesicherte Kolumne in einer Gewerkschaftszeitung, deren hundert Zeilen er regelmäßig um mindestens die Hälfte überzog.

Diese geballte Ladung an politischer Verantwortung zwang Roggenkemper, seine Basisarbeit auf das Allernotwendigste zu beschränken. Er war nur noch Vorsitzender des Turnvereins *Teutonia,* Präsident der *Gesellschaft der Freunde des Datteln-Hamm-Kanals,* Ehrenbrandmeister der Freiwilligen Feuerwehr, Ehrenoberst der Horneburger Prinzengarde, Tambourmajor im Fanfarenzug der Berginvaliden und Reservehauptmann der Deutschen Bundeswehr. Wie er es bei diesem Streß noch zu zwei Kindern, Dackel und Ehefrau gebracht hatte, war Mager einfach schleierhaft.

»Entschuldigen Sie, Herr Oberleutnant«, unterbrach Susanne den Redefluß ihres Kavaliers. »Darf ich Ihnen meinen Kameramann vorstellen?«

Der Dicke nickte dem Offizier zu und murmelte etwas, das man mit einigem Wohlwollen auch als Artigkeit verstehen konnte. Seit den achtzehn Monaten bei den Panzergrenadieren konnte er den Anblick solcher Silbermützen nur noch besoffen ertragen.

Auch Roggenkemper freute sich außerordentlich, den PEGASUS-Vize zu sehen. Er drückte Mager ein Glas mit Fürstensprudel in die Hand: »Schön, daß Sie da sind. Bei diesem Wetterchen werden wir ein schönes Filmchen drehen . . . «

Seine kräftige Stimme beeindruckte Mager kaum weniger als das Aussehen: Dem Löwen von *Metro Goldwyn Mayer* wären vor Neid die Schwanzhaare ausgefallen.

Roggenkemper zog Mager zur Seite.

»Haben Sie einen guten Zoom?«

Mager nickte.

»Ausgezeichnet! Also, passen Sie auf . . . «

Kurz und präzis befahl ihm der Bürgermeister, wie er nachmittags bei seinem großen Auftritt am Kanal auf das Video gebannt werden wollte.

»Und noch was: Nach etwa drei Minuten — Stichwort 'Kaiserwetter' — sage ich etwas über unsere Bundeswehr. Das muß in voller Länge drauf. Kapiert?«

Mager nickte und schluckte einen Frosch herunter. Sein Blick fiel auf Susanne. Sie zwinkerte leicht und wandte sich an den

Häuptling: »Keine Sorge, Herr Roggenkemper. Mein Kameramann ist ein As.«

Der Sektempfang dauerte eine Stunde. Es wurde wenig geredet, viel geschwätzt und noch mehr getrunken. Makler und Architekten, die Chefs des Hochbauamtes und der kommunalen Wohnungsgesellschaft, ein Luftballonfabrikant und zwei Zink-Manager, der Kasernenkommandant und der Vorstand des Marinevereins, die Fraktionschefs und Ausschußvorsitzenden — alle waren da, die dem Bürgermeister lieb und den Bürgern meistens teuer waren. Wer fehlte, war nur der Größte unter den einheimischen Unternehmern: Gustav Puth. Als Bauunternehmer und Betonfabrikant nicht gerade ein armer Mann, hatte ihn seine zweite Heirat vor rund fünfzehn Jahren auch noch zum Inhaber einer Fabrik für Bergwerksausrüstungen und einer Ratsfrau aus den Reihen der größeren Oppositionspartei gemacht. Aber die sah an diesem Morgen nicht ganz so fröhlich aus.

»Beatrix! Schön, daß du trotzdem gekommen bist!« strahlte Roggenkemper, als er die attraktive Fünfzigjährige mit Küßchen begrüßte.

»Was macht Gustav?«

Die Dame mit dem Haarknoten legte etwas Grau über ihre Spanien-Bräune: »Besser. Aber er wird heute abend nicht kommen. Dr. Kloppenburg hat ihn wieder ins Bett gesteckt.«

Der Bürgermeister schaute auf die Uhr und runzelte die Stirn: »Ich kann's nicht versprechen — aber wenn ich es zwischen Fahnenappell und Nato-Ball schaffe, komme ich auf einen Sprung . . . «

»Laß es gut sein. Du machst auch viel zuviel«, sagte sie und legte ihre Hand auf seinen Arm. Dann, mit deutlichem Zittern in der Kehle: »Ich muß dir noch danken, weil du so oft vorbeigeschaut hast. Das hat ihm mehr geholfen als die Spritzen . . . «

Roggenkemper schüttelte ernst sein Haupt.

»Nicht doch, Beatrix. Er hätte dasselbe für mich getan«, sagte er. »Aber er muß die Eskapaden lassen. Und jetzt sei mir nicht böse . . . «

Er wandte sich ab, schnappte sich den Kommandanten der Haard-Kaserne und zog ihn zum Mikro. Ein leichtes Räuspern, und das Stimmengewirr im Saal erstarb.

»Licht«, zischte Mager. Er schulterte die Kamera. Susanne hob die Akku-Leuchte und schaltete sie ein.

»Mehr links — im Hintergrund sind Schatten . . . «

5

Hoekstra stieß rückwärts aus dem Hof des Hotels und knüppelte den Landrover den leeren Middenweg hinab. Links in die Boereglop, rechts in den Willem de Vlaminghweg, und schon passierte er das *Kaap Oost,* das Hotel am Ende der Umgehungsstraße.

Hier zögerte er einen Augenblick: Der Gedanke, im Hafen die große Polizeinummer abzuziehen und das Boot zu stoppen, war verführerisch. Aber wie sollte er mit seinen zwei Mann mehrere hundert Passagiere befragen? Absoluter Blödsinn . . .

Er bog nach links in den Lutinelaan und fuhr zur Wache. Dort setzte er sich hinter den Schreibtisch und dachte eine Minute lang konzentriert nach. Dann war er sicher: Der junge Dijkstra irrte, wenn er den Täter auf Vlieland vermutete. Interesse daran, daß die Tote möglichst spät gefunden wurde, mußte vor allem jemand haben, der aufs Festland wollte. Er brauchte Vorsprung, um hinter allen Deichen zu sein, wenn man Ruth Michalski entdeckte.

Falls der Täter das erste Boot um sieben genommen hatte, war ihm das gelungen. Aber wenn er in einem Hotel gewohnt hatte, in dem er ordnungsgemäß bezahlen mußte, um nicht aufzufallen - dann saß er jetzt auf der Fähre und zählte die Sekunden . . .

Hoekstra streckte den Arm zu dem Apparat aus, der ihn direkt mit dem Schiff verband.

»Frans?«

»Henk! Was liegt an?«

»Bist du allein?«

»Klar.«

»Also: Hier ist ein Mord passiert . . . «

Dem Kapitän blieb offenbar die Spucke weg.

»Hör zu!« fuhr Hoekstra fort. »Wenn du Pech hast, ist der Täter an Bord. Aber erzähl das um Himmelswillen nicht weiter. An Bord muß alles so sein wie immer. Aber in Harlingen legst du erst an, wenn der Kai abgesperrt ist. Wir werden von allen Passagieren die Personalien aufnehmen . . . «

»Ich habe 400 Leute an Bord. Das dauert ewig!«

»Tut mir leid. Es geht nicht anders . . . «

Nächstes Gespräch: die Polizeischule in Harlingen. Der Telefonposten brauchte fast zwanzig Minuten, bis er den Offizier vom Dienst aufgetrieben hatte. Als der hörte, was Hoekstra wollte, begann er zu schreien.

»Wir haben Wochenende, Oberwachtmeister. Da sind noch gerade fünfzig Mann hier, und von denen . . . «

»Dann hol dir Verstärkung aus Leeuwarden. Du hast noch über eine Stunde Zeit. Und der Schiffer legt erst an, wenn er von euch das Klarzeichen bekommt. Es geht um Mord, Junge!«

Der *Luitenant* schluckte die Anrede und schickte sich ins Unvermeidliche: »Also gut. Was sollen wir fragen?«

Hoekstra erklärte es ihm.

Als er auflegte, kam Visser, sein Stellvertreter, herein. Wie Hoekstra hatte er eine Dienstwohnung gleich neben der Wache, so daß sie sich auch in der Freizeit pausenlos über den Weg liefen. Zum Glück war der Mensch in Ordnung, und auch die Frauen kamen miteinander aus.

»Wie schön, daß du mich am freien Samstag aus dem Bett geholt hast«, meinte der *Wachtmeester 1e klas*. »Ich wollte schon immer mal dabei sein, wenn die Touristen die Fähre entern . . . «

Hoekstra grinste flüchtig: Sie hatten sich das beide schon tausendmal angesehen.

»Mord im *Albatros*. Aber warte noch . . . «

Der Oberwachtmeister wählte erneut. Visser las die Nummer mit und ahnte, was kam: Sein Chef ließ den Yachthafen sperren. Die Insel war dicht. Ob es noch rechtzeitig war, würde sich zeigen.

Hoekstra drückte auf die Gabel, ohne den Hörer aus der Hand zu legen: Sein unmittelbarer Vorgesetzter saß auf Terschelling, Vlielands Nachbarinsel im Osten. Der *Adjudant* legte Wert darauf, unangenehme Nachrichten nicht erst aus der Zeitung zu erfahren.

»Alles klar?« fragte Hoekstra, nachdem er wieder aufgelegt hatte.

Visser hatte mitgehört und nickte: »Sicher. Und ich habe immer behauptet, wir könnten auf diesem Inselchen eine ruhige Kugel schieben . . . «

»Die Zeiten sind vorbei«, meinte Hoesktra düster. Der Brand, angeschwemmte Pakete mit Rauschgift und eine gestohlenene Segelyacht hatten ihnen in diesem Sommer mehr Arbeit bereitet, als ihnen lieb war.

Er stand auf: »Paß auf, Wim. Ich gehe jetzt ’rüber und esse einen Happen auf Vorrat. Du mußt solange die Stellung halten . . . «

Dijkstras Anruf hatte Hoekstra beim Zeitunglesen erreicht, und er war in der Montur losgejagt, in der er in normalen Zeiten auch seinen Dienst versah. Dieser Samstag aber war alles andere als normal, und während seine Frau ihm einen *Uitsmijter* anrührte, stieg er aus seinem Tropenhemd und den Jeans in die dunkelblaue Uniform um. Er war noch nicht ganz fertig, da klingelte das Telefon.

»Henk? Leeuwarden war dran«, meldete Visser. »Die Recherche schickt sofort drei Mann mit einem *Bölkow* los. Wir sollen sie in einer halben Stunde am Landeplatz abholen . . . «

»Gut. Nimm den Wagen und bring sie zum Hotel. Ich fahre mit dem Rad.«

Hoekstra widmete sich nun dem Rührei mit Schinken, trank ein Glas Tee und rüstete zum Aufbruch.

»Es kann lange dauern«, sagte er zu seiner Frau, die ihm in die Jacke half und ein paar unsichtbare Flusen von den Schultern zupfte.

»Ich hoffe, ihr kriegt ihn!« entgegnete sie. »Mord auf Vlieland — das ist wirklich schrecklich.«

Er nickte und küßte sie. Den Hinweis, daß ein Mord *immer* schrecklich sei, verkniff er sich. Lena hatte ja recht: Ein solches Verbrechen hatte nur in Städten wie Amsterdam den Schrecken des Außergewöhnlichen verloren.

Hoekstra verließ das Haus, ging durch den Vorgarten zur Wache und warf einen Blick ins Sekretariat, wo Lissy ein dringendes Privatgespräch führte. Als sie ihn sah, deckte sie die Sprechmuschel ab.

»Kannst du heute ein paar Stunden länger bleiben?«

Sie nickte zögernd, sah aber nicht begeistert aus. Auch sie hatte nach der Brandgeschichte schon jede Menge Überstunden auf dem Konto.

»Du feierst sie ab, wenn das hier vorüber ist. Ehrenwort!«

»In Ordnung . . . «

Er steckte den Ausweis der Toten in einen Umschlag und fuhr mit dem Dienstrad ins Dorf. Wouters Fotogeschäft lag schräg gegenüber dem Rathaus. Vier Kunden waren vor ihm dran, darunter ein älteres Ehepaar, das er schon öfter auf der Insel gesehen hatte. Die Gründlichkeit, mit der die beiden den Ständer mit den Ansichtskarten durchkämmten, ließ Hoekstra Böses ahnen. Er drängte sich an ihnen vorbei: »Entschuldigen Sie, aber es ist dringend und geht schnell. Darf ich?«

Wouter sah ihn gespannt an. Er war ein nicht sehr großer, kräftiger Mann mit dichtem dunklen Haar, der allmählich auf die Fünfzig zuging. Er betrieb nicht nur den Fotoladen, sondern hatte auch fast die gesamte PR-Arbeit der Gemeinde in der Hand.

Hoekstra reichte ihm den Umschlag: »Von dem Foto brauche ich ein Dutzend Abzüge. In einer Stunde . . . «

Wouter schielte hinein und runzelte die Stirn. Er wartete auf eine Erklärung. Aber der Polizist dachte nicht daran, vor den Fremden das böse Wort in die Welt zu setzen, das ihm auf der Zunge lag.

»Kennst du Eynte Harmens?« fragte er endlich. »Das ist eine gute Bekannte von ihm . . . «

Wouter verschlug es die Sprache. Den Mann *konnte* er gar nicht kennen. Denn Eynte Harmens war lange tot. Am 16. August 1807 hatte man ihn vor dem alten Rathaus von Vlieland gerädert und gekreuzigt. Weil er ein halbes Jahr zuvor, in der Nacht zum 27. Februar, die Witwe Jannetje Prangers um 38 Gulden beraubt und mit einem Pflasterstein erschlagen hatte. Das war der letzte Mord, den die Inselchronik seit 180 Jahren verzeichnete.

Plötzlich begriff der Fotomensch. »Wann?« fragte er.

»Heute nacht. Alles Weitere erzähle ich dir, wenn ich die Fotos abhole . . . «

»Geht in Ordnung«, versprach Wouter, den Blick in weite Fernen gerichtet. Hoekstra vermutete, daß er in Gedanken schon den Exklusiv-Artikel für den *Harlinger Courant* formulierte.

Als der Oberwachtmeister sich auf sein Dienstrad schwang, fiel sein Blick auf Bakkers Tabakladen. Die schwarz-gelbe *Camel*-Reklame über dem Eingang leuchtete herüber. Seit er keine Langstrecken mehr lief, gönnte er sich ab und zu einen guten Zigarillo. Heute war so ein Tag, an dem er wieder einen brauchte.

Er schob sein Rad hinüber und stellte es an der weißgetünchten Hauswand ab. Im Laden war es angenehm kühl. Hinter der Theke stand Gerrit, der in Leiden irgendetwas Kompliziertes studierte, was er als Erbe dieses Ladens garantiert nicht gebrauchen konnte. In den Semesterferien zeigte er den Mädchen vom Zeltplatz die einsamsten Stellen der Insel.

»Siehst ziemlich blaß aus«, stellte Hoekstra fest. »Solltest weniger arbeiten.«

»Ach«, meinte der Junge, »die Tage sind gar nicht so schlimm. Aber die Nächte . . . «

Hoekstra feixte mit, ging hinaus und kletterte wieder auf das alte Sparta-Rad. Gemächlich schaukelte er die wenigen Meter zu Dijkstras Hotel hinüber. Er verspürte plötzlich große Lust, in einem der Straßencafés in der Sonne Platz zu nehmen, einen Kaffee zu trinken und den lieben Gott einen guten Mann sein zu lassen. Denn in der Nachsaison war es auf der Dorpsstraat am schönsten.

Eigentlich.

6

1913 errichtet, hat das Dattelner Rathaus nichts mit den Beamtensilos gemein, in denen heutzutage der öffentliche Dienst versteckt wird. Mit seinem Glockentürmchen, den Portalpfeilern und Rundbogentüren erinnert das Gebäude viel eher an eine Kreuzung aus Bischofssitz und Münsterländer Adelsschloß. In einem Park ein wenig von der Altstadt abgerückt, damit die Bürger nicht allzu lästig wurden, war es doch nahe genug, um Bauern, Bergarbeitern und anderen Hungerleidern die Größe Preußens zu demonstrieren. Für Dattelns Bürgermeister war das Beste gerade recht.

Nach der Fete in der Stadthalle scheuchte Roggenkemper seine engsten Fans quer durch die Innenstadt zu seiner Residenz. Erinnerungsfotos, auf denen er im Mittelpunkt stand, waren seine große Leidenschaft. Es gab mittlerweile so viele davon, daß man alle Schulen und Altersheime damit tapezieren konnte.

Roggenkemper dirigierte die Truppe zum Haupteingang auf der Nordwestseite.

»Das macht nichts her«, beschwerte sich Mager. »Nehmen Sie die Rückseite: der Park, die Sonne . . . «

»Hier oder nirgends! Ich gehe doch nicht durch die Hintertür!«

Auf der Treppe begann ein heftiges Gerangel um die besten Plätze. Roggenkemper komplizierte die Aktion zusätzlich: Einerseits wollte er wie ein Vater auf seine Liebsten hinabblicken, andererseits ging er dabei mangels äußerer Größe inmitten seiner Ziehkinder unter.

»So geht's nicht«, schrie Mager. »Die Langen nach hinten! Und der Bürgermeister muß in die Mitte . . . «

Das Geschiebe begann von vorn.

Mager zog die Schultern hoch — in diesem Geschäft wunderte ihn so schnell nichts mehr. Er klemmte die Kamera auf das Stativ und blickte sich um. Von dem Rasen zwischen Rathausvorfahrt und Straße aus würde es gehen. Er schulterte den Recorder und marschierte los. Fünf Minuten noch — dann ging es ab ins Café, zur Mittagspause . . .

Beinahe aber wäre er ganz woanders gelandet — und nicht nur für ein Stündchen. Autoreifen kreischten, eine Hupe bölkte, Susanne schrie auf. Einen halben Meter vor ihm stand quer auf der Fahrbahn ein blauer Mercedes.

Ein schlanker Vierzigjähriger in Jeans und weißem Lacoste-Shirt sprang heraus und rannte auf Mager zu.

»Sind Sie lebensmüde?« brüllte er.

»Kameramann«, schrie Mager. »Aber das ist fast dasselbe . . . «

»Idiot!« schimpfte der Fahrer und hob die Hand an die Stirn. Seine dunklen Augen brannten vor Zorn.

»Mensch, Uwe!« rief Roggenkemper herüber. »Laß den Mann leben! Der soll unseren Film machen!«

Der Benz-Pilot schleuderte Mager einen Blick zu, der eine Eiche gefällt hätte, und kletterte wieder in seine Kiste. Vorsichtig fuhr er vorbei und stellte den Dreihunderter schräg hinter den Lada. Dann stieg er aus und zündete sich eine an.

»Komm, Uwe, du mußt auch noch drauf!« rief der Bürgermeister.

»Aber ohne Fluppe!« forderte Mager.

Der Mann zog noch einmal an seiner *Benson & Hedges* und blickte Mager ausdruckslos an. Dann schnippte er die Zigarette auf die Fahrbahn und postierte sich auf der Treppe.

Als die Szene im Kasten war, schickte Roggenkemper seine Garde in die Mittagspause und kam herüber.

»Passen Sie besser auf sich auf! Datteln braucht Sie noch!« mahnte er Mager und schaute auf die Uhr. »Sagen Sie: die Schreibtischszene, die noch fehlt — brauchen Sie dafür lange?«

»Zwanzig Minuten, halbe Stunde«, antwortete Mager und sah seinen Eiskaffee in weite Fernen rücken.

»Hast du soviel Zeit, Uwe?«

Der Mensch mit dem Krokodil-Hemd nickte.

»Also los . . . «

Mager schleppte seine Ausrüstung in Roggenkempers Dienstzimmer, setzte ihn hinter den Schreibtisch, ließ ihn mit einem wunderhübschen verzierten Brieföffner ein paar Couverts aufschlitzen und Post lesen – dann war auch das geschafft.

»Wunderbar«, strahlte der Bürgermeister. »Also, bis um drei am Fahnenmast!«

Zehn Minuten später ging es Mager wieder besser: Im einzigen Café auf der Hohen Straße konnte er die Ausrüstung abstellen und die Beine ausstrecken.

»Ich sag' dir, Susanne, dieser Job hier, das ist sauer verdientes Geld«, meinte er, während er die Hirsche und Meisen auf den getönten Fensterscheiben musterte.

»Immerhin: 30.000 Mark.«

»Billig. Unterm Strich bleibt fast nichts. Mindestens noch fünf Drehtage, die Computergrafik . . . «

»Vergiß nicht die 4000 Mark von Roggenkempers Partei, wenn wir aus dem Material noch ein Video für die Altersheime basteln . . . «

»Weitere drei, vier Tage Arbeit. Die Sache rechnet sich wirklich nicht. Roggenkemper hat uns mit dem Auftrag geleimt.«

Als die Bedienung mit dem Eiskaffee kam, vergaß Mager seine Sorgen. Er stieß den bunten Plastikhalm ins Glas und pumpte sich die kalte Flüssigkeit in den Wanst, ehe er begann, die Sahne und das Gefrorene einzuschaufeln. Er war fertig, bevor Susanne auch nur angefangen hatte. Während sie die neueste *Brigitte* durchblätterte, nahm Mager seine Relaxposition ein: Die Beine lang, das Kreuz durchgedrückt, die Hände hinter dem Kopf gefaltet. Er schloß die Augen und gähnte. Durch die geöffnete Gartentür hörte er einem Geschwader Spatzen zu, das in dem alten Birnbaum herumtobte.

Gute zehn Minuten ließen sie sich gegenseitig in Ruhe. Die Zeiten, in denen sie sich mehr zu sagen hatten, lagen fast anderthalb Jahrzehnte zurück. Es gab Tage, an denen Mager das bedauerte – dieser gehörte nicht dazu.

Plötzlich fuhr er hoch und knallte die rechte Hand auf die Tischplatte: »Ich hab's!«

Erschrocken blickte Susanne ihn an.

»Geld!« sagte er.

»Ja?« Sie sah sich um: »Wo?«

»Auf dem Neumarkt«, verriet er und legte eine Kunstpause ein.

»Ach« – »Ja. Wir sollen doch zum Schluß ein Statement von

Roggenkemper aufnehmen. Wir stellen ihn dafür neben diesen schönen Brunnen vor Karstadt und der Bank. Und du gehst vorher mit Saale hin und fragst die Heinis, was sie zahlen, damit ihre Firmennamen in den Film kommen . . . «

»Hier!« meinte sie und tippte sich an die Stirn.

»Im Ernst! Die zahlen garantiert 'nen Tausender. Und dann klappern wir noch ein paar Firmen ab, die auch aufs Band dürfen. Ich sag' dir: So rechnet sich die Sache doch!«

7

Die Insel liegt wie eine Barriere fast dreißig Kilometer vor dem Abschlußdeich des Ijsselmeeres und besteht aus zwei völlig gegensätzlichen Landschaften: dem sieben Kilometer langen und dreitausend Meter breiten *Vliehors*, der flachen Wüste im Westen, wo nur Robben und Soldaten hausen, und den idyllischen Wald-, Heide- und Weidegebieten des zwölf Kilometer langen, schlankeren Hauptteils.

Weit weg vom Lärm des Militärs, tausend Meter vor dem Ostkap, befindet sich das Dorf. Zwei, drei Straßenzüge breit duckt es sich zwischen Deich und Dünen – die höchste mißt immerhin vierzig Meter und hat zur Belohnung einen Leuchtturm aufgesetzt bekommen.

Eine feste Straße, meist dicht am Watt verlaufend, verbindet das Dorf mit einer Radarstation und den Kasernen am Vliehors und einem Yachthafen am Kap. Nach Norden gehen vier Straßen: An der Kirche beginnt der Badweg zu den Bungalows und den beiden einzigen Hotels am Strand, östlich des Dorfes, an der Anlegestelle, führt der Lutinelaan in ein kleines Neubaugebiet, die nächste Querstraße durch den Wald zum Campingplatz und die letzte zur Mülldeponie.

Fragt man Einheimische, warum ihr Dorf nicht einfach Vlieland, sondern *Oost*-Vlieland heißt, bekommen sie einen verklärten Blick: Westlich der schmalen Inselmitte lag an einer windgeschützten Bucht einst ein zweites Dorf, das *West*-Vlieland hieß. In Hollands Goldenem Zeitalter war es Walfangbasis und Umschlagplatz des Welthandels auf dem Weg ins Ijsselmeer, nach Amsterdam, und diese Lage ließ es reich werden. Doch wie Hollands *Glorie* verging auch der frühere Wohlstand der Insel: Das westliche Dorf versank im Meer, und nur noch das malerische *Post-*

huis, das die vier Flurnachbarn der ermordeten Ruth Michalski an diesem Samstag besuchten, erinnert an die große Zeit . . .

Als Hoekstra das Hotel erreichte, waren die Panzersoldaten bereits eingetroffen. Sie saßen im Frühstücksraum, unterhielten sich leise und tranken Unmengen Kaffee und Tee, mit denen Dijkstra sie gratis versorgte. Ihren Anderthalbtonner hatten sie klugerweise auf dem Hof abgestellt.

»Gut, daß ihr da seid!«

Der Oberwachtmeister reichte jedem die Hand und wandte sich an den Sergeanten, der die Truppe führte: »Ihr stellt euch nur vor die Tür, falls es draußen eine Menschenansammlung gibt. Die Sache wird noch genug Aufsehen . . . «

Der Mann nickte nur.

Hoekstra setzte sich ins Büro und wartete. Nach dem Brand im *Seeduyn-Hotel* hatte Leeuwarden zwar eine starke Gruppe an Kriminaltechnikern auf die Insel geschickt, um die Spuren zu sichern, aber die polizeitaktische Arbeit, vor allem die Vernehmungen, hatte der Oberwachtmeister mit seinen Leuten fast allein erledigt. So bekam er den Chef des *Recherche Bijstands Teams* an diesem Samstag zum erstenmal zu Gesicht: Der Major hatte sich auf Menorca gesonnt, als sie im Regen nach dem Feuerleger forschten.

Als de Jong eintrat, war Hoekstra unwillkürlich etwas enttäuscht. In der phantasielosen grün-braunen Kombination mit dem am Kragen geöffneten Hemd machte der Mittvierziger äußerlich wenig her. Braun waren auch seine angegrauten Haare, die großen Augen und der kräftige Oberlippenbart mit den hängenden Enden.

»Setzen Sie sich doch wieder«, bat der Major. Er selbst blieb stehen, mit verschränkten Armen an den Türpfosten gelehnt, und überließ den freien Stuhl einem etwa dreißigjährigen Kriminalbeamten mit stark gelichtetem Haar, der ihm als Notizbuch diente.

»Reichen Ihnen fünf Minuten?«

»Bestimmt, Major.«

De Jong folgte Hoekstras Bericht aufmerksam und geduldig. Hin und wieder nickte er leicht oder gab ein leises »Mh-mh« von sich, um zu signalisieren, daß er zuhörte. Dann und wann hefteten sich seine Augen an einzelne Einrichtungsgegenstände oder sahen zu, wie sein Schildknappe die über den Tisch geschobenen Notizen einsammelte; doch meist waren sie auf den Oberwachtmeister gerichtet, als wollte er den Klang seiner Stimme mit dem Gesichtsausdruck vergleichen.

»Die Idee mit den Fotos ist in Ordnung«, sagte er zum Schluß. »Die Hafensperre auch. Obwohl . . . «

Ein leichtes Schulterzucken verdeutlichte seine Zweifel am Erfolg dieser Maßnahme.

»Und jetzt die Tote!«

Hoekstra führte ihn hin. Auch de Jong blieb zuerst auf der Schwelle stehen und ließ die Szene eine Zeitlang auf sich wirken. Dann tasteten seine Augen den Raum systematisch ab. Klebten für kurze Zeit an dem Stapel Prospekte, dem benutzten Bett und der sorgsam auf einem Sessel abgelegten Kleidung. Die Tür zum Bad stand auf, aber außer der Toilette, der Handtuchstange und der leeren Whisky-Flasche neben dem Abfalleimer war von de Jongs Standort aus nichts zu sehen. Sein Blick kehrte zu der Toten zurück.

»Ich glaube nicht, daß es Lärm gegeben hat. Keine Kampfspuren, keine Unordnung. Sie muß ahnungslos und völlig überrascht gewesen sein, als der Täter zupackte. Und dann hatte sie keine Chance mehr . . . «

Er schaute nochmals zu dem kleinen Schreibtisch zwischen Wandschrank und Badezimmertür hinüber. »Ganz schön bildungshungrig . . . «

Er rückte ein wenig zur Seite. Sein Hilfssheriff hatte bereits eine Kamera und ein Stativ ausgepackt. Von der Tür aus schoß er einige Blitzlichtfotos, um die genaue Lage der Toten festzuhalten.

»Bei seinem Schädel«, sagte de Jong zu Hoekstra, »ist das Blitzlicht reine Verschwendung.«

Der Kahle verzog keine Miene – offenbar war er an solchen Spott gewöhnt. Er packte seine Ausrüstung wieder ein und gab dem Gerichtsmediziner, der stumm und scheinbar desinteressiert abgewartet hatte, einen Wink.

Während die Leiche untersucht wurde, trat der Major, wie Hoekstra es auch getan hatte, an die Feuertür und spähte hinaus. Der Hof und die Straße lagen wie üblich leer und verlassen. Hier gab es keine vielbesuchten Geschäfte mehr, sondern außer einer Brennstoffhandlung und ein paar Wohnhäusern nur noch die Gärten und Höfe der Anwohner von Dorpsstraat und Willem de Vlaminghweg. Die Gefahr, hier nachts jemandem in die Arme zu laufen oder auch nur beobachtet zu werden, war gleich null.

»Ganz schön schlau, der Bursche . . . Aber man sollte dennoch alle Anwohner befragen. Manche Leute stehen zu den unmöglichsten Zeiten am Fenster, um den Mond zu betrachten . . . «

Der Kahle kritzelte wieder in seinem Notizbuch. »Also gut«, meinte de Jong und schaute Hoekstra an: »Mit dem nächsten Schiff kommt unser Team herüber. Wo kann ich die Leute . . . «

Der Sergeant stapfte eilig den Flur entlang: »Es geht los, Oberwachtmeister. Draußen steht eine Menge Leute herum. Können Sie nicht mal mit ihnen reden?«

Die Straße vor dem Hotel war voller Menschen. Teils sensationslüstern, zum Teil betreten starrten sie zum Eingang herüber, vor dem sich zwei Soldaten wie Schildwachen aufgebaut hatten.

Hoekstra ging auf die Schaulustigen zu, unter denen sich zahlreiche Einheimische befanden. Das Stimmengewirr verstummte.

»Goed middag, Leute!«

Ein allgemeines Gemurmel antwortete.

»Was gibt es denn?«

»Erzählen Sie uns, was passiert ist! – War das ein Mord? – Rück mit der Wahrheit heraus!«

Hoekstra seufzte.

»Ein Mensch ist gestorben«, sagte er dann. »Wie es passiert ist, muß die Recherche erst noch herausfinden . . . «

Das Gemurmel wuchs wieder an.

»Mehr kann euch zur Zeit niemand sagen. Es gibt auch nichts zu sehen oder zu helfen. Es besteht also kein Grund, eure Arbeit liegen zu lassen. Oder wollt ihr, daß den Dijkstras die Gäste weglaufen?«

»Sagen Sie uns wenigstens, wer es ist!«

Hoekstra überlegte.

»Eine junge Deutsche«, erklärte er dann. »Sie ist erst vor vier Tagen hier angekommen . . . «

Zögernd zogen die ersten Dorfbewohner ab, andere folgten. Nur die Urlauber blieben noch, aber es sah nicht so aus, als würden sie es lange aushalten: Das tauende Tiefgefrorene in ihren Einkaufstaschen brachte sie schon auf Trab.

Als Hoekstra das Hotel betreten wollte, drängte sich der junge Bakker hinter ihm her.

»Was gibt es, Gerrit? Du kannst hier nicht . . . «

Die Wangen des Jungen war von roten Flecken übersät, die blauen Augen weit aufgerissen. Hoekstra gab den Soldaten ein Zeichen, sie ließen ihn passieren.

»Nun – was ist?« fragte der Polizist, als die Tür hinter ihnen zugefallen war. Ein paar Schritte weiter drinnen stand de Jong und sah aufmerksam zu ihnen herüber.

Gerrit Bakker mußte tief Luft holen, ehe er ein Wort herausbekam.

»Mijnheer Hoekstra«, begann er schließlich. »Ist das die Frau auf Zimmer 235? So eine Kleine, mit schwarzen Haaren?«

Der Polizist spürte, wie sein Mund austrocknete.

»Ja«, antwortete er und schaute Gerrit an.

Der Junge wich dem Blick aus, der Lockenkopf senkte sich. Seine Hände suchten an der gemauerten Theke der Rezeption nach einem festen Halt.

»Ich kenne sie«, sagte er nach einer Pause. »Ich war gestern nacht auf ihrem Zimmer . . . «

8

Wie jedes Jahr fand der große Auftritt Roggenkempers genau an jener Stelle statt, wo der Wesel-Datteln- auf den Dortmund-Ems-Kanal trifft. Hier steht auch der ominöse Flaggenmast, an dem das Herz des Bürgermeisters hing.

An normalen Tagen hat die Szenerie etwas ausgesprochen Friedvolles an sich: Lastkähne tuckern vorüber oder lassen sich an den beiden Bunkerbooten mit Treibstoff versorgen, Angeln werden ausgeworfen, Enten gründeln, Schwäne ziehen vorüber, und auf den Bänken am Ufer sitzen Rentner und Liebespaare. Die wenigen Firmen, die hier oben angesiedelt sind, handeln fast alle mit Bootsbedarf; sie stören die Idylle nicht, sondern gehören dazu.

Bemerkenswert ist noch, daß die Wasserwege, von massiven Dämmen gehalten, hier so hoch über ihrer Umgebung liegen, daß der Ausblick auf die nahe Volksparksiedlung etwas unübersehbar Holländisches an sich hat.

Die Uhr ging auf halb drei zu, als sie wieder in den Lada stiegen. Mager überließ der Blonden das Steuer und gab sich einem angenehmen Wachtraum hin, in dem eine kühle Kiste Bier und ein Liegestuhl im Schatten die Hauptrollen spielten. 35 Jahre waren eben doch kein Pappenstiel.

Auf der B 235 und in der Volksparksiedlung kamen sie nur in

Schleichfahrt voran. Zugeparkte Straßenränder, Großfamilien im Querformat, rot-weiße Absperrgitter und etliche Polizisten, die ihnen für den Rest des Weges einen Fußmarsch empfahlen. Der Wisch mit Roggenkempers gezacktem Namenszug brachte sie zum Schweigen.

Zuletzt ging es nur noch im Schritt weiter. Während Susanne den Wagen vorsichtig durch die Fußgängerscharen lenkte, schielte Mager nach rechts. Von Bäumen fast verdeckt, war zwischen Straße und Damm ein Minensucher der Bundesmarine aufgebockt. Roggenkemper persönlich hatte die alte *Krebs* vor dem Hochofen gerettet und sie dem *Marineverein* für seine Saufabende zur Verfügung gestellt — als »neues Wahrzeichen« Dattelns, wie die *Morgenpost* begeistert geschrieben hatte.

Endlich waren sie oben auf dem Deich. Vor dem Gelände einer Sportboot-Firma fand Susanne ein schattiges Plätzchen.

»Ich peile mal die Lage«, sagte Mager und stieß die Tür auf. Ein Stück hinter der Fahnenstange, zwischen einer Wellblechhütte und dem Grab des Minensuchers, fand er, was er gesucht hatte: einen Getränkewagen.

Während der Dicke auf sein *Alster* wartete, warf er einen Blick auf die *Krebs*, die er jetzt fast von oben bewundern konnte. Im Schatten des Bootes parkten fünf oder sechs *Wannen* mit Bereitschaftspolizei.

Den ersten Halbliterbecher kippte Mager noch an der Theke, zwei weitere nahm er mit. Die Chefin saß bei geöffneten Türen, die Füße auf dem Armaturenbrett, und studierte die Karteikarten mit den Drehbuchauszügen. Sie beruhten zum größten Teil auf Roggenkempers persönlichen Regieanweisungen.

Edelmütig reichte Mager ihr einen Becher. Sie nahm einen großen Schluck und zeigte mit unverhohlener Schadenfreude zu dem blauen Bunkerboot einer Bochumer Mineralölfirma hinüber. »Du darfst gleich klettern: Wenn die Flußpioniere auftauchen — Totale von oben auf den Händedruck zwischen Roggenkemper und dem Kommandeur. Anschließend Gerdchens Rede und die Totenehrung . . . «

Sie blätterte um: »Dann zum Bootshaus, drüben an der Brücke. Dort beginnen die Kanalrundfahrten. Ansturm auf die Boote, fröhliche Gesichter von Soldaten und Zivilisten, Kinder mit Luftballons. Und bloß nicht die Rentner und Behinderten vergessen.«

Mager nickte schicksalsergeben. Für die wenigen Sekunden,

die von der Show später im Film auftauchten, war das eine üble Plackerei. Neidisch starrte er auf ein paar Punks, die es sich am Ufer bequem gemacht hatten: Während die ihre Bierchen kippten, mußte er malochen.

»Echt pervers, was wir hier treiben«, meinte er düster. »Wenn du mir vor zehn Jahren prophezeit hättest, daß ich mal solche Filme mache . . . «

Susanne zuckte die Achseln: »Roggenkemper zieht eben alle Register. Bei den Leuten, die hier investieren sollen, kommen die Bundeswehrbilder blendend an.«

»Eben. Gegen diese Heinis haben wir demonstriert!«

»Ich weiß«, nickte sie. »Vor fünfzehn Jahren!«

»War das etwa falsch? Guck dir doch den Rummel hier an. Meinst du, das dient . . . «

»Meine Güte! Krieg jetzt bloß keinen Moralischen, Mager! Du hättest lieber zu Ende studieren und Sowi-Pauker werden sollen — du mit deinem verdammten Marlowe-Komplex!«

»Wie bitte?«

»Philip Marlowe, Privatdetektiv. Alles außer Scheidungen, sagte er und verhungerte. Du willst es doch genauso machen: Alles, nur keine Werbung. Ich bin sofort dabei — wenn du mir vorher verrätst, womit wir unsere Raten bezahlen . . . «

Mager verstummte und hüllte sich in die Wolken seiner Selbstgedrehten.

»Der ist nicht verhungert«, meinte er nach einer Weile.

»Wer?«

»Marlowe. Er hat Linda Loring geheiratet — und die hatte jede Menge Moos.«

»Wie schön für ihn. Aber wo ist deine Linda Loring? Hat Mechthild geerbt?«

Nein, wollte Mager sagen. Aber er schluckte die Antwort hinunter. Die Erwähnung seiner Gattin hatte ihn endgültig auf die Verliererstraße gebracht.

9

Durch den Hinterausgang verließen sie das Hotel und brachten Gerrit Bakker mit dem Landrover in den Lutinelaan. Als sie ihn in Hoekstras Dienstzimmer auf einen schlichten Plastiksessel setzten, hatte er mit dem *Sunny Boy* vom Abend zuvor kaum noch etwas gemein. Er vergrub das Gesicht in den Händen und schüttelte stumm den Kopf.

Lissy erschien in der Tür und blickte fassungslos auf den Jungen. Mit einer Handbewegung scheuchte der Oberwachtmeister sie weg: »Und kein Telefon! Wenn was ist, soll Wim das klären . . . «

Er schloß die Tür und setzte sich neben den Kahlen an den Schreibtisch, während sich der Major wieder eine Wand aussuchte, um sich, die Arme verschränkt, mit dem Rücken gegen sie zu lehnen.

»Erzählen Sie!« begann de Jong.

Bakker blickte auf. Seine Augen waren feucht und rot.

»Was wollen Sie wissen?«

»Wann haben Sie die Frau kennengelernt?«

»Gestern abend . . . «

Und dann erzählte er: Stockend, aber fast der Reihe nach, die ganze Geschichte. Von der *Bloody Mary* über Cohens *Nancy* bis zum Whisky an ihrem Bett.

»Und dann?«

»Was und dann?« entgegnete Bakker verständnislos.

»Was Sie mit ihr gemacht haben?«

»Nun . . . «

»Haben Sie mit ihr gevögelt?«

Bakkers blaue Scheinwerfer füllten sich mit Empörung – er hatte die Ereignisse wohl romantischer in Erinnerung.

»Naja . . . «

»Mijnheer Bakker«, erklärte de Jong förmlich. »Sie sind zweiundzwanzig, ich bin doppelt so alt, und auch Oberwachtmeister Hoekstra ist schon eine ganze Weile erwachsen. Es ist also niemand da, den Sie mit irgendetwas schockieren könnten . . . «

»Ja«, antwortete Bakker und verstummte.

»Was für ein Ja: verstanden oder gevögelt?«

»Wir haben zusammen geschlafen . . . «

»Genauer! Wie lange waren Sie da? Worüber haben Sie gesprochen?«

Gerrit Bakker schluckte und starrte zum Fenster hinaus. Die Straße draußen war still wie eh und je, er kannte dort jeden Stein und jedes Haus, aber das alles war jetzt weit weg. Einige Augenblicke schien es, als müsse der Junge wieder losheulen, doch er schluckte es herunter.

»Geben Sie mir eine Zigarette«, bat er.

Der Major blickte den Oberwachtmeister an – er war Nichtraucher. Hoekstra zog die Zigarillos heraus, die ihm Gerrit selbst verkauft hatte. Ein schwaches Lächeln huschte über das Gesicht des Gelockten, dann rauchte er an.

»Ich war ungefähr drei, dreieinhalb Stunden da«, erzählte er stockend. »Wir haben in dieser Zeit keine zehn Sätze gewechselt. Sie war – naja, sie war offenbar auf eine wilde Nacht aus und konnte einfach nicht genug bekommen . . . «

»Und Sie?«

»Ich?«

Bakker schniefte und lächelte leicht. »Ich war nach zwei Stunden groggy. Völlig überrollt . . .« Er unterbrach den Satz, schien nachzudenken. Die beiden Polizisten ließen ihm Zeit.

»Wirklich, das war schon seltsam. Nach außen hin wirkte sie ungeheuer cool und souverän. Unnahbar. Aber im Hotel – sie ließ sich völlig fallen . . . «

»Und danach?« fragte de Jong.

»Wann – danach?«

»Als Sie – groggy waren . . . «

Bakker zögerte erneut – es fiel ihm sichtlich schwer, in die Details zu gehen.

»Wir haben dann, naja, noch ein bißchen so ’rumgemacht. Einfach nur geschmust. Als ich drauf und dran war, einzuschlafen, hat sie mich ’rausgeschmissen.«

»Und?«

»Was: Und?«

»Sind Sie gegangen?«

»Klar. Was sonst?«

»Wohin?«

»Nach Hause natürlich . . . «

»Und wie sind Sie aus dem Hotel gekommen?«

»Hinten. Die Feuertreppe. Der Schlüsselkasten war ja nicht mal verplombt. Und vorne raus – das war mir zu riskant. Ich wollte Dijkstra nicht in die Arme laufen.«

»Was hast du mit dem Schlüssel gemacht?« fragte Hoekstra.

»Wieder hingehängt . . . «

»Du hast also nicht abgeschlossen?«

»Nein. Wie denn auch . . . «

Die Polizisten wechselten einen kurzen Blick: Wenn das stimmte, war Bakker aus dem Schneider. Aber er würde es nie beweisen können.

»Gerrit«, fragte der Major und beugte sich leicht vor, »sind Sie ganz sicher, daß die Frau noch lebte, als Sie gingen?«

Einige Sekunden lang hing die Frage in der Luft. Gerrit Bakker sah den Major an. Langsam schien ihm zu dämmern, um was es ging. Seine Lippen begannen zu zucken. Hoekstra fürchtete schon, der Bursche würde wieder die Fassung verlieren, doch er fing sich sofort.

»Wollen Sie damit sagen . . . «

»Irgend jemand *hat* sie umgebracht. Und soviel wir wissen, waren Sie der letzte Mensch, der sie lebend gesehen hat!«

»Aber – warum sollte ich sie denn umbringen? Warum?« schrie der Junge. »Erklären Sie mir das doch!«

Der Oberwachtmeister legte ihm beruhigend die Hand auf die Schulter. Bakker verstummte, wartete auf eine Antwort. Der Major schwieg.

»Ich war nicht der letzte«, beharrte der Gelockte schließlich. »Der letzte, der sie gesehen hat, war ihr Mörder.«

10

Mit gewölbter Brust und durchgedrücktem Kreuz, die Augen wie aus Granit gemeißelt – so stand Roggenkemper auf dem quadratischen Sockel des Fahnenmasts, flankiert von einer alten Schiffsschraube und einem ausgedienten Anker.

Es war einer seiner Lieblingsplätze und der rechte Ort, einen symbolischen Händedruck mit dem Häuptling seiner Patenkinder, der Flußpioniere vom Rhein, zu wechseln: Schräg hinter sich wußte er seinen Minensucher, vor sich sah er den vom Kaiser eingeweihten Kanal, und über ihm wehten die Fahne der Bundesrepublik Deutschland und das Banner des Dattelner Schiffer-Vereins. Schön war das!

Die Bun-des-wehr ist un-ge-heu-er:
Er-stens Schei-ße, zwei-tens teu-er!

Der Bürgermeister zuckte, als hätte ihn ein Stromstoß getroffen. Seine Augen flackerten auf und irrten am Ufer entlang, um die Ketzer aufzuspüren. Knapp fünfzig Leute mochten es sein: Schüler, Eltern mit Kindern, Rentner. Die übrigen zweitausend blieben stumm. Einige beifällig nickend, andere blieben skeptisch, viele waren aufgebracht: Diese Linken wollten ihnen ein Vergnügen versauen.

Zwei riesige Transparente gingen hoch: Jesus, der über seinem Knie ein G3 zerbrach, und jene Saurier, die ausgestorben sind, weil sie zuviel Panzer und zuwenig Gehirn gehabt hatten.

Das PEGASUS-Team stand auf dem *Aral*-Boot, er mit Stativ und Kamera auf dem Dach, sie mit Mikro und Aufnahme-Recorder unten, verbunden durch ein Vier-Meter-Kabel, mit dem die Geräte gekoppelt waren. Als Roggenkemper einen Polizeioffizier heranwinkte, drückte Mager — eher aus einem Reflex heraus als in kühler Absicht — auf den Auslöser. Mit großer Geste wies der Bürgermeister auf die Sünder. Der Kommissar zog ein *Walkie-Talkie* aus dem Uniformrock und gab eine Folge schneller Kommandos.

Zwei Minuten später rückte Bereitschaftspolizei an. Die Beamten bildeten eine Kette und drängten die Gruppe vom Ufer weg. Schritt um Schritt wichen die Demonstranten zurück. Einige ließen sich zu Boden sinken, behutsam griffen die Polizisten zu und trugen sie davon. Noch konnte alles friedlich enden.

In diesem Augenblick rührten sich die Punks. Sie sprangen auf und rannten los. Ein kräftiger Bursche in verschossenem Muscle-Shirt holte aus und schickte einen Gegenstand auf eine Flugreise. Das Geschoß war handlich, seine Hülle bestand aus Plastikfolie, der Inhalt aus einer leuchtend roten Suppe. In nahezu idealem Bogen überwand der Farbbeutel die Versammlung braver Bürger und klatschte vor die Füße des Bürgermeisters. Beim Aufprall zerplatzte er, und die Brühe spritzte umher. Roggenkempers Hemd und Hose bekamen am meisten ab.

Die Wirkung der Attacke war enorm.

Die Getroffenen schrien auf und brachten die Menge hinter sich in Unordnung. Roggenkemper starrte ungläubig auf die blutroten Flecken auf seinem Hemd und fuchtelte mit den Armen. Der Polizeikommissar brüllte Befehle, die im Lärm untergingen.

Vom Minensucher keuchte ein zweiter Zug Polizisten den Kanalweg herauf. Auf dem Uferdamm wurden sie mit einer Salve Farbbeutel empfangen. Ein Augenblick des Zögerns, dann stürzten sie sich auf Punks und Demonstranten. Schlagstöcke wirbelten, Transparentstoff riß, Holz krachte, Menschen brüllten. Eine Flut von Haß brach sich Bahn.

Zwei von diesen Schlagmaschinen holte Mager mit dem Zoom heran. Sie hielten einen jungen Burschen an den Armen, während ihm ein dritter mit voller Wucht in den Unterleib trat.

Dicht daneben das Gleiche: Zwei Bullen zerrten eine Frau an den Haaren, ein dritter zog ihr wieder und wieder den Schlagstock über den Rücken.

Polizeisirenen, Blaulicht. Zwei Wannen rasten heran, die Türen wurden aufgerissen, die Festgenommen hineingeprügelt. Wer nicht schnell genug war, dem half man mit den Stiefeln nach.

Neuer Schwenk: die Leute.

Viele waren zurückgewichen, angstvoll, entsetzt. Aber da war auch dieser Schrank von einem Kerl, ein Grinsen im Gesicht. Zwei junge Frauen, die vor Begeisterung kreischten. Ein Graukopf mit Marinemütze, Geifer im Maul – als sie einen Punk an ihm vorbeizerrten, schwang er den Krückstock und prügelte mit.

Und Roggenkemper. Weiß vor Wut. Als eine Gruppe von Demonstranten versuchte, den Kanal entlang zum Bootshaus zu fliehen, trieb der Bürgermeister die Verfolger an: »Nachsetzen, draufhauen, nachsetzen!«

Nach zehn Minuten war alles vorbei. Die Menge schwappte über dem Kampfplatz zusammen wie die See über einem gesunkenen Schiff. Die Zuschauer drängten wieder zum Ufer, und selbstlos überreichte Roggenkempers Chauffeur dem Chef sein eigenes, blütenweißes Hemd.

Die Bundeswehrkapelle spielte, ein Sturmboot legte an. Der Chef der Flußpioniere ging an Land. Die Hand am Mützenschirm, marschierte auf den Bürgermeister zu. Roggenkemper nahm Gruß und Meldung entgegen, mit gewölbter Brust und durchgedrücktem Kreuz, die Augen wie aus Granit gemeißelt.

Kaum hatte Mager die Zeremonie im Kasten, sprang er vom Bootsdach, koppelte die Kamera vom Recorder ab und lief über die Metallgitterbrücke zurück an Land.

»Wo willst du hin?« schrie Susanne.

»Pissen!«

Im Ausstellungsraum der Sportbootfirma drängte er ein paar neugierige Wassersportfans zur Seite und stürzte zu dem Schreibtisch, von wo aus ein Rentner darüber wachte, daß keiner der Besucher einen Außenborder klaute.

»Habt ihr noch ein zweites Telefon?«

»Durch die Tür da. Aber . . . «

Fünfzehn Monate vor diesem Septembertag hatte Holger Saale noch davon geträumt, einst Chefreporter der Hamburger *Nacht-*

ausgabe zu werden. Denn bei seinen Recherchen über barmherzige Schwestern und gnadenlose Kreisklassentrainer war er immer wieder über Leichen gestolpert. Doch womit sonst Karrieren beginnen, damit hörte seine eigene auf: Die Toten dokumentierten stets Skandale, die weder dem Senat der Hansestadt noch den Eignern des Blattes gefielen. Nach der Volontärzeit wurde er ausgemustert.(Vgl. Leo P. Ard: *Roter Libanese* und *Fotofalle,* zwei Weltkreis-Krimis — der Säzzer)

Dem beruflichen Tiefschlag folgte der private Knockout: Saales Freundin wollte zum Kaffeepflücken nach Nicaragua, er nicht. Claudia ging trotzdem. Wochen später las ihn Susanne Ledig im *Geelhaus*, seiner Stamm-Kneipe, auf. Als er am Morgen in einem Hotelbett erwachte, war er engagiert. Wozu, merkte er erst, als er seine Koffer nicht direkt über den PEGASUS-Büros in Susannes Wohnung, sondern noch eine Etage höher, in einem notdürftig ausgebauten Dachboden, abstellen durfte. Sooft er auch seitdem mit geklautem Calvados und anderen Weichspülern bei Susanne vorsprach — von seinen Fähigkeiten als Reporter hielt sie ohne Zweifel mehr.

Magers Anruf kam, als er gerade seine Yucca-Palmen umtopfte und sich darüber den Kopf zerbrach, mit wem er sich am Abend im *Fletch Bizzel* eine esoterische Pantomime ansehen sollte. Seine Freude, in diesem Moment die Stimme seines Vize-Chefs zu hören, war unbeschreiblich.

»Hör zu, Saale«, erklärte Mager. »Roggenkemper hat gerade ein paar Demonstranten zusammenknüppeln lassen — und PEGASUS hat das auf Video. Du tust jetzt zweierlei: Zuerst jagst du die Tussi aus Bochum her, damit sie die Cassette abholt. Dann telefonierst du dir die Finger wund, um das Band zu verkaufen. Am besten noch für die Aktuelle Stunde heute abend . . . «

»Mensch, du spinnst doch. Studio Dortmund nimmt grundsätzlich keine fremde Ware . . . «

»Dann versuchst du es direkt in Köln. Rohmaterial, acht bis zehn Minuten, O-Ton. Aber unter tausend geht das Ding nicht weg!«

»Und was sagt Susanne . . . «

»Du hast gehört, was *ich* sage. Und jetzt schreib auf, wo die Tussi mich findet . . . «

Mager warf den Hörer auf die Gabel, ließ sich auf den Kippsessel des Verkaufschefs sinken und kramte nach seinen Zigaretten. Die

Knüppelorgie hatte er mit einer Abgebrühtheit gefilmt, die er sich nicht zugetraut hatte. Aber jetzt zitterten ihm die Knie.

»Sie können hier nicht sitzen bleiben«, sagte der Alte, der die ganze Zeit zugehört hatte.

»Ich weiß«, sagte Mager. »Aber gib mir erstmal einen Schnaps.«

Der Mann zögerte. Dann öffnete er einen Schrank und eine Flasche *Remy Martin*.

11

Zum *Recherche Bijstands Team* der Provinz Friesland, einer ständigen Sonderkommission zur Aufklärung von Kapitalverbrechen, gehören rund vierzig Polizistinnen und Polizisten. Gut die Hälfte von ihnen hatte de Jong auf die Insel beordern lassen. Wegen der Großaktion im Hafen hatte die Fähre neunzig Minuten Verspätung, so daß alle bis zur Abfahrt in Harlingen eintrafen. Der Rest saß in Bereitschaft oder half dabei, die Aussagen der Passagiere auszuwerten — immerhin waren sechs Gäste aus dem *Albatros* darunter.

Gegen 18.00 Uhr fand sich de Jongs Truppe zusammen mit den Kriminaltechnikern im Rathaus ein — die Wache wäre für diese Versammlung zu klein gewesen. Die meisten, schien es Hoekstra, hatten den Ärger über das verkorkste Wochenende schon auf See verdaut. Jedenfalls hörten sie konzentriert zu, als der Major die Lage schilderte.

Fragen gab es kaum. Alkema fuhr eine Beamtin zum Lutinelaan, damit sie Bakker die Fingerabdrücke abnehmen konnte, während ihre Kollegen auf direktem Wege zum Hotel wanderten, um im Zimmer der Ermordeten das Unterste nach oben zu kehren.

»Und nun zu euch«, wandte sich de Jong an die Leute der *Taktischen Recherche*. Er ließ die Reproduktionen des Paßfotos verteilen.

»Ich will ein lückenloses Protokoll über jeden Schritt, den die Frau hier getan hat. Wann war sie wo — und was hat sie da gesagt und getan? Der Oberwachtmeister dort« — alle drehten sich zu Hoekstra um — »kennt sich aus. Er wird euch bei der Aufteilung der Gebiete helfen, die ihr abklappern müßt . . . «

Eine Viertelstunde später waren die Männer und Frauen unterwegs. Auch Hoekstra wollte los, um nach den Posten zu sehen, aber der Major hielt ihn fest: »Warten Sie . . . Was halten *Sie* von unserem Freund?«

Der Oberwachtmeister hob die Augenbrauen: »Gerrit? Ich kenne ihn, seit ich auf der Insel bin. Schürzenjäger? Ja. Mörder? Nein . . . «

»Wieso sind Sie so sicher?«

»Weil er kein Mörder ist . . . «

De Jong verzog das Gesicht: »Das ist keiner von unseren Kunden. Bis auf das eine Mal, das sie hinter Gitter bringt. Meistens, jedenfalls . . . «

»Aber es gibt genügend Leute, denen auch das eine Mal nicht passiert«, widersprach der Oberwachtmeister. »Was ist mit dem Motiv? Warum sollte er eine Frau umbringen, mit der er noch ein paar Nächte verbringen konnte?«

»Konnte er? Vielleicht hat sie ihn mit Spott und Hohn vor die Tür gesetzt hat, weil er nach zwei Stunden nicht mehr ganz so frisch war? Und er fand das gar nicht so gut?«

»Ich weiß nicht«, gestand Hoekstra. Mit dem Daumen kratzte er sich durch die blonden Stoppeln hindurch, die sein Gesicht bedeckten, ausgiebig das Kinn. Aber je länger er darüber nachdachte, desto absurder erschien ihm de Jongs Vermutung.

»Das ist mir zu konstruiert, Major . . . Aber selbst dann, wenn die Frau sich wirklich so verhalten hätte – Gerrit hätte mit den Achseln gezuckt und wäre nach Hause gegangen. Und heute abend wieder in die *Stoep*. Ein paar von den Zeltplatzmädchen sind ja noch da.«

Er zündete sich jetzt doch einen Zigarillo an. Ein leichtes Schwindelgefühl machte sich bemerkbar: Den letzten hatte er vor einer Woche geraucht, nachdem er den Brandstifter in Harlingen abgeliefert hatte.

»Ich habe doch heute morgen mit ihm geredet«, fing Hoekstra wieder an. »Eine Stunde, bevor sich der Mord herumgesprochen hatte. Wir haben noch über seine Amouren gewitzelt. Mal angenommen, er hätte sie wirklich erwürgt – halten Sie ihn für so kaltblütig, am Morgen nach der Tat über seine harten Nächte Witze zu reißen?«

De Jong antwortete nicht. Sein Zeigefinger tippte mehrmals auf den Stiel eines Kaffeelöffels, der neben seiner Tasse lag, und ließ die Kelle wippen.

»Und noch etwas. Kein schlüssiger Beweis, aber ein Umstand,

der zu allem anderen kommt: Die Frau hatte ihr Kostüm sorgfältig über den Sessel gelegt. Wann? Nachdem er sie ausgezogen hatte? Bevor er ging? Oder eher danach, als er weg war? Und bevor der Mörder anklopfte . . . «

De Jong schwieg. Hoekstra wich seinem Blick nicht aus, sondern beobachtete aufmerksam eine allmähliche Wandlung auf seinem Gesicht. Falls der Major gehofft hatte, den Fall ganz bequem im ersten Zugriff lösen zu können — dann begannen seine Träume gerade zu entschwinden.

Der Major stand auf, trat ans Fenster und starrte in den Rathausgarten. Ein Stück Rasen, eine braune Holzbaracke für zusätzliche Büros, noch ein paar Meter Wiese, der Deich, das Wattenmeer . . .

Er holte tief Luft und atmete geräuschvoll wieder aus: »Vielleicht haben Sie recht.«

»Kann ich gehen?« fragte Hoekstra.

»Ich komme mit . . . «

Im Zimmer 235 war die Spurensicherung damit beschäftigt, alle halbwegs glatten und festen Flächen mit Ruß- und Aluminiumpulver einzustäuben. Die Beamten hatten an der Tür begonnen und arbeiteten sich im Uhrzeigersinn vorwärts. Ihnen folgten ein Mann und eine Frau, die Wandschrank, Schubladen, Koffer und Kleidungsstücke gründlich filzten.

Ein anderer Trupp von Technikern hatte soeben die Naßzelle verlassen und widmete sich der Glastür am Ende des Flurs und dem Handlauf der Feuertreppe, während zwei weitere den Hof und die Unterstellmöglichkeiten am Middenweg absuchten: Falls ein anderer als Bakker der Täter war, mußte er im Hotel oder auf der Rückseite gewartet haben, bis der Weg zu Ruth Michalski frei war.

Die Frage, wie es aussah, unterdrückte de Jong: Wenn einer etwas fand, würde er sich melden. Sicher war nur, daß die Zimmermädchen eine Menge Arbeit hatten, wenn die Polizei die Räume freigab.

Den Mediziner fand der Major im Frühstücksraum an jenem Tisch, der für die einsame Bewohnerin von 235 reserviert gewesen war. Bei einer Tasse Kaffee füllte er ein Notizbuch mit Zeichen, die genausogut aus dem Persischen stammen konnten. Als er de Jong sah, hob er beide Hände.

»Ich weiß gar nichts«, sagte er. »Nur, daß Sie mir sagen

werden, daß der Zeitpunkt des Todes noch nie so wichtig war wie in diesem Fall. Stimmt's?«

Der Major grinste.

»Zum Glück weiß Dijkstra wenigstens, wann sie zum letztenmal etwas gegessen hat und was. Das wird uns bei der Obduktion sehr helfen . . . «

»Kommen Sie! Ich brauche die Zeitangabe jetzt und nicht in einem halben Jahr . . . «

»Zwischen neun und drei letzte Nacht. Vielleicht.«

»Dürftig«, meinte de Jong. »Das weiß der Barkeeper in der *Stoep* besser. Um zehn hat sie nämlich noch gelebt. Und zwar sehr . . . «

»In Sexbierum gibt es eine Kartenlegerin«, meinte der Doc. »Die weiß alles auf die Sekunde genau – ehe es passiert. Vielleicht versuchen Sie es da mal?«

»Schon gut. Erwürgt?«

»Sieht so aus.«

Der Major gab es auf. Vor der Obduktion würde dieser Mensch nicht einmal zugeben, daß Ruth Michalski wirklich tot war.

12

Im großen Festzelt tobte sich der deutsche Frohsinn aus.

Punkt acht legte die Bundeswehr-Combo mit einem Rheinlied los, und über tausend brave Bürger sangen mit. Zwanzig Minuten später hatten sich die Leute warm geschunkelt. Die erste Polonaise ging ab, erst durch die Reihen, dann rund ums Zelt. Männerhände gierten nach halbnackten Schultern, die angegrapschten Weiber quietschten, und alle zusammen schrien nach irgendeiner Adelheid, die ihnen partout keinen Gartenzwerg schenken wollte. Ein Nebel aus Parfüms und After-Shaves wirbelte auf – das Zelt stank wie eine Drogerie.

Das PEGASUS-Team hatte den Lada am Hintereingang abgestellt. Während Mager im Freien sein verschwitztes Hemd wechselte, starrte er neidvoll auf den riesigen Wohnwagen, den man für den Star des Abends bereitgestellt hatte. Der Herr Künstler hatte da drinnen sicher fließendes Wasser und mußte sich die Achselhöhlen nicht mühsam mit einem Dutzend Erfrischungstücher säubern.

Während Susanne ihr Make up auffrischte, überlegte Mager,

ob er ihr den Deal mit der Aufnahme beichten sollte. Nach der Rückkehr in die Stadt hatte er die Chefin am Neumarkt abgesetzt und wieder ins Café geschickt, während er allein zum Tanken und Waschen gefahren war. Dort hatte Karin bereits auf die Cassette gewartet, halb erstickt an ihrer Wut . . .

Mager verwarf den Gedanken. Erstens hatte er doch seine Zweifel, ob sie seine Idee auch so gut fand wie er. Und zweitens war es noch gar nicht sicher, ob Saale, diese Flasche, die Cassette überhaupt verkauft hatte.

Als sie fertig waren, riskierte er einen Blick in das verräucherte Zelt und stöhnte auf: Privat hätten ihn keine zehn Gäule dort hineingebracht. An den Zapfstellen drängten sich die Bedienungen, um volle Gläser abzuholen, an den langen Tischreihen wurde gequasselt, geschunkelt und gesoffen, und vor der Bühne mühten sich rund zweihundert Leute, den Brauttanz der Krickenten nachzuahmen.

Flöz Sonnenschein morgens um fünf, dachte Mager. Die sind ja alle bescheuert . . .

Den größten Teil ihrer Arbeit erledigten sie rasch und routiniert: ein paar Aufnahmen von den unvermeidlichen Festreden; das Publikum, zwei, drei Tanzszenen, einen Blick auf die Kapelle und einen in das Décolleté der Sängerin. Dann warteten sie auf den Superstar des Abends, dessen Lieder nach Schätzung des Dicken bombig ankommen würden.

Die Pause aber war Magers Stunde. Wie ein Riesenheuschreck fraß er sich an Pommesbuden und Wurstständen entlang, eingedeckt mit den Gutscheinen, die ihm die Organisatoren im Rathaus zugesteckt hatten. Aufträge ohne Deckung des Verpflegungsbedarfs hatten auf seinem Schreibtisch keine Chance.

An der Sektbar in einer Ecke des Festzelts trafen sie Roggenkemper. Neben ihm lehnte, einsfünfundachtzig lang, in schwarzer Jacke und blauen Jeans, der nette Mensch, der Mager beinahe plattgefahren hätte. Der Ortsfürst winkte sie heran und stellte sie vor: »Uwe, dieses Mädchen ist der lebende Beweis — es gibt noch charmante Frauen mit Köpfchen . . . «

Der Mann musterte sie und streckte ihr die Hand entgegen.

»Frau Ledig«, erläuterte Durchlaucht, »das ist der gefährlichste Mann im Landkreis Recklinghausen: Uwe Gellermann, Prokurist bei Puth und Fraktionschef in der Partei. Wenn er nicht gerade seine Firma in den Ruin treibt oder an meinem Stuhl sägt, dann tröstet er irgendwelche Witwen . . . «

»Solche Leute muß es auch geben«, erwiderte Susanne. »Schade, daß ich keine Witwe bin . . . «

»Glauben Sie ihm kein einziges Wort«, empfahl Gellermann und ließ sich zu einem vollendeten Handkuß hinreißen. Seine braunen Augen lächelten Susanne an. »In Wahrheit wären Puth und Roggenkemper ohne mich schon Dauerkunden im Sozialamt . . . «

Per Fingerschnippen orderte der Prokurist eine neue Flasche Schampus. Er goß ein und drückte auch Mager ein Gläschen in die Hand: »Beim nächsten Mal ziele ich besser!«

»Ich überlebe alles«, strunzte Mager. »Aber Sie haben Totalschaden . . . «

Doch Gellermann hatte kein Auge mehr für ihn, sondern ging an Susannes Sonnenseite vor Anker. Offenbar stand er nicht nur auf Witwen.

»Journalistin sind Sie?« fragte er.

»Gewesen. Jetzt bin ich eher so etwas Ähnliches wie eine Medienkauffrau und Videoproduzentin. PEGASUS spezialisiert sich mehr und mehr auf professionelle Product-Promotion . . . «

Mager grinste still: Einwickeln gehörte zu Susannes Stärken.

»PEGASUS – ein schöner Name. War das nicht das geflügelte Roß des Zeus?« kramte der Prokurist in seinem Schatzkästlein humanistischer Bildung.

Susanne nickte. Ihr Lächeln brannte zwei tiefe Löcher in seine Augen: »Und in der Romantik das Symbol der Dichter . . . «

Weiber, dachte Mager.

Doch bevor es zu irgendwelchen Weiterungen kommen konnte, mischte sich Roggenkemper ein.

»Uwe, Frau Ledigs Truppe könnte euch doch aus der Scheiße holen. Laßt ein paar Tausender springen und ein paar schöne Filme von euren Förderbändern machen. Du wirst sehen, dann läuft der Laden wieder!«

Gellermann hob die Schultern: »Das erzähle ich dem Chef schon seit Jahren. Aber das ist für ihn nur neumodischer Schnickschnack . . . Und wenn ich jetzt wieder damit anfange, kriegt er gleich den nächsten Herzanfall.«

»Wie wär's, wenn wir uns die Sache einmal anschauten?« fragte Susanne. »Wir könnten Ihnen dann einen Drehbuchvorschlag und ein Kostenexposé erstellen.«

Gellermann schwieg und grübelte.

»Mit dem besten Kameramann, den ich kenne«, bohrte die

Blonde weiter. »Solides Handwerk, genialer Kopf. Auf Festivals heimst er Preise ein . . . «

Mager neigte sein Haupt und schwieg bescheiden. Das Einheimsen bestand vorerst aus zwei einsamen Urkunden für einen Dokumentarfilm über den Stahlarbeiterstreik im Winter 78/79. Gellermann und seinem Chef würde der Streifen wohl kaum gefallen – und das nicht nur, weil er noch in Schwarz-Weiß gedreht worden war.

Plötzlich nickte Gellermann und grinste.

»Könnten Sie vielleicht schon Montag zu einer Vorabsprache kommen?«

Der hat's aber plötzlich eilig, dachte Mager.

»Wie ist es mit den Terminen, Klaus?«

»Eng, sehr eng«, stöhnte Mager. »Denk an das Video für die Baumarktkette . . . «

»Kommen Sie«, stoppte ihn der Prokurist. »Es wäre sogar dringend.«

Alle sahen es: Mager rang mit sich. Solch einen überzeugenden Gewissenskonflikt hatte er nie zuvor auf die Bühne gebracht.

»Mir zuliebe«, drängte Roggenkemper. »Datteln braucht jeden Arbeitsplatz. Und unsere Freunde haben wir noch nie vergessen.«

»Also gut«, meinte Mager. Solange es sich nicht wieder um Mischmaschinen handelte, war er für jeden Auftrag dankbar.

»Montag morgen um elf?« drängte der Jeans-Mann.

Mager tat, als lasse er einen vollen Terminkalender vor seinem geistigen Auge Revue passieren.

»Einverstanden«, nickte er schließlich.

»Prima. Ich beschreibe Ihnen, wie Sie . . . «

»Jetzt gehts los!« jubelte Roggenkemper und deutete auf die Bühne. Mit erhobenen Händen applaudierte er und stimmte einen Sprechchor an, den die ehrenwerte Versammlung freudig aufgriff: »Hei-no! Hei- no!«

13

Abends um zehn sammelte de Jong seine Truppe im Gemeindesaal und ließ eine erste Bilanz ziehen. Berauschend war sie nicht.

Der Doc hatte, bevor er samt Leiche zur Obduktion nach Leeuwarden geflogen worden war, doch noch einen kurzen

Bericht hinterlassen und darin immerhin zugegeben, daß Ruth Michalski tot war.

Auch die Todesursache sei eindeutig: Erwürgen. Der Angriff sei frontal erfolgt, und der Täter habe wohl Handschuhe getragen, da am Hals weder Eindrücke von Fingernägeln noch Kratzspuren feststellbar seien. Andere Todesursachen schloß er vorerst aus.

Kurz vor zehn hatte er telefonisch das Fazit der Obduktion durchgegeben. Den frühesten Zeitpunkt des Todes könne er aufgrund des Verdauungsgrades der Nahrung auf Mitternacht korrigieren, als Schlußtermin sei zwei Uhr möglich, jeder Zeitraum davor aber wahrscheinlicher.

Für Gerrit Bakker war dieses Resultat alles andere als erfreulich: Ein anderer Täter hätte, nachdem er selbst zwischen halb zwei und zwei am Morgen weggegangen war, innerhalb von Minuten am Tatort sein und das Verbrechen ausführen müssen.

Weitere Verletzungen, darunter Hinweise auf eine Vergewaltigung, habe man nicht festgestellt. Auch gebe es keine Anzeichen dafür, daß die Michalski sich nachhaltig gewehrt und dem Mörder irgendwelche Kratzer zugefügt habe . . .

Die Kriminaltechniker kamen an die Reihe. Sie hatten ihre Ergebnisse bereits statistisch aufbereitet: Im Zimmer 235 gab es Fingerabdrücke von neun, im Bad immerhin noch von fünf Personen . . .

»Das erzähle ich schon seit Jahren«, warf ein älterer Techniker ein. »Die Zimmermädchen in Deutschland sind viel gründlicher!«

Er mußte es wissen: Seinen Urlaub verbrachte er regelmäßig bei Brilon im *Gebirge*.

Nr. 1, der Häufigkeit nach, sei in beiden Räumen die Tote, Nr. 2 das Zimmermädchen, an dritter Stelle komme Bakker, gefolgt von Cornelius Dijkstra. Die anderen Fingerabdrücke seien unbekannter Herkunft, jedoch anhand der Gästeliste nachprüfbar.

»Aber das wird dauern«, meinte der Chef der Techniker und blickte auf seinen Spickzettel: «Es sind zwei Deutsche und zwei Franzosen darunter.«

An den Türklinken im Zimmer und an der Feuertür gebe es keine verwertbaren Spuren; sie seien alle so verwischt, als habe der letzte Benutzer sie mit einem Lappen oder Wollhandschuhen gestreift.

Am Gepäck: Überall die Prints der Toten, aber einige beschädigt. Den Wandschrank, die Schubladen und den Koffer der

Frau, die eher ordentlich gewesen sei, habe wahrscheinlich jemand durchsucht. Aber die Papiere, Geld und Schmuck seien allem Anschein nach vollständig.

»Wenn ich zusammenfassen darf: Alles spricht dafür, daß nach Bakker noch eine andere Person im Raum war.«

Ein allgemeines Flüstern und Raunen, dann hob de Jong beschwichtigend die Hand: »Wir wollen doch heute noch für ein paar Stunden ins Bett!«

Die Kriminaltaktiker hatten sich jede erdenkliche Mühe gegeben, die Aktivitäten Ruth Michalskis zu dokumentieren. Sie legten einen Laufplan vor – von der telefonischen Anmeldung im Hotel am Dienstag morgen bis zum Abmarsch zur *Stoep* am Freitag abend –, der aber noch Lücken enthielt. Ihre wichtigsten Stationen waren das Besucherzentrum, die Bibliothek, die Zeitschriftenläden und mehrere Cafés gewesen: Sie hatte alle erreichbare Literatur über die Insel gekauft oder ausgeliehen und zwischendurch ein paar Spaziergänge ums Dorf und zum Strand unternommen . . .

Das Ergebnis der Nachforschungen unter dem Personal und den Gästen des Hotels sei niederschmetternd: Niemand hatte mehr als ein paar unverbindliche Worte mit Ruth Michalski gewechselt, niemand hatte sie mit jemandem gesehen, und – vor allem – niemand hatte im möglichen Tatzeitraum irgend etwas bemerkt.

»Und was ist mit den vier Leuten auf ihrem Flur?«

»Die sind um eins ins Bett gegangen. Und wenn du mich fragst: Ich halte es für unwahrscheinlich, daß einer von ihnen sich erst mit seiner Freundin schlafen legt, dann noch einmal aufsteht . . . «

Der Rest des Satzes ging im Gemurmel unter.

»Und was wissen wir nun wirklich?« fragte der Brilonspezialist schließlich.

»Aus psychologischer Sicht«, begann ein junger Polizist mit Nickelbrille, und alle stöhnten auf.

De Jong grinste, brachte die Truppe zum Schweigen und sagte: »Mach's kurz. Und auf Holländisch . . . «

Der Psycho-Mensch verzog sein Gesicht zu einem schmerzlichen Lächeln.

»Sie hatte keine wirklichen Kontakte auf der Insel – nur zu Bakker. Außer ihm hat sie niemanden gut genug kennengelernt, um ihm ein Motiv zu liefern.«

Schweigen.

»Mir ist etwas aufgefallen«, meldete sich eine Polizistin. »Die hat sich gar nicht wie eine Touristin verhalten, sondern viel eher wie eine Lehrerin auf Bildungsurlaub. Wer von den Gästen interessiert sich sonst so für die Vergangenheit?«

»Stimmt«, gab der Chef der Taktiker zu. »Aber dafür gibt es eine Erklärung: Ihr Vater gehörte zu den *Moffen,* die nach 1940 die Insel besetzt hielten. Das hat sie mindestens zweimal erzählt.«

»Kann man das überprüfen?« fragte der Major den Oberwachtmeister. Hoekstra hob die Hände: »Kaum. Die Deutschen haben vor der Befreiung tagelang Papiere verbrannt. Wir müßten die Alten fragen. Manche Deutschen hatten Privatquartiere. Auch hier, im *Albatros,* haben welche gewohnt. Es gibt Fotos . . . «

De Jong winkte ab: »Schreiben Sie die Namen von Vlieländern auf, die vielleicht etwas wissen. Dann haben wir morgen keine Langeweile . . . Also: Was ist letzte Nacht passiert?«

Die Beamtin meldete sich wieder: »Bakker war es nicht. Was Gabriel«, sie deutete auf den Psychologen, »gesagt hat, ergibt doch Sinn: Es war ein Täter von auswärts, der aber gewußt haben muß, wo er sie findet. Vielleicht hat er sogar im Hotel darauf gelauert, daß Bakker wieder verschwand . . . «

»Hotel ist unwahrscheinlich. Auf dem Hof!«

»Hast recht. – Also: Als Bakker die Feuertür aufließ, konnte der Täter problemlos hinein. Er hat geklopft, die Ruth Michalski hat ihn für Bakker gehalten und geöffnet. Er hat sofort zugepackt, damit sie nicht schreien konnte, und sie erwürgt. Dann hat er alles durchwühlt und ist gegangen. Nachts war er im Wald, morgens fuhr er mit dem ersten Schiff ab . . . «

»Und warum hat er alles durchwühlt?«

»Klauen wollte er nicht: Der Schmuck ist noch da, die Uhr auch . . . «

»Er hat etwas anderes gesucht, von dem er vermutete, daß sie es hatte . . . «

Alle schwiegen und dachten nach.

»Wenn es so war«, sagte de Jong schließlich, »dann war der Täter wohl ein Deutscher. Dann geht es um etwas, das bei ihr zu Hause passiert ist.«

»Aber: Wo hat er stundenlang gewartet, bis Bakker wieder ging? Wo hat er übernachtet? Wo ist der verschwundene Schlüssel?«

»Weiß ich auch nicht«, gab de Jong zu. »Ihr werdet morgen

nochmal den Weg hinter dem Hotel nach Spuren absuchen und überall herumfragen müssen, ob jemand gesehen worden ist.«

Alle nickten. Da meldete sich Hoekstra zu Wort.

»Bitte . . . «

»Ich weiß nicht, ob das wichtig ist. Aber ich habe mir vorhin die Sachen der Toten angeschaut.«

»Und?«

»Sie hat eine Menge Kram mit, den man bei einer Frau in ihrem Alter vermutet. Aber etwas fehlt: Ein Wohnungsschlüssel . . . «

Schweigen. De Jong schaute zu den Tatortspezialisten hinüber, die blickten auf ihre Listen, nickten.

Einige Sekunden vergingen.

»Die können aber auch in ihrem Wagen liegen«, meldete sich jemand.

»Und wo steht der?« fragte de Jong.

»In der Handtasche ist eine Quittung . . . «

Der kahle Gehilfe des Majors sprang auf und rannte nach nebenan. Zwei Minuten vergingen, dann kam er zurück: »In einer Touristengarage . . . «

»Also los!« befahl de Jong. »Ruft in Harlingen an: Die sollen den Besitzer auftreiben oder sonstwie in den Wagen kommen . . . «

»Und wenn der Schlüssel nicht im Auto ist?«

»Dann kriegen die Deutschen den Fall.«

14

Sonnenbrille wußte, wonach deutsche Herzen dürsten. Er spulte das ganze Repertoire herunter, dem WDR IV seine Existenz verdankt, und das Publikum schluchzte in Dankbarkeit mit. Harte Männer fühlten ein unbekanntes Zittern in den Kehlen, und den Frauen wurden die Knie weich.

Als Heinos Klampfe die ersten Takte der *Bergvagabunden* intonierte, geriet auch das Blut des Bürgermeisters in Wallung. Mit nasser Pupille und wunder Seele lauschte er dem Hohelied deutscher Männertreue und zerfloß in Erinnerungen, die er gern gehabt hätte.

In diesem Augenblick pflügte ein Kleiderschrank von Kerl durch die Reihen und steuerte auf den Prominententisch zu: Ein Schädel wie ein Hauklotz, Schultern breit wie ein Kohlenflöz,

Hände wie Pannschüppen. Sein Gesicht glühte, so daß jeder Arzt auf die Sekunde vor dem Herzanfall getippt hätte. Der Mann hieß Schatulla und war im Kreis Recklinghausen fast so bekannt wie der Fürst von Datteln.

Vor 18 Jahren hatte der Bulle noch auf der Zeche *Emscher-Lippe* Kohle gebrochen. Dann wurde im Stadtverband ihrer Partei über den Nachfolger des verstorbenen Bürgermeisters abgestimmt: Der Hauer brachte seinen Ortsverein geschlossen auf die Seite Roggenkempers. Damit entschied er die Wahl. Ein Jahr später tauschte er seinen Abbauhammer gegen einen Füller mit Goldfeder ein und wurde Landrat . . .

»Gerd«, brüllte der Bulle mitten in den Schlußapplaus und wuchtete seine Tatze auf die Schulter des Bürgermeisters. »Der Krawall am Kanal war schon im Fernsehen . . . «

Es war, als hätte man einen schlafenden Köter mit Eiswasser übergossen. Roggenkemper fuhr hoch, das Blut erstarrte ihm in den Adern. Dann zischte er: »Genauer!«

»Mein Sohn ist gerade gekommen. Kurz vor acht war die Sache im Fernsehen. Drittes Programm. Die haben ausführlich gezeigt, was heute am Kanal passiert ist. Dich hatten sie in der Mangel, weil du Erich den Einsatzbefehl gegeben hättest. Unglaublicher Skandal, Verstoß gegen das Polizeigesetz — der übliche Stuß . . . «

»Danke, Jupp! Setz dich wieder hin. Ich kläre das gleich . . . «

Schatulla verzog sich zögernd, noch immer zornrot im Gesicht. Roggenkemper setzte sich, nippte scheinbar gleichgültig an seinem Sektglas und richtete seine Augen wieder auf die Bühne.

Beatrix Puth beugte sich über den Tisch und sah den Bürgermeister forschend an: »Ärger?«

»Ach was. Latrinenparolen . . . «

Mager bekam von dem Intermezzo nichts mit. Nachdem er einige bewegte Bilder von dem bebrillten Barden aufgenommen hatte, stand er wieder mit Gellermann an der Sektbar. Gemeinsam lästerten sie über den Musikgeschmack des deutschen Kleinbürgers. Nach dem dritten Glas ertappte sich Mager dabei, daß er den Menschen allmählich sympathisch fand. Er ließ den Sekt stehen und stieg auf Mineralwasser um.

Minuten später begann Sonnenbrille, über die Pest zu jammern, die ihn ausgerechnet vor Madagaskar ereilt hatte. Mager griff zu Kamera und Recorder und machte sich auf den Weg nach vorn: Die gesungene Krankenstandsmeldung war, wie ihm ein Kuli aus dem Troß des Blonden erzählt hatte, die unwiderruflich letzte Zugabe.Kaum war der Titel verklungen, fegte Roggenkemper mit einem Dutzend weißer Rosen auf die Bühne. Hand in Hand hielten sie den Strauß in die Luft — zwei Preisboxer nach einem Weltmeisterschaftskampf. Aus den Augenwinkeln kontrollierte der Bürgermeister, ob Mager auf Posten stand und die Szene aufs Magnetband bannte.

Gemeinsam mit dem Sänger verschwand der Kanalvogt durch den Hintereingang, um dem Kameramann aufzulauern. Die erste, die ihm vor die Mündung lief, war Susanne, die gerade den Lada aufschließen wollte.

»Gut, daß ich dich sehe, Mädchen!«

Er packte sie am Handgelenk und drückte sie gegen den Wagen.

»Wie kommt das Fernsehen an den Film?«

»Was für'n Film und was für'n Fernsehen?« fauchte die Blonde und versuchte, ihren Arm aus der Klammer zu befreien.

»Willst du mich vereimern? Von der Polizeiaktion am Kanal natürlich!«

»Und was war damit?«

»Irgendein Schweinehund hat die Sache aufgenommen und auf den Sender gebracht. Wer — wenn nicht ihr?«

»Sie sind ja nicht bei Trost!« Sie begann zu lachen. »Wir haben Datteln gar nicht verlassen . . . «

Mager erschien, mit Kamera und Recorder bepackt.

»Holla — intimes Beisammensein?«

Susanne erklärte es ihm.

»Wir?« staunte Mager. »Tinneff!«

Er öffnete den Aufnahme-Recorder, nahm die Cassette heraus und hielt sie Roggenkemper entgegen.

»Können Sie mitnehmen und kontrollieren. Da ist alles drauf, was wir heute aufgenommen haben. Aber passen Sie auf, daß Sie nichts löschen! Wenn Sie Pech haben, ist gerade die Werbung mit dem NATO-Image im Arsch . . . «

Der Blick des Bürgermeisters pendelte zwischen der Video-Cassette und den PEGASUS-Leuten.

»Herr Roggenkemper!« stieß Susanne nach. »Am Kanal sind ein paar Dutzend Leute mit Kameras 'rumgelaufen. Was meinen Sie, wieviele von den Dingern es allein in Datteln gibt?«

»Erzähl mir nichts! Wie kann denn so'n Otto Normalverbraucher ein Video ans Fernsehen verscheuern? In der kurzen Zeit? Der hat doch überhaupt keine Verbindungen!«

»Stimmt!« nickte Mager. »Da ist was dran . . . «

Die Blonde starrte ihn an.

»Aber da war auch ein Video-Team von irgendwelchen Körnerfressern«, fuhr Mager fort. »So'n gelber VW-Bulli, sah aus wie ein ausrangierter Postwagen. Der stand am Kanalweg, gleich hinter dem Minensucher. Nach dem Zwischenfall sind die Jungs fix wieder abgerauscht.«

Kunstpause.

»Jede Wette, Herr Roggenkemper: Der ganze Rummel war eine gezielte Provokation der Grünen, um Ihnen eine 'reinhauen zu können. Die warten doch schon seit Jahren auf eine solche Gelegenheit . . . «

Roggenkemper dachte nach. Je länger er grübelte, desto einleuchtender erschien ihm diese Theorie.

»Haben Sie die Nummer?« fragte er Mager.

»Von dem Bulli? Warten Sie. Auf jeden Fall RE. Und dann . . . Ne, tut mir leid.«

Roggenkemper blickte auf die Cassette, wendete sie ein paarmal hin und her, zögerte. »Ist schon gut«, sagte er dann und gab sie Mager zurück.

»Trinkt ihr noch ein Glas mit?«

15

Das Fernschreiben aus Holland erreichte die Kreispolizei Recklinghausen am Sonntag um 16.42 Uhr. Fünf Minuten danach lag es vor dem Kripo-Offizier vom Dienst, einem Kommissar aus der Betrugsabteilung. Eine weitere Minute später griff der Mann zum Telefon, um den Chef des 1. K. zu informieren. Der Neue würde sich freuen.

Der Erste Kriminalhauptkommissar Horst Lohkamp war 42, stammte aus Wanne und hatte den Job seit sechs Tagen. Davor hatte er fast neun Jahre beim Bundeskriminalamt abgerissen und es bis zum Stellvertretenden Chef der Ständigen Sonderkommission Terrorismus gebracht. Nach dem Geiseldrama im Spielkasino Dortmund (siehe Ard/Junge: *Bonner Roulette,* GRAFIT-Krimi – die Korrektorin) hatte er von diesem Geschäft die Nase voll. Als die Stelle in Recklinghausen ausgeschrieben wurde, hatte er sich offiziell beworben und inoffiziell Dutzende Türklinken geputzt, um aus dem Bundes- in den Landesdienst zurückkehren zu können. Der Mord an Ruth Michalski war der erste Fall, den er nicht von seinem Vorgänger geerbt hatte.

Als es klingelte, saß Lohkamp gerade im Wohnzimmer seiner neuen Wohnung im Vorort Hillen und spielte mit Schwiegermutter, Frau und Tochter die obligate Runde Rommé, mit der jeder gemeinsame Kaffeeklatsch gekrönt wurde. Er stand so hoffnungslos in den Miesen, daß er für die Störung beinahe dankbar war.

»Lohkamp . . . «

Der Betrugsmensch nannte seinen Namen und las das Telex vor.

»Irgendwer muß die Angehörigen verständigen«, sagte er und fügte hinzu: »Falls es welche gibt . . . «

»Klar. – Wissen Sie, wo dieses Finnland . . . «

»Vlieland. Zwischen Texel und Terschelling.«

»Danke. Tun Sie mir doch den Gefallen und treiben Sie den Kollegen Brennecke auf. Ich fahre zur Wohnung der Toten. Wie hieß die Straße noch?«

»Ludwigstraße. Kennen Sie sich aus?«

»Ich habe eine Karte . . . «

Lohkamp legte auf, schnappte sich seine Cordjacke und steckte den Kopf durch die Wohnzimmertür.

»Ich muß mal weg . . . «

Seine Frau seufzte: Mit seinem Rückzug aus dem BKA hatte sie auf ruhigere Zeiten gehofft.

»Dauert's lange?«

»Keine Ahnung . . . «

Auch das blieb sich gleich.

Recklinghausen fand Lohkamp trotz der schmucken Altstadt schon schlimm genug – aber in Oer-Erkenschwick hätte er nicht tot über dem Zaun hängen wollen. Das einzige, was hinter dem Bindestrich noch lebte, war die Erinnerung an die ruhmreichen Jahre der *Spielvereinigung* in der 1. Liga West. Aber die waren schon bei seiner Konfirmation so fern gewesen wie der Bauernkrieg.

Das Haus in der Ludwigstraße hatte fünf Etagen und mußte in der Provinz schon als halber Wolkenkratzer gelten. Links davon gab es noch zwei Wohnhäuser mit Jugendstil-Fassaden, rechts davon eine Tankstelle.

Genau gegenüber mündete die schmale Agnesstraße; die Einfahrt wurde von zwei roten Ziegelsteinhäusern im Reiche-Leute-Stil der Dreißiger Jahre flankiert: Hochparterre, lange Steintreppe, die rückwärtigen Zimmer mit abgerundeten Außenwänden.

Lohkamp wendete vor dem Kinderheim, fuhr bis zum Rathaus zurück, drehte erneut und parkte den blauen Ascona auf dem Seitenstreifen ein Stück vor den Ampeln der Agnesstraße: Sonne im Rücken, Hauseingang im Blick.

Der Bau roch nach Geld. Unten ein auf sachliche Eleganz getrimmter Brillenladen und eine Apotheke, dazwischen der Eingang, alles ein Stück hinter die rote Ziegelfassade der oberen Stockwerke zurückgezogen.

Lohkamp wartete. Die erste Zigarette verglühte. Keine Spur von Brennecke. Er stieg aus und ging hinüber.

Beiderseits der Glastür eine weiße Schilderleiste: Ein Ärztesilo. Lohkamp trat näher und studierte die Aufschriften neben den Klingelknöpfen. Nur acht Wohnungen, die Hälfte davon unter dem Flachdach, waren privat genutzt. Den Namen *R. Michalski* fand er im dritten Obergeschoß, umgeben von einem Optiker, einem Frauenarzt und einem Zahnklempner.

Lohkamp stieg wieder ein. Dieser Brennecke ließ auf sich warten. Vielleicht wäre er besser erst ins Präsidium gefahren. Wenn die Bereitschaft den Kriminalmeister nicht auftreiben konnte, saß er hier wie bestellt und nicht abgeholt. Die Zeiten, in denen er Telefon im Wagen und einen Riesenappparat unter sich hatte, waren vorbei.

Vor Langeweile holte er die Straßenkarte des Kreises heraus. Die Ludwigstraße war offenbar Teil einer alten Landstraße, die von Waltrop über Meckinghoven und Horneburg nach Erkenschwick und von da aus über Oer nach Marl geführt hatte. Sie lag gleich neben der Innenstadt, war aber öde wie ein Feldweg.

Brennecke kam nach der dritten R 6. Als der weiße Fiesta vor ihm einparkte, atmete Lohkamp auf. Er stieg aus und ging auf den Langen zu. Im Haus gegenüber hatte er bis zu diesem Zeitpunkt noch keine Spur von Leben festgestellt.«

»Um was geht es denn?« fragte Brennecke.

Lohkamp erklärte es ihm.

»Mist. Warum müssen die Leute immer am Wochenende morden?«

Brennecke schüttelte mißbilligend den Kopf. Er war achtundzwanzig und fast einsneunzig lang. Die kurze Kochtopffrisur, wie man sie Lohkamp als Schüler verpaßt hatte, und die blau-grüne Jacke mit dem Rückenaufdruck ließen ihn wesentlich jünger erscheinen.

»Sieht aus, als ob sie alleine lebt«, meinte der Lange nach einem Blick auf das Namensschild.

»Vergangenheit«, korrigierte Lohkamp und drückte zweimal auf den kupferfarbenen Knopf. Nichts rührte sich. Eine Minute später versuchte Brennecke sein Glück. Er hatte auch keins.

Als Lohkamp schon abziehen wollte, öffnete sich die Haustür. Zuerst erschien der Kopf eines kläffenden Airdale-Terriers, dann eine Leine. Und an deren Ende hing ein Opa, für den schon ein Rehpinscher zu gefährlich gewesen wäre.

Lohkamp nickte dem Ende der Leine zu und wollte sich durch den Türspalt quetschen. Aber das Männlein blieb stehen und musterte die beiden voll Mißtrauen.

»Wohin wollen Sie?« fragte es. Die Stimme unterschied sich von der seines Kläffers nur um Nuancen.

»Jemanden besuchen«, grinste Brennecke. Männlein sah nicht so aus, als hätte ihm die Antwort gefallen. Aber ehe er sie weiter nerven konnte, löste der Hund das Problem auf seine Weise: Er lief los und zog die Leine und den Zwerg hinter sich her.

Eine Batterie von Briefkästen gähnte sie an. Auch hier stand nur *R. Michalski*. Der Kasten war leer.

Sie fuhren mit dem Aufzug hoch und schauten sich um. Vier Türen, so regelmäßig verteilt, als seien die Wohnungen alle gleich groß. Das wäre eine Menge Platz gewesen, falls die Frau wirklich allein gelebt hatte.

»Hier«, sagte Brennecke. *R. Michalski* stand rechts hinten – sie hatte auf die Tankstelle und den Hof blicken können.

Erneuter Druck auf die Schelle – erneute Fehlanzeige.

»Und nun?«

Brennecke blickte seinen Chef lauernd an.

»Was erwarten Sie?« fragte Lohkamp. »Soll ich für Sie den Rammbock spielen?«

Brennecke grinste.

»Kommen Sie«, meinte Lohkamp. »Wir *lassen* öffnen.«

Aber genau das wurde problematisch.

Die Fahrt zum Präsidium im Westerholter Weg dauerte fast zwanzig Minuten. Während Lohkamp versuchte, den zuständigen

Richter aufzutreiben, zapfte Brennecke den Computer des Einwohnermeldeamts an und ließ die Daten der Ermordeten ausdrucken: Sie war am 17.11. 1957 als Ruth Pohlmann in Datteln geboren, geschieden und hatte Steuerklasse I. Der Ex-Gatte schien allerdings nie in der Ludwigstraße gewohnt zu haben, sonst hätten sie seine Abmeldung und die neue Adresse gefunden.

Lohkamp brauchte viel länger, bis er Erfolg hatte: Fast zwanzig Minuten, bis er den Richter im Clubhaus eines Bochumer Tennisvereins aufgetrieben hatte, zehn weitere, bis der Mann ihm die Zusage gab, nach Recklinghausen zu kommen und das Formular zu unterschreiben, und mehr als vierzig, bis er endlich in seinem Dienstzimmer im Amtsgericht den *Montblanc*- Füller zückte.

Um 19.43 Uhr waren sie wieder in der Ludwigstraße. Wahllos drückten sie eine der privaten Klingeln. Kurz darauf rauschte es in der Sprechanlage: »Ja, bitte?«

Lohkamp und Brennecke wechselten einen kurzen Blick: Kein Zweifel – der Butler des Terriers. In böser Vorahnung stöhnte Brennecke auf.

Seine Befürchtungen waren jedoch unbegründet: Das Männlein zeigte sich kooperativ. Nach einer kurzen Verhandlung benötigte der Alte nur etwa neun Minuten, um ihnen die Haustür aufzuschließen.

Lohkamps alte *Dugena* war auf sieben vor acht vorgerückt, bis sie wieder vor Ruth Michalskis Wohnung gelandet waren. In ihrer Begleitung befand sich ein Handwerkermeister, der das Schloß aufbohren und dann ein neues einsetzen sollte. Er erledigte solche Arbeiten für Polizei und Staatsanwaltschaft des öfteren und brauchte für den ersten Akt sieben Minuten.

Als die Tür aufsprang und geräuschlos nach innen schwang, erkannte Lohkamp auf den ersten Blick, daß die Holländer mit ihrem Hinweis auf die fehlenden Schlüssel recht hatten. Schon der Flur sah so aus, als wäre die GSG 9 vor ihnen da gewesen.

16

Der Montag begann für Mager ausgesprochen schlecht. Um sieben stürmte Kalle, mit zwölf Jahren bereits der Schrecken der Steinhammer Straße, ins Schlafzimmer und schmiß ihn aus dem Bett: »Komm, Mamas Karre springt nicht an . . . «

Halbblind rollte sich Mager auf die Füße, stakste die Treppe hinunter und riß die Haustür auf. Mechthild stand auf dem Hof, trat wütend gegen das rechte Vorderrad ihres Käfers und fluchte vor sich hin.

»So springt er auch nicht an«, knurrte ihr Gatte und erntete den ersten Giftblick des Tages. Er startete den Lada, holte das Überbrückungskabel und schloß es an die Batterien an. Der Käfer kam sofort.

»Vergiß nicht, einzukaufen!« rief sie, während er die hintere Sitzbank wieder in die Halterung drückte. »Der Zettel liegt unter deiner Tasse. Außerdem tropft in der Küche der Wasserhahn. Und denk an die Steuererklärung . . . «

Sie gab Gas und verschwand in Richtung Barop, einem anderen schönen Vorort der Bierstadt. Mit ihrem Job im Evangelischen Kindergarten hielt sie seit Jahren das Familienschiff über Wasser. Denn von dem, was bei PEGASUS abfiel, hätte man nicht mal eine Ziege füttern können.

Mager seufzte und fischte die Zeitungen aus dem Briefkasten. Von der Titelseite der *Westfälischen* sprang ihm Roggenkemper ins Gesicht. Neben einem Foto, das seinen Händedruck mit dem Boss der Flußpioniere zeigte, prangte die Überschrift: »Datteln Bürgermeister verteidigt Polizei.« Die *Westdeutsche* meldete einen »Mißklang beim Kanalfest« und belegte das mit einem Schnappschuß vom Auftritt der Punks, und die *Nachrichten* lobten die Bundeswehr, weil sie die Entschuldigung Roggenkempers für die in seiner Stadt erlittenen Schmähungen *generös* akzeptiert hatte.

Er warf die Hauptteile der Blätter in den Papierkorb und verzog sich aufs Klo, wo er morgens die Sportseiten auswendig lernte.

Magers Studierstube befand sich übrigens nur eine Wäscheleine weit vom PEGASUS-Hauptquartier entfernt. Sie hatten das Hinterhaus kurz vor ihrer Hochzeit bezogen, als sie froh waren, überhaupt etwas Bezahlbares zu finden. Mager peilte damals bereits seinen Studienabbruch und die Ausbildung als Industriefotograf an, Mechthild wurde als unbezahlte Praktikantin in einem Kindergarten ausgebeutet. So sehr sie ihn inzwischen auch drängte, etwas Besseres zu suchen — Mager konnte sich von dem Palast nicht trennen.

Die zweistöckige Erhebung war etwa zur Zeit des Westfälischen Friedens ohne Lot und rechten Winkel aufgeschüttet worden. Die Steine entstammten mindestens vier verschiedenen Erdzeitaltern, Türen und Fenster waren konsequent asymmetrisch angeordnet, Putz und Farbe spätestens beim Generalstreik gegen den Kapp-Putsch abgeblättert. Sämtliche Holzteile waren so porös, daß auch ein vom Hungertod bedrohter Termitenstamm ohne Zögern weitergewandert wäre.

Der damalige Besitzer hatte Mager den Steinhaufen als *Herrschaftswohnung im Maisonettestil* angepriesen. Denn beiderseits eines Lattenrostes, der entfernt an eine Treppe erinnerte, waren jeweils zwei Zimmerchen wie Bauklötze aufeinandergestapelt.

Alle Fenster und die Tür der Geröllhalde blickten übrigens nach Süden, zum Vorderhaus hinüber – die einzige Baumaßnahme, für die sich ein plausibler Grund finden ließ. Denn auf der Nordseite, knappe drei Meter hinter Magers Kopfkissen, donnerte jahrelang nicht nur der Nachtexpreß von Moskau nach Paris, sondern auch der gesamte übrige Eisenbahnverkehr zwischen Dorstfeld und Langendreer vorüber.

Inzwischen war es etwas ruhiger: Die Bahnlinie war für die schnellen *Intercitys* begradigt und dabei um einige hundert Meter nach Süden verlegt worden. Auf den alten Gleisen verkehrte nur noch die S-Bahn, so daß Mechthild endlich ungestört schlafen konnte. Der Hauswirt hatte prompt die Miete erhöht . . .

Noch bevor Mager seine Morgenlektüre beendet hatte, donnerte Kalle an die Tür: Er mußte zur Schule.

Mißmutig fuhr der Dicke seinen Sproß zum *Reinoldus* nach Dorstfeld hinüber. Daß er Kalle statt zur Gesamtschule aufs Gymnasium schickte, hatte allerdings nichts mit schulpolitischen Erwägungen zu tun . . .

»Haste heute Latein?« fragte er, als die Anstalt vor dem Kühler des Kombi auftauchte.

Kalle nickte düster: »Ein Scheiß-Fach, Vatta. Und eine Mumie von Pauker . . . «

Mager grinste. Kalles Lateinlehrer war schon dabei gewesen, als die Penne noch an der Möllerbrücke stand und *Staatliches* hieß. Klaus-Ulrich Mager auch – als Schüler. Kalle war seine späte Rache.

Zu Hause ließ Mager neuen Kaffee durchlaufen. Dabei schmierte er zwei Brötchen mit Stachelbeermarmelade und deponierte sie an seinem Stammplatz, von dem aus er den Hof im Blick hatte. Er holte die Sportseiten vom Klo und legte die Beine hoch. Bis neun konnte er die Lektüre noch bewältigen.

Doch daraus wurde auch diesmal nichts. Draußen trommelten Schritte heran. Mager ließ den Bericht über die Samstagsniederlage der *Borussia* gegen den Erbfeind aus Köln sinken und schaute hinaus: Susanne. Sie fegte über den Hof, als ob sie mit dem Kopf durch die Haustür wollte. Kein Zweifel: Saale hatte gepetzt.«

»Sag mal, Mager, bist du denn von allen guten Geistern verlassen?« fauchte sie noch auf der Schwelle und krallte sich an seinem T-Shirt fest. »Wenn Roggenkemper das herausbekommt, sind wir den Job los.«

»Wenn er was herausbekommt?« fragte Mager sanft und zog sich auf seinen Stammplatz zurück.

»Stell dich nicht blöder an, als du bist. Die Video-Klamotte meine ich natürlich!«

»Auch ein Täßchen?« Mager hob die Kanne und blickte Susanne unschuldig an.

»Himmelherrgott — ich will keinen Kaffee, sondern eine vernünftige Erklärung, warum du das getan hast.«

Mager verdrehte die Augen: Die siebte Grundsatzdebatte seit der Firmengründung war angesagt.

»Also gut«, meinte er ernsthaft. »Ich bin nicht bereit, so etwas zu filmen und dann so tun, als ob mich das nichts anginge . . . «

»Das ist nicht loyal«, protestierte sie. »Wir haben einen Vertrag, und Roggenkemper besorgt uns sogar noch weitere Aufträge. Es gehört sich nicht . . . «

»Aber Demonstranten niederknüppeln gehört sich, was? Und zuschauen und nichts tun . . . «

»Es ist nicht anständig . . . «

Mager lachte los: »Rede bloß nicht von Anstand. Nicht in diesem Gewerbe — und nicht im Zusammenhang mit Roggenkemper. Das ist ein politischer Sittenstrolch, und wenn man dem eins überbraten kann, bin ich mit Vergnügen dabei!«

»Du ruinierst unseren Ruf!«

Mager sprang auf und trat an sie heran, zielte mit dem Zeigefinger auf ihre Brust: »Jetzt hör mir gut zu! Wenn du PEGASUS zu einem Verein machen willst, der nur noch auf die Moneten schielt und sich bei Typen wie diesem Ekel prostituiert — dann sind wir geschiedene Leute! Werbung? In Ordnung, bringt Kohle. Aber wenn wir Bilder wie am Samstag auf die Spule kriegen, produzieren wir die — auf Teufel komm raus! Oder du suchst dir einen anderen Partner . . . «

Sie schwieg und starrte ihn böse an.
»Und jetzt hau ab. Ich muß nachher mit Saale nach Datteln.«

Harte Maloche in Dreckbuden und Giftküchen gibt es, seit Pütt und Kokerei abgerissen sind, fast nur noch im Süden Datteln, rund um den alten Bahnhof, der zu einer Mischung aus Müllhalde und Güterabfertigung verkommen ist. Hier befand sich auch die Zentrale des Puth-Imperiums – im schwarzen Dreieck zwischen Bahnlinie, Bundesstraße und dem Weg nach Horneburg.

Gellermann hatte die PEGASUS-Leute zur Verwaltung der Fabrik bestellt, die sein Chef per Heirat erbeutet hatte. Der Bau besaß zwei Stockwerke, aus denen jeweils ein halbes Dutzend Fenster zur Straße hinüberschielte. *Maschinenfabrik Puth* stand auf dem Dach. Die grünen Lettern waren gerade hoch genug, um einen Förderturm dahinter zu verstecken.

»Nicht schlecht!« staunte Saale und zeigte zu den beiden Hallen hinüber, die schräg hinter dem Bürobunker lagen.

Mager nickte. Auch er hatte sich unter der Fabrik eher eine Dreißig-Mann-Klitsche vorgestellt. Doch dann verblaßte der gute Eindruck: Die Parkplätze vor Verwaltung und Werkseinfahrt waren beinahe leer.

»Mach mal deine Augen auf«, knurrte Mager. »Das sieht hier ganz schön nach Pleite aus . . . «

»Vielleicht haben die heute frei. Damit sie den Rausch vom Kanalfest ausschlafen können.«

»Du spinnst ja!« meinte der Dicke und umkurvte einen Kran, der vor den Büros aufgestellt war. Daneben parkte ein LKW, von dem ein paar Leute neue Leuchtröhren abluden. Die Firma wechselte die Farben – von Grün auf Blau.

Mager wartete, bis Saale ausgestiegen war, drückte das Knöpfchen an der Beifahrertür und wälzte sich selbst hinaus. Links neben ihm stand ein weißer BMW, rechts ein unauffälliger, beigefarbener Golf. Von dem dunkelblauen Dreihunderter, mit dem ihn Gellermann am Samstag beinahe umgenietet hatte, war weit und breit nichts zu sehen.

Sie gingen hinein und ließen sich von dem Wachhund in der Glasloge den Weg zur Residenz des Prokuristen beschreiben.

»Sie wünschen?«

Die Stimme, mit der Gellermanns Sekretärin sie begrüßte, machte das Mädchen hundert Jahre älter. Sie paßte auch nicht zu den knallgelben Kanarienvögeln, die sich auf den Gipfeln ihres Sweat-Shirts tummelten. Das Augen-Make-up war hin, und ihr Taschentuch sah aus, als hätte sie damit soeben eine Zechenkaue gewischt.

Mager ignorierte das alles und blätterte ihr seine Visitenkarte hin. Mit dem Daumen wies er nach rechts: »Mein Mitarbeiter Saale. Wir sind mit Herrn Gellermann verabredet . . . «

»Nehmen Sie bitte Platz«, sagte die Frau und dirigierte sie zu ein paar grünen Sesseln mit schwarzen Metallstreben. »Sie müssen sich leider noch gedulden. Herr Gellermann hat Besuch . . . «

Sie setzten sich. Hinter der Polstertür hörten sie undeutlich ein paar Männerstimmen, aber das war alles. Die Sekretärin starrte, halb von den PEGASUS-Leuten abgewandt, auf den leeren Monitor eines Computers. Mager glotzte die Decke an, Saale die Frau. Irgendwann merkte sie es und blickte auf.

»Was bedrückt Sie denn?« fragte Saale sanft. Er traf genau den Tonfall des Psychologenpapstes, der einmal im Monat auf WDR III die Seelenmesse liest.

»Es ist schrecklich«, sagte sie leise. Ihre braunen Haare schwangen leicht von Ost nach West und zurück. »Sie war nur ein paar Jahre älter als ich . . . «

»Wer?« erkundigte sich Saale voller Mitgefühl.

»Ruth, unsere Chefsekretärin . . . «

Sie machte eine kleine Pause, grübelte. Neugierig, aber mit allen äußerlichen Anzeichen unendlicher Geduld wartete Saale auf eine Fortsetzung. Und die kam dann auch: »Am Wochenende, auf einer Insel in Holland. Ermordet . . . «

Wieder blieb es einen Augenblick still. Nur die Stimmen hinter dem Lederpolster murmelten unaufhörlich weiter.

»Ehrlich, Saale«, platzte Mager schließlich los. »Mit dir kann man sich nirgends sehen lassen. Wo du auch hinkommst, liegt schon eine Leiche . . . «

17

Lohkamp und Brennecke saßen um einiges komfortabler als die PEGASUS-Leute: Die Ledergarnitur nahm eine Hälfte des Büros ein, in dem Gellermann sonst an den Bilanzen bastelte. Auch er war sichtlich geschockt.

»Ermordet? Das gibt's doch gar nicht. Und wo? Fliesland?«

»Vlieland«, half ihm Brennecke aus. »Eine Insel. Die Provinz auf dem Festland davor heißt so ähnlich: Friesland . . . «

»Seltsam . . . «

»Bitte?«

»Es paßt nicht zu ihr«, sagte Gellermann. »Sie war sonst immer so korrekt . . . «

»Können Sie uns das erklären?«

»Letzten Montag fühlte sie sich nicht. Sie ging nach Hause und schickte uns einen Krankenschein. Daß sie in dieser Zeit nach Holland gefahren ist, ist einfach nicht ihr Stil . . . «

Seine Nase schnitt eine Querrinne in die Luft, dann wurde sein Blick philosophisch: »Trotzdem – das verstehe, wer will. In den Ferien hat sie noch den Bürobetrieb in Gang gehalten, und jetzt . . . «

»Sie mochten sie?« unterbrach ihn Brennecke.

»Klar. Jeder mochte sie. Sie war gut, fleißig und freundlich. Kein Vergleich zu dem Drachen, den der Chef vorher hatte . . . Aber vielleicht sagen Sie mir einfach, weswegen sie wirklich gekommen sind.«

»Wir brauchen Informationen. Alles, was hilft, daß wir uns ein Bild von der Frau machen können. Wie sie war, was sie tat . . . «

»Waren Sie schon bei Ihren Eltern? Die müßten Ihnen am besten helfen können . . . «

Brennecke schüttelte seinen Kopf: »Im Moment wohl kaum. Die Mutter war – wir haben einen Arzt holen müssen. Und der Vater ist wohl mit dem LKW auf Tour. Wir sind erst einmal auf Sie angewiesen . . . «

Der Mann nickte.

»Fragen Sie. Ich werde tun, was ich kann. Und ansonsten helfen Ihnen meine Sekretärin und die anderen Mitarbeiter. Nur mit dem Chef wird es schwierig – das muß vielleicht der Arzt entscheiden.«

»Schwer?«

»Herzinfarkt«, erläuterte der Prokurist. »Heute vor zwei Wochen. Schon der zweite. Drei Firmen – und das mit zweiundsechzig.«

»In welchem Krankenhaus . . . «

»Er ist seit Donnerstag wieder zu Hause. Der Arzt hat getobt, aber wenn der Chef sich etwas in den Kopf setzt . . . «

Er machte eine vage Handbewegung.

Lohkamp hatte bis jetzt zugehört und sich den Mann angeschaut. Er fand es an der Zeit, zum Wesentlichen zu kommen, und drückte seine Zigarette aus: »Waren Sie jemals in ihrer Wohnung?«

Gellermann nickte: »Oft.«

Die Beamten blickten ihn an, aber er ließ sie hängen.

»Und wieso?« fragte Brennecke schließlich.

Der Prokurist zuckte mit den Achseln: «Geschäftlich. Sie hat sich manchmal Arbeit mitgenommen. Und wenn der Chef mich bat, etwas abzuholen oder hinzubringen, bin ich gefahren. Ein paarmal habe ich sie auch nach Hause gebracht, wenn ihr Wagen in der Werkstatt war.«

»Das war's?«

Die Antwort kam fast ohne Zögern: »Nein . . . «

Wieder eine Pause. Es schien eine Marotte von ihm zu sein, nur Minimalantworten zu liefern. Aber dann sprach er doch von allein weiter.

»Ich hatte so etwas wie ein Verhältnis mit ihr. Sehr locker und rein sexuell. Aber auf Dauer hätte das nur zu Unannehmlichkeiten geführt. So sind wir im letzten Sommer übereingekommen, unsere Beziehungen wieder auf das Geschäftliche zu beschränken . . . «

Lange Pause.

»Weiß . . . «

»Meine Frau? Ja . . . Ich habe gebeichtet, hinterher. Allerdings war die Buße reichlich teuer . . . «

Er machte eine kreisförmige Bewegung vor seinem Hals. Lohkamp tippte auf Perlen und nahm sich vor, die Kette bei Gelegenheit zu besichtigen.

»Herr Gellermann – ist Ihnen in Frau Michalskis Wohnung nichts aufgefallen?«

»Doch. Sie hatte Geschmack.«

»Aber einen sehr teuren«, meinte Lohkamp. »Wieviel verdiente sie?«

»Um die vier. Brutto.«

Er stand auf und öffnete die Tür zum Vorzimmer: »Frau Kronenberger, schauen Sie mal nach, was Frau Michalski genau verdient hat. Und machen Sie bitte einen Kaffee. Sie auch?«

Lohkamp nickte. Die lange Nacht in der Ludwigstraße rächte sich. Noch vor ein paar Jahren hätte er eine solche Schicht mühelos weggesteckt.

»Wie lange hat sie hier eigentlich schon gearbeitet?«

»Etwas über zwei Jahre.«

»Und vorher?«

Gellermann grinste flüchtig.

»Im Rathaus, beim Bürgermeister. Aber der konnte sie nicht angemessen bezahlen . . . «

»Und Puth kann?«

»Klar. Die freie Wirtschaft zahlt immer besser.«

Die Tür öffnete sich. Die Kanarienvögel kamen mit einem Computerbogen herein und gaben ihn ihrem Chef.

»Danke.«

Gellermann blickte kurz auf das Blatt und reichte es weiter.

»Nicht übel«, meinte Lohkamp. »4200. Ist das nicht etwas hoch?«

Der Prokurist verneinte: »Das ist noch im Rahmen. Vielleicht einen Hunderter über dem Durchschnitt. Aber das war sie wert.«

Die Standardfrage kam wie üblich zum Schluß: »Wo waren *Sie* in der Nacht zum Samstag?«

»Zu Hause. Dieses Kanalfestival kotzt mich an . . . «

»Ihre Frau kann das bezeugen?«

Gellermann verneinte: »Die war mit den Kindern bei meiner Schwiegermutter . . . «

»Streit?«

Brennecke erntete einen fast verächtlichen Blick: »Wir wohnen am Hafen – da hätten die Kinder die ganze Nacht kein Auge zubekommen.«

»Herr Gellermann – wann davor und wann danach sind Sie zuletzt oder zuerst gesehen worden?«

»Schwierig. Warten Sie . . . «

Er kratzte sich den Kopf, dachte nach.

»Freitag nachmittag, gegen fünf, halb sechs. Ich habe beim Bürgermeister Unterlagen abgeholt. Bei ihm zu Hause. Kalkulation der städtischen Personalkosten im nächsten Jahr. Und die habe ich ihm Samstag mittag zurückgebracht – zum Rathaus.«

Lohkamp nickte Brennecke zu – hier war vorerst nichts mehr zu holen. Doch dem Kriminalmeister fiel noch etwas ein.

»Sagen Sie: Bei dem Festlärm, von dem Sie sprachen – da konnten Sie arbeiten?«

Gellermann lächelte.

»Und ob! Kopfhörer auf, *Simon & Garfunkel* an, und ich rechne wie ein Weltmeister.«

18

Saale guckte sich die Augen aus dem Kopf. Die Braune gefiel ihm. Wenn Mager, dieser Idiot, doch das Maul gehalten hätte! Mit seiner Bemerkung hatte er das zarte Band der Sympathie, das schon durch die Luft schwebte, wieder zerrissen.

Unbewußt scharrte er mit den Füßen auf der Auslegeware.

»Sitz!« knurrte sein Boss.

Als sich Saales Funksignale zum zweitenmal mit den Blicken der Schönen kreuzten, ging die Polstertür auf. Brennecke trat heraus. Er würdigte die PEGASUS-Abgesandten mit keinem Blick, sondern beobachtete die Kanarienvögel. Lohkamp trat ihm gnadenlos in die Hacken.

»Frau . . . «

»Kronenberger«, half sie aus.

»Danke. Zeigen Sie uns bitte Frau Michalskis Arbeitsplatz. Wir müßten uns dort ein wenig umsehen. Und wenn Sie uns in einer guten halben Stunde ein paar Fragen . . . «

Die Sekretärin stand auf, strich ihren schwarzen Rock glatt und schwebte an den PEGASUS-Leuten vorbei. Saales Nase schnupperte ihr nach.

»Platz!« zischte Mager.

»Hier möchte man arbeiten«, seufzte Saale.

»Du? Mit der?« fragte Mager. »Kanarienvögel züchten, was?«

Die Tür flog auf. Gellermann warf sein Lächeln in die Runde.

»Tut mir leid, daß Sie warten mußten, aber . . . «

Er schüttelte den beiden die Hände, lotste sie in die Ledersessel und sammelte auf seinem Mahagonischreibtisch ein paar Unterlagen ein. Als er sich setzte, schwebte die Brünette herein. Sie räumte die Tassen ab und stellte zwei neue hin. Saale verfolgte ihre Bewegungen, als bekäme er nun den ersten Kaffee seines Lebens.

Mager trat ihm auf den rechten Fuß.

»Herrn Puth muß ich leider entschuldigen«, begann Gellermann. »Ich habe es Ihnen schon am Samstag gesagt: Unser Chef hat Probleme mit dem Herzen. Ich habe das Projekt aber mit ihm abgesprochen, so daß unseren Plänen nichts im Wege steht. Vielleicht darf ich Ihnen zu Beginn skizzieren, wie unser Unternehmen strukturiert ist und was wir uns von Ihrem Einsatz versprechen.«

Er stellte Puths Stammfirmen vor, die Bauunternehmung und

das Betonwerk, mit denen sein Boss hochgekommen war, und warf mit Umsatzzahlen und Marktanalysen um sich, daß Saale beim Notieren wunde Finger bekam. Doch kurz bevor die PEGASUS-Männer vor Demut niederknieten, kriegte er die Kurve.

»Aber so rosig ist das alles auch nicht. Echte Sorgen macht uns dieser Betrieb . . . «

Seine Hand wies auf die Hallen hinter dem Fenster. Sie lagen still wie ein Altersheim in der Morgendämmerung.

»Früher waren wir in der Bergbautechnik führend. Aber der Markt ist zu eng geworden. Die Produktion lohnt sich nur noch, wenn wir bis China, Afrika und Südamerika liefern. Und da liegt der Hund begraben.«

Gellermann blickte ihnen mutig ins Gesicht: »Ich will offen sein. Jeden Pfennig, den wir mit Bau und Beton erwirtschaften, nehmen uns die Gläubiger dieses Ladens postwendend weg . . . «

Saale legte seine Stirn in Falten, Mager wollte schon sein Taschentuch ziehen, aber die Beichte war noch nicht beendet.

»Frau Puth hat die Firma vom alten Wagner geerbt und mit in die Ehe gebracht. Den Laden dichtmachen – das kann der Chef ihr nicht antun. Also müssen wir *volle Kraft voraus* losdampfen. Moderne Produkte, breite Palette, neue Organisation, Marketing – und eine Promotion, die uns ins nächste Jahrtausend katapultiert. Bei diesem Neuanfang sollen Sie uns helfen.«

»Verstehe«, sagte Saale cool und trank seinen Kaffee aus. »Da sind Sie bei uns genau an der richtigen Adresse.«

Gellermann schnellte hoch.

»Genug geredet. Ich zeige Ihnen jetzt den Betrieb, damit Sie sich ein Bild machen können . . . «

Er bugsierte die Filmemacher an seiner Sekretärin vorbei in den Flur. Als sie das Treppenhaus erreichten, tauchte vor den Fenstern ein grünes Etwas auf: Das große P aus dem Firmennamen. Es schwebte, an einem Drahtseil baumelnd, abwärts.

Was die PEGASUS-Späher auf dem Werksgelände erblickten, hätte bestenfalls einen Schrotthändler vom Hocker reißen können: Unverkaufte Geräte, halbfertige Metallkonstruktionen, jede Menge an Fässern und Drahtrollen – unsortiert und angerostet.

Als sie die erste Halle betraten, schlug ihnen beißender Lackgeruch entgegen. Im schwachen Deckenlicht, das zur Hälfte von den rauchgeschwärzten Wänden wieder aufgesogen wurde, dauerte es einige Atemzüge, bis sie die Quelle des Gestanks ausmachen konnten. An einem Metallgehänge wanderte ein Dutzend Eisengitter in die Spritzkabine. Durch die dünnen Blechwände drangen rhythmische Zischgeräusche nach außen, und der Kasten strahlte eine Hitze ab, als wollte er einem Hochofen Konkurrenz machen. Am anderen Ende waren zwei Türken damit beschäftigt, lackierte und getrocknete Teile abzuhängen.

Im Halbdunkel wichen sie einem Gabelstapler aus, umkurvten ein paar Maschinen und steuerten auf den Hinterausgang zu. An einer wuchtigen Metallkonstruktion standen fünf, sechs Grünkittel und sahen einem siebten zu, der mit einem Schraubendreher im Intimbereich der Eisenpresse herumfuhrwerkte. Ein Stück hinter ihnen, in der Ecke, flackerten drei einsame Gesichter im blauen Widerschein einer Schweißflamme.

Die PEGASUS-Leute atmeten durch, als sie wieder ins Freie traten. Und Saale hatte Grund zur Freude: Quer über den Platz kam Gellermanns Sekretärin herangeschwebt, ein Blatt Papier in der Hand und ein Lächeln auf den Lippen.

»Sekunde, bitte«, entschuldigte sich Puths Vize und eilte ihr entgegen. Saale blickte ihm nach.

»Eins sage ich dir«, meinte Mager. »Ich mache hier nicht eine Aufnahme ohne Vorschuß!«

»Bitte?« Saale schrak auf.

»Guck mal nach oben«, fuhr Mager fort, »da kreisen schon die Geier.«

Die nächste Halle war halb so groß wie ein Fußballfeld und stammte bereits aus dem Jahrhundert der Betriebspsychologie. Alles war in ein mildes Lindgrün getaucht: die Mauern, die Wände der Büros und Meisterbuden, die Produktionsstraße auf der einen und die Stahlregale auf der anderen Seite. In den Gestellen lagerten Maschinenelemente, die Saale in der Mitte zwischen Raumfahrtindustrie und Zahnmedizin eingeordnet hätte.

»Diese Teile gehören zu einer Einschienenhängebahn für den Einsatz in Bergwerksstollen. Höchstgeschwindigkeit: zwei Meter po Sekunde. Wir haben dafür eine Reihe von Transportelementen entwickelt, mit denen verschiedene Materialien oder Personen befördert werden können. Diesen Punkt müßten Sie in Ihrem Film besonders hervorheben . . . «

»Klar«, nickte Saale und gravierte geheimnisvolle Zeichen in seinen Notizblock.

»Stichpunkte reichen«, meinte Gellermann. »Frau Kronenberger stellt Ihnen ein paar Prospekte zusammen.«

Er zog weiter, kletterte zwischen Regalen und Maschinen umher und schüttelte mehrmals den Scheitel: »Alles verkommt hier . . . «

Zwanzig Minuten lang stiegen sie durch die Halle. Rangierkatzen, Steuerstände, Seilbahnhaspeln, Schienen, Weichen. Alles da. Was fehlte, waren Abnehmer.

Blinzelnd traten sie ans Tageslicht. An der Stirnwand der Halle hatten einige Arbeiter begonnen, das Blechschild mit dem Namen Puth abzuschrauben. Die neue Visitenkarte, in drei Teile zerlegt, stand schon bereit: »Wagner Transportsysteme GmbH.«

»Haben Sie verkauft?« fragte Mager.

Der Prokurist schüttelte den Kopf: »Formalkram. Wir ändern die Produktpalette und den Firmennamen. Wie gesagt: Neuanfang . . . «

Er steckte sich eine Zigarette an und schaute zur Sonne hoch, die sich soeben durch ein graues Wolkenfeld gekämpft hatte.

»Daß wir überhaupt noch produzieren, verdanken wir langfristigen Aufträgen der *Ruhrkohle*. Das geht aber höchstens noch ein Jahr gut. Unsere einzige Chance ist der Export. Das ist einer der Gründe, warum wir Sie engagiert haben.«

Mager und Saale stellten die Ohren auf Empfang.

»Sie sollen filmen, was wir herstellen, wie unsere Geräte eingesetzt werden — dazu können Sie auch unter Tage filmen. Kopien in Englisch, Spanisch, Russisch, Polnisch. Wie gesagt: Neuanfang. Aber nicht kleckern, sondern klotzen!«

»Und womit wollen Sie klotzen?« forschte Saale.

»Wir müssen auf lange Sicht weg vom Bergbau. Diese Umstrukturierung bereiten wir gerade vor. Was uns hochbringt, sind Seilbahnen und Skilifte . . . «

Das ist doch Quatsch, dachte Mager. Wo will der in Datteln einen Skilift aufstellen?

»Es gibt in Deutschland nur einen Hersteller dafür, die Weserhütte in Köln. Die meisten Skigebiete in Deutschland werden von Firmen aus Österreich und der Schweiz versorgt. Von Ländern, die nicht in der EG sind. In diese Lücke müssen wir rein . . . «

Im Büro warteten Kaffee und Cognac auf sie.

»Also,« meinte Saale, als sie wieder in den Sesseln versunken waren. »Die Maschinen haben mich ja sehr beeindruckt. Aber wir müssen auch Menschen zeigen, die arbeiten. Das sieht sonst zu sehr nach Museum aus.«

»Kein Problem«, nickte Gellermann. »Heute ist Montag, und da haben wir Kurzarbeit. Aber wenn Sie morgen früh filmen, werden Sie staunen. Wir . . . «

»Morgen?«

»Das war doch mit Frau Ledig so abgesprochen«, erklärte der Prokurist.

Saale fand als erster seine Sprache wieder.

»Das muß ein Mißverständnis sein. Ich habe Frau Ledig so verstanden, daß es nur um eine erste Kontaktaufnahme geht, daß wir Ihnen danach ein Drehbuch anbieten, einen Kostenvoranschlag . . . «

»Außerdem sind wir noch mitten in der Produktion für die Stadt . . . «, assistierte Mager.

»Die kann warten«, lächelte Gellermann. «Ein paar Tage Aufschub werde ich beim Bürgermeister schon herausschinden.«

Dann wurde sein Gesicht ernst.

»Sie *müssen* anfangen. Morgen früh beginnen wir mit einem neuen Auftrag. Da können sie die Entstehung eines Produkts von Anfang an miterleben . . . «

»Aber wir haben noch keine Vorstellung, was alles in den Film hinein soll. Und über die Finanzierung haben wir noch gar nicht . . . «

»Ich habe heute morgen eine Anzahlung in Höhe von 5.000 DM auf Ihr Konto überwiesen.«

Seine Gäste saßen wie gelähmt.

Gellermann ließ seine Worte noch ein paar Sekunden wirken. Dann setzte er ihnen das Messer an die Kehle: »Selbstverständlich werden wir alles Weitere in Ruhe regeln. Aber morgen früh um neun machen Sie den ersten Schuß - oder wir sehen uns nie wieder.«

Die PEGASUS-Leute wechselten einen kurzen Blick.

»Also gut«, stöhnte Mager. »Dann sagen wir den anderen Termin ab . . . «

Saale traute seinen Ohren nicht. Der einzige Termin, von dem er wußte, war erst um zwei: Magers Mittagsschlaf.

19

»Haben Sie eine Ahnung, wer Frau Michalski ermordet haben könnte? Und warum?«

Diese originellen Fragen hatten sie mindestens ein dutzendmal gestellt – bei allen in der Verwaltung, die mit der Ermordeten häufig zu tun gehabt hatten, beruflich oder . . .

Doch da hörte es auch schon auf. Einerseits meist freundlich und kooperativ, hatte Ruth Michalski zugleich jene Distanz gewahrt, die sie als rechte Hand des Chefs vom Rest der Belegschaft trennte. Bei Firmenfesten am Vorstandstisch, zum Reiten nach Oer und zum Squash nach Bochum, ab und zu in die Altstadt von Düsseldorf – das alles hatte sie irgendwann erwähnt, aber dabei gewesen war, von den Betriebsfeiern abgesehen, keiner. Sie hatte, so schien es, niemanden an sich herankommen lassen.

Außer Gellermann.

Kalt, wie er war, hatte der mit Sicherheit nicht alles gesagt. Aber den würden sie noch ein wenig schmoren lassen.

»Wer könnte sie ermordet haben? Und warum?«

Achselzucken.

Gellermanns Vorzimmerfrau wußte es auch nicht. Sie hieß Helga Kronenberger, war 24, hatte bei Puth Bürokauffrau gelernt, danach EDV-Lehrgänge besucht und saß seit einem Jahr im Vorzimmer des Prokuristen – wie die Michalski an anderen Frauen vorbeigehievt, die den Laden länger und besser kannten.

»Neid?«

»Das ist doch noch normal«, meinte sie. »Auf einen guten Posten lauern immmer mehrere.«

»Wer hat in ihrem Fall gelauert?«

»Bei mir – oder bei ihr?« fragte sie und zeigte zum erstenmal ein leichtes, flüchtiges Lächeln. Doch bevor die Beamten die Frage präzisieren konnten, schüttelte die Kronenberger bereits den Kopf.

»Namen nennen – das wäre unfair. Schauen Sie sich um – die meisten Frauen sind länger da als wir. Aber von denen war es keine. Und ich auch nicht.«

»Wie war sie?«

»Eine Spitzenfrau. Sehr ehrgeizig. Wenn der Alte rief, dann kam sie. Auch am Wochenende. Und wenn ich abends später ging, war sie oft noch da.«

»Kontakte?«

»Wenig. Vielleicht in ihrem Reitverein. Aus Datteln hatte sie sich völlig zurückgezogen.«

»Warum?«

»Das Dorfklima. Der Klatsch . . . «

»Mochten Sie sie?«

Sie dachte einen Augenblick nach.

»Als Kollegin schon. Aber privat kamen wir weniger gut klar. Wir waren ein paarmal zusammen essen. Danach wußten wir, daß wir ganz andere Interessen hatten . . . «

»Waren Sie Ihre Nachfolgerin?«

Helga Kronenberger starrte sie verwirrt an. Dann begriff sie — und prustete los.

»In der Firma? Bloß nicht! Und schon gar nicht, um einen Vierziger von der *Midlife crisis* zu heilen.«

»Hat er es auch bei Ihnen versucht?«

»Nicht ernsthaft. Aber mehr Engagement hätte ihm auch nichts genützt . . . «

Es war längst zwei, als sie mit der ersten Bürorunde fertig waren. Lohkamp war froh, wieder ungefilterte Luft zu atmen. Der Wind stand günstig — er wehte den Industriedreck von ihnen weg, hinter den Kanal.

»Und jetzt?«

»Pommes«, sagte Lohkamp. »Und einen Kaffee.«

Beides zusammen zu bekommen, war in dieser Gegend nicht einfach. An der Bierbude vor der Kreuzung versuchten sie es erst gar nicht, und die Eckkneipe war eine Spielhölle — also Richtung Norden und bis zum Südring geradeaus.

An der Gertrudenstraße stand die Ampel auf Rot. Während sie warteten, entdeckte Brennecke eine Reklametafel, die sie ins *Steakhuisken* führte. Was sie da aßen, hatte Lohkamp schon im Auto wieder vergessen. Aber der Kaffee war gut gewesen.

Puths Privatbunker stand weit im Norden der Stadt, jenseits des Kanals, an einem unscheinbaren Feldweg. Brennecke fegte in einem solchen Tempo über die hohe Kanalbrücke, daß sie die schmale Einfahrt beinahe verpaßt hätten.

Links, zwischen Weg und Ufer, weite Wiesen, rechts ein westfälisches Bauernhaus, von Bäumen halb verdeckt, schmuck wie im Reiseführer. Und fünfzig Meter weiter: Puth.

»Mein lieber Scholli«, staunte Brennecke. »Ein Hauch von *Denver-Clan* . . . «

Lohkamp grinste. Provinzluxus. Kein Vergleich zu Godesberg. Aber unter den 30.000 Seelen in Datteln konnte es nicht viele geben, die sich solch ein Häuschen leisten konnten.

Der Kriminalmeister hielt vor dem Tor. Schnörkellose weiße Gitterstäbe, etwa Hüfthöhe, flankiert von zwei gemauerten Pfeilern aus den unvermeidlichen roten Ziegeln, die Oberkante mit weißlackierten Eisen eingefaßt, gekrönt von einer Ampel in der Form eines römischen Weinglases, mit Gitterchen und Spitzdächlein — natürlich ebenfalls weiß und aus Eisen.

Ob der Gong drinnen funktionierte, war von vorn nicht auszumachen: Ein Fußweg stand ihnen bevor, fünfzig, sechzig Schritte vielleicht, auf geharktem Kies an einem fast englischen Rasen vorbei, bewacht von grazilen Laternen, deren Leuchtkörper den Ampeln am Tor bis auf den letzten Pinselstrich glichen.

Ohne die übliche Rückfrage über die Sprechanlage betätigte jemand den Türöffner. Ein dezentes Summen, mehr nicht, und sie drückten auf.

»Diesmal hältst du die Klappe«, meinte Lohkamp so leise, daß seine Worte fast von dem Knirschen unter ihren Füßen aufgesaugt wurden. »In diesen Kreisen schätzt man es nicht, wenn Angestellte Chef spielen. Guck dir die Bude an, dann weißt du Bescheid . . . «

Brennecke grinste.

»Meine Herren . . . «

Ein Muttchen im besten Alter, halb Hausdame, halb Köchin, empfing sie an der weißen Massivholztür und geleitete sie durch eine weite Diele in einen Salon.Der Kontrast zu dem geschmackvollen Rotweiß der Außenwände war frappierend. Schwarze Eiche und Plüsch mit Blümchen — Luis Trenker ließ grüßen.

Gattin Puth, in grauen Loden gehüllt, erhob sich. Man machte sich bekannt, nahm Platz. Der Tee stand bereit, und als Muttchen eingegossen und die Salontür von außen verschlossen hatte, kam man zur Sache.

»Herr Gellermann hat mich selbstverständlich schon unterrichtet«, nahm die Haarknotendame das Heft in die Hand. »Ich vermag es gar nicht auszudrücken, wie betroffen mich diese Nachricht gemacht hat.«

»Sie kannten Frau Michalski?« fragte Lohkamp.

»Und ich habe sie geschätzt«, betonte sie. »Intelligent, strebsam, kultiviert. Sie war oft in unserem Hause, und sie hat, wie ich weiß, meinen Mann sehr unterstützt.«

»Wie hat Ihr Gatte die Nachricht aufgenommen?«

»Es hat ihn sehr getroffen. Ruth — wir nannten sie unter uns nie anders, und ich bitte Sie, mir das nachzusehen — hat ihm sehr viel bedeutet. Und wenn sie nicht bei ihm gewesen wäre, hätte er den Infarkt vor zwei Wochen wohl kaum überlebt . . . «

Sie verstummte. Die Polizisten ließen ihr einige Sekunden Zeit, um der tapferen Tat zu gedenken.

»Die holländische Polizei hat hinreichenden Grund zu der Annahme gefunden, daß der Täter nicht von der Insel, vielleicht auch gar nicht aus Holland stammt, sondern wohl eher hier im Raum zu suchen ist«, begann Lohkamp und stockte einen Augenblick — teils von der Doppeldeutigkeit des Nomens *Raum* verwirrt, teils verärgert, weil er unwillkürlich den Sprachstil der Haarknotentante nachgeäfft hatte.

»Unsere ersten Ermittlungen bestätigen das. Jemand hat Ruth Michalskis Wohnung durchsucht. Und zwar so gründlich, daß die Einrichtung nur noch für die Müllkippe taugt . . . «

Unwillkürlich warf Puths Gattin einen Blick durch den Salon — als hätte sie die Vision durchzuckt, es könne diesem verletzbaren Ort genauso ergehen. Sie schloß die Lider und schüttelte den Gedanken mit einem knappen Schwenk ihres Vogelnests wieder ab.

»Ich kann mir gar nicht vorstellen, wer dazu fähig ist«, meinte sie. »Natürlich, ich weiß, daß es das gibt — aber daß jemand Ruth so etwas antut . . . «

»Irgendjemand *hat* es ihr angetan, Frau Puth«, erwiderte der Polizist und zitierte damit unbewußt seinen holländischen Kollegen de Jong. »Wir brauchen jeden auch noch so kleinen Anhaltspunkt, um dem Mörder auf die Spur zu kommen.«

»Herr Lohkamp, ich weiß davon seit über drei Stunden. Und ich kann Ihnen versichern, daß ich in der ganzen Zeit über diese Frage mehr nachgedacht habe als darüber, wie es mit meinem Mann weitergeht. Aber es tut mir leid — mir ist nichts eingefallen, dem ich irgendwelche Bedeutung zumessen könnte . . . «

Sie machten fünf Minuten weiter und gaben es auf: Zum Thema Michalski hatte Frau Puth nichts Neues zu bieten.

»Wie ist das — können wir Ihren Gatten sprechen?«

»Ungern«, sagte sie. »Aber es muß wohl sein. Ich bitte Sie sehr darum — nur zehn Minuten . . . «

Gustav Puth ruhte im rückwärtigen Bereich des Erdgeschosses, der nur auf einem komplizierten Weg durch mehrere Gänge und Türen zu erreichen war. Der Raum mochte sonst als Gästezimmer dienen, enthielt aber alle Attribute, die seine Verwendung als Krankenstube unterstrichen.

Puth lag. Er war, soweit Lohkamp es erkennen konnte, ein nicht sehr großer, aber kompakt gebauter Mann, dem man es ohne weiteres glaubte, daß er einmal Steine geschleppt hatte – auch wenn das bereits mehr als eine Ewigkeit zurücklag.

Sein äußeres Erscheinungsbild verdeutlichte den zeitlichen Abstand von diesen Zeiten. Die letzten, fast weißen Haarsträhnen klebten über seinem runden Schädel wie ein computerlesbares Warenetikett, die tiefhängenden Boxerbacken waren eingefallen, und die breiten Hände ruhten schlaff auf der Decke. Nur seine Augen bewegten sich munter wie bei einem gesunden Ferkel.

»Herr Puth, es tut uns leid, daß wir . . . «

Seine Rechte erwachte zum Leben, stoppte erst die Entschuldigung, winkte sie dann näher. Muttchen stand plötzlich mitten im Zimmer und schob Lohkamp einen Stuhl ans Bett.

»Wer immer es war«, ächzte der Mann, »finden Sie den Hund und ersäufen Sie ihn im Kanal!«

Lohkamp lächelte: »Finden ja, ersäufen nein . . . «

Er erzählte Puth, was dieser nach seiner Meinung wissen mußte, und blickte ihn fragend an.

»Herr Lohkamp, seit Stunden zerbreche ich mir den Schädel. Aber der einzige, der mir einfällt, ist die Flasche von Mann, mit dem sie verheiratet war . . . «

»Wie kommen Sie darauf?«

»Sie hat sehr unter dieser Ehe gelitten. Er ist ein Versager, ein Mensch, der keine Ziele hat. Während sie sich hocharbeitete, hatte er nur seine Autos im Kopf. Machte Schulden. Und sie hat ihn mehr als einmal herausreißen müssen . . . «

»Aber dafür bringt man doch niemanden um . . . «

»Normalerweise nicht. Aber er hat sich bis zuletzt gegen die Scheidung gestellt. Hat sich dann einen Windhund von Anwalt genommen, der um jeden Pfennig gefeilscht hat. Und er hat sie wohl auch danach noch mit allen möglichen Forderungen belästigt.«

»Woher wissen Sie das so genau?«

»Weil . . . «

Er atmete schwer und winkte seine Frau heran. Sie öffnete ein Röhrchen und steckte ihm eine Tablette in den Mund. Mit einem Glas Wasser spülte er sie hinunter.

»Reg dich nicht auf, Gustav . . . «

Er verzog den Mund und sprach weiter, aber wesentlich langsamer als zuvor.

»Von sich aus hat sie gar nichts gesagt. Aber ich habe sie gemocht wie, ja, wie eine Tochter. Und dann hat sie mir eines Tages alles erzählt . . . «

»Aber – warum sollte er sie umbringen?«

»Weil . . . Ich habe nicht behauptet, daß er es war. Aber meistens standen ihm die Schulden bis zum Hals. Und Sie wissen das sicher selbst: Manche Leute begehen einen Mord schon für fünf Mark . . . «

»Gibt es für Ihren Verdacht einen konkreten Anhaltspunkt?«

»Nein. Aber zutrauen würde ich es ihm . . . «

Es war unverkennbar: Das Sprechen strengte ihn an. Die Stimme wurde leiser, die Augen ruhiger.

»Zwei letzte Fragen, Herr Puth: Haben Sie eine Ahnung, warum Ihre Sekretärin nach Vlieland gefahren ist?«

»Nein. Nicht die Spur. Ich wußte ja nicht mal, daß es diese Insel überhaupt gibt.«

»Danke, Herr Puth. Und gute Besserung!«

Er nickte, sah sie an: »Sie haben von zwei Fragen gesprochen . . . «

»Sie haben schon beide beantwortet.«

»Und jetzt?« fragte Brennecke, als sie in den Wagen kletterten. Demonstrativ studierte er die Digitalanzeige seiner Armbanduhr. Seit dreiundzwanzig Stunden waren sie im Dienst.

»Nach Hause«, entschied Lohkamp, und Brennecke atmete auf.

»Zu dem Geschiedenen fahren wir morgen. Vorher besorgst du dir ein paar Informationen über Michalski: Werdegang, Lebensgewohnheiten, Schulden. Vielleicht ist es ganz gut, das zu wissen . . . «

20

Der Elektro-Wecker lieferte die dritte Zugabe, als Magers Faust gegen die Tür hämmerte: »In zehn Minuten Abfahrt!«

»Du hast sie nicht alle«, knurrte Saale und gähnte. Als er Minuten später seine verklebten Blinker öffnete, grinste ihn die Skala mit den Zeitangaben aus aller Welt an: Rio, Bangkok, Tokyo. Und er mußte nach Datteln.

Während er das Hemd zuknöpfte, trat er ans Mansardenfenster, um den Tag zu begrüßen. Im Hof war Mager damit beschäftigt, den Alu-Koffer mit den Lampen zum Lada zu tragen. Bis er den Rest verstaut hatte, war Saale auch mit seinem Orangensaft fertig.

Zwanzig Minuten nach dem Wecken sank der Ex-Hamburger auf den Beifahrersitz: »Wunderschönen guten Morgen, lieber Klaus-Ulrich. Gut geschlafen?«

Mager ignorierte die Frage. Angeekelt äugte er auf die Schnitte Knäckebrot in Saales Hand: »Krümmel mir bloß nicht den Wagen voll, du Arsch.«

Die nächsten siebenundzwanzig Minuten schwiegen sie sich feindselig an. Aber vor Puths Bürobunker, auf dessen Dach nun der neue Firmenname prangte, schaute Saale demonstrativ nach hinten: »Danke auch für's Einpacken. Aber wo hast du die Kamera gelassen?«

Magers Blick jagte ihn nach draußen, bevor der Wagen stand. Er stolperte, aber eine weiche Wolke fing ihn auf.

»Nicht so stürmisch«, sagte eine sanfte Stimme.

Vor ihm stand die Schöne aus dem Sekretariat. Sie trug ein beigefarbenes Jackett mit breiten Schulterpolstern, und auf der weißen Seidenbluse baumelte ein Medaillon. Der Ledergürtel war mit Messingteilen verziert und so breit, daß er den braunen Leinenrock fast verdeckte.

Saale sah nichts von alledem. Er sah nur ihre Augen. Die waren groß und braun und lächelten.

»'tschuldigung«, meinte er endlich.

»Sie sind doch von PEGASUS?«

»Leider ja.«

»Herr Gellermann bittet Sie, schon einmal mit den Aufnahmen zu beginnen. Er kann leider erst um zehn Uhr nachkommen. Ich werde Sie solange begleiten. Ich heiße Helga Kronenberger.«

»Extrem angenehm. Holger Saale, Regisseur, Drehbuchautor, Toningenieur . . . .«

» . . . und mehrfach vorbestrafter Hochstapler!«

»Das ist mein Kameramann«, sagte Saale und stellte damit die realen Machtverhältnisse bei PEGASUS auf den Kopf. »Er kommt leider immer im falschen Augenblick.«

Sie reichte ihm die Hand. Saale griff zu und hielt sie mindestens vier Sekunden zu lange fest.

»Haben Sie eine Vorstellung, wo Sie beginnen wollen?« fragte sie schließlich.

Mager schüttelte den Kopf, Saale nickte.

Sie lächelte spöttisch: »Vielleicht kommen Sie einfach mal mit.«

»Klar«, strahlte Saale. »Wohin Sie wollen!«

Der Betrieb war wie verwandelt. Die Tore der Hallen waren weit geöffnet, Gabelstapler bretterten hin und her, Blaumänner und Grünkittel wieselten herum, es wurde gepreßt, gehämmert und geschweißt. Ein paar Lastwagen standen vor den Toren oder wurden gerade eingewunken, die Stapelpiloten schoben Kisten auf die Ladeflächen, kräftige Fäuste drückten schwebende Kranlasten in die richtige Position.

»Viele junge Leute!« meinte Saale anerkennend.

Die Sekretärin nickte.

»Vielleicht sehen Sie sich die Produktionsstraße in der großen Halle an«, empfahl sie. »Da sieht es heute ganz anders aus...«

»Machen wir«, meinte Saale. Aber als er bemerkte, daß Mager schon unterwegs war, blieb er stehen.

»Sie kennen sich aber gut in der Produktion aus. Sieht man selten bei Büromenschen . . . «

Ihre Augen blitzten auf. Mager hätte das als Spott interpretiert, aber Saale empfand das ganz anders.

»Ich bin ja auch schon sieben Jahre hier«, meinte sie dann.

»So alt sind Sie doch noch nicht!«

»Ich habe hier gelernt. In einem Betrieb wie diesem muß man immer mal woanders einspringen. Da lernt man den Laden kennen . . . «

»Komm, Saale, die Pflicht ruft«, platzte Mager dazwischen.

In der kleinen Halle begannen sie. Sie postierten sich im Mittelgang, richteten das Stativ ein und machten Kamera und Recorder klar. Dann warteten sie auf eine geniale Eingebung.

Die kam in Gestalt von fünf Arbeitern, die unter der Last eines Metallgitters stöhnten. Mager ließ die Kamera ihren schweren Gang verfolgen und geizte nicht mit Ranfahrten auf verschwitzte Gesichter.

»Hör auf«, raunte Saale plötzlich. »Wir drehen doch keinen Sozialreport für den DGB, du Idiot. Wenn Puth zahlt, macht die Arbeit Spaß . . . «

»Hurenjournalist«, knurrte Mager und richtete die Kamera auf die Leute hinter der Spritzkabine. Er filmte, bis die Kontrollampen an Recorder und Kamera signalisierten, daß sich die erste 2o-Minuten-Cassette dem Ende näherte.

In diesem Augenblick traten vier Männer ins Bild, unter ihnen Gellermann. Jeans und Krokodilpullover hatte er zu Hause gelassen, statt dessen trug er dunkelblaue Nadelstreifen. Eine hellblaue Krawatte mit gelben Pünktchen wehte ihm wie eine Staatsflagge voran. Während er die Halbglatzen seiner Nebenleute mit souveränen Gesten mal nach rechts, bald nach links rucken ließ, redete er auf sie ein wie ein Urwaldmissionar auf die Heidenkinder.

Gellermanns Gesprächspartner waren dicht an den Sechzigern. Zu ihren Beamtenbrillen trugen sie ein schlichtes, angeknittertes Grau, das offenbar zwei Preisklassen unter dem Frack des Junior-Chefs lag. Mehr als auf die Reden des Prokuristen achteten sie auf ihren Weg, um sich keine Ölflecken, Lackspuren und Brandlöcher einzufangen.

Mit zwei Schritten Abstand folgte ein Mann, der noch weniger Haare hatte als die beiden Grauen. Ein Dutzend Jahre früher mußte er noch ein agiles Kraftpaket gewesen sein. Jetzt aber hingen die breiten Schultern durch, und sein Schädel leuchtete wie eine Tomate. Erst als der Prokurist an einer Maschinenbank stehenblieb, schloß er steifbeinig zu den anderen auf. Er öffnete seine braune Anzugjacke und fächerte sich Luft zu.

Da entdeckte Gellermann die PEGASUS-Delegation. Mitsamt Gefolge kam er auf sie zu.

»Dies sind zwei der besten Filmemacher aus dem Revier«, begann er und kniff ihnen ein Auge zu.

»Herr Puth« — mit einer kaum merklichen Kopfbewegung dirigierte er die Blicke des Film-Teams zu dem Erschöpften hinüber — »hat die Herren beauftragt, einen 2o-Minuten-Film über Firma und Produktion zu drehen, den wir Kunden und Interessenten zur Verfügung stellen. Sechs Sprachen, alle gängigen Videotypen. Das ist ein Teil unserer neuen Verkaufs- und Werbestrategie. Das Papier finden Sie in den Unterlagen auf Seite acht.«

Saale wischte seine nasse Rechte an der Cordhose ab, aber Händeschütteln war nicht angesagt. Statt dessen warfen die Halbglatzen ehrfürchtige Blicke auf die Kameraausrüstung und nickten. Mager grinste. Ihre Technik war fünf Jahre alt und hätte Kennern nur ein müdes Lächeln entlockt.

»Das Team hat soeben fürs Fernsehen eine Reportage über die Randzonen des Ruhrgebiets abgedreht«, fuhr Gellermann mit seinem Märchen fort. »Natürlich wurde auch bei uns, einem der größten Arbeitgeber der Stadt, gefilmt. Was wir dabei sahen, hat uns so überzeugt, daß wir nicht gezögert haben . . . «

Mager und Saale wechselten einen stillen Blick. Es gab Momente, da fanden sie sich richtig sympathisch.

»Entschuldigen Sie, daß ich Sie nicht bekannt gemacht habe«, sagte Gellermann, bevor ihm einer der PEGASUS-Männer in falscher Bescheidenheit die Show verderben konnte.

»Die Herren Mager und Saale aus Dortmund. – Die Herren Bankdirektoren Werdier aus Zürich . . . «

Nun kam es doch zum Händeschütteln. Während Saale die Zeremonie mit hanseatischem Schliff bewältigte, fühlte sich Mager hundeelend: Am Samstag Small-Talk mit dem Oberleutnant, heute mit dem Finanzkapital. In Datteln begrub er seine schönsten Prinzipien.

»Ein Fuchs, dieser Gellermann«, sagte Saale, als die Viererbande hinter einer Blechtür verschwunden war.

»Wieso?«

»Mensch, stell doch mal dein Gehirn an! Wenn der Mann als Prokurist so dick aufträgt – dann will er Kredite schinden oder die Firma verhökern . . . «

»Quatsch. Wenn die verkaufen wollen, dann brauchen sie doch keine Werbung mehr.«

»Auch wieder wahr . . . «

Sie schleppten ihre Technik nach draußen, um die Verladearbeiten ins Bild zu setzen. Dort tauchte auch Saales Schwarm wieder auf.

»Wir haben Sie schon vermißt!«

Ihr Lächeln verursachte bei Saale einen mittleren Malariaanfall.

»Gerade war hoher Besuch da«, stammelte er, als er wieder bei Stimme war.

»Ich weiß«, hauchte sie.

»Ihr Chef, der Herr Puth, sah aber überhaupt nicht gut aus. Ist er krank?«

Sie nickte: »Er hatte vor zwei Wochen einen Herzinfarkt. Frau Michalski ..«

Sie stockte, als sie den Namen der Toten erwähnte.

»Frau Michalski hat ihn ins Krankenhaus gefahren. Ohne sie wäre die Sache schlimm ausgegangen.«

»Verstehe. Und ihr Tod war der nächste Schock . . . «

»Das glaube ich auch.«

»Gibt es in dieser Sache eigentlich etwas Neues?«

»Nichts. Ein Rätsel. Es ist wirklich . . .

Mager räusperte sich.

»Wenn der Herr Beleuchter so freundlich wäre, mir etwas zur Hand zu gehen? Wenn hier Feierabend ist, können wir nicht mehr filmen . . . «

Saale seufzte: »Sie sehen: Die Arbeit ruft!«

»Meine auch. Herr Gellermann bittet Sie, nachher kurz bei ihm vorbeizukommen.«

»Mit dem größten Vergnügen. Schon allein, um wieder in Ihrem Büro warten zu können.«

Saale sah ihr nach, bis ihm Magers Bartgesicht die Aussicht versperrte: »Aufwachen! Ich bezahle dich nicht fürs Flirten . . . «

21

»Was wollen Sie?«

»Herr Michalski, wir haben Ihnen . . . «

»Ich weiß. Es stand ja schon in der Zeitung . . . «

Sie blickten sich an. Er war Anfang dreißig und mit gut einsachtzig etwas größer als Lohkamp. Frisch rasiert und sauber gekämmt hätte er im Werbefernsehen den netten Jungen von nebenan spielen können. Aber sie hatten ihn eine Stunde nach der Frühschicht aus dem tiefsten Schlaf geholt, und da war wohl kein besserer Anblick zu erwarten.

»Dürfen wir hereinkommen?«

Er nickte und ging voran. Zwei Meter Diele, dann das Bad. Küche und Schlafzimmer rechts, das Wohnzimmer gegenüber.

Fünfundvierzig Quadratmeter fast unter dem Dach in einem phantasielosen Mietshaus in der Hattinger Oststraße.

»Herr Michalski«, sagte Lohkamp, »es tut uns wirklich . . . «

Der andere verzog das Gesicht und wandte sich ab. Vom Fenster aus hatte er einen weiten Blick über die Altstadt bis zu den Wäldern rund um die Schulenburg. Für eine Junggesellenwohnung waren die Scheiben erstaunlich sauber.

Michalski seufzte. Er setzte sich auf die schwarze Kunstledercouch, trank einen Schluck aus einem Glas mit abgestandenem Mineralwasser und wischte mit dem Handrücken flüchtig über seinen blonden Schnäuzer, starrte vor sich hin.

»Schlimm«, sagte er endlich. »Bis gestern habe ich noch tausend Gründe gewußt, ihr den Hals umzudrehen. Aber jetzt, wo es wirklich passiert ist . . .« Er fummelte eine Zigarette aus einer zerknickten Marlboro-Box, suchte nach einem Feuerzeug.

»Hier«, sagte Brennecke und gab ihm seins.

»Danke . . . «

Einige Züge lang ließen sie ihn gewähren — sie wollten nicht unfair sein. Aber als Lohkamp Luft holte, um seine erste Frage abzuschießen, kam ihm Michalski zuvor.

»Wer war's denn? Gellermann?«

»Wie kommen Sie auf den?«

Michalski schniefte: »Mein Nachfolger. Wissen Sie das nicht? Ruth stand auf reichen Mackern — und für ihre Karriere tat sie alles. Hatte sie noch immer die Möse rasiert?«

Brennecke schaute Lohkamp an, aber der war auch perplex. Im Telex der Holländer hatte darüber nichts gestanden. Ganz Interpol hätte sich über solch ein Fernschreiben gefreut.

»Gellermann steht auf so was, und Gellermann war für sie der Größte. Lässig und erfolgreich — die heimliche Nummer drei in der Stadt. Mit bestem Draht zu Roggenkemper und Puth. Und die ganz große Karriere noch vor sich . . . Also machte sie ihn scharf und sorgte dafür, daß er es blieb . . . «

»Und warum sollte Gellermann sie umbringen?«

»Weil sie falsch wie ein Katze war. Wenn sie zu jemandem ins Bett stieg, war das reine Berechnung. Sobald er eingeschlafen war, wühlte sie seinen Schreibtisch durch. Bestimmt hat sie auch über den schönen Uwe gesammelt, was sie kriegen konnte.«

»Warum?«

»Hören Sie, der Mann soll mal in Düsseldorf Minister werden. Wenn man über so einen was weiß . . . «

»Und was kann man über ihn wissen?«

»Keine Ahnung. Aber wo sie auch gearbeitet hat — nebenher hat sie immer nach den Leichen gesucht, die ihre Chefs im Keller hatten. Im Bauamt war das so, bei Roggenkemper — warum nicht auch bei Gellermann und Puth? Haben Sie die Ordner nicht gefunden? Sie hat sich doch jede Menge Kopien gemacht.«

»Was wollte sie damit? »

»Für alle Fälle, wie sie immer sagte. Als Rentenversicherung . . . «

»Und um was es sich handelt . . . «

»Keine Ahnung. Ich habe einmal geschnüffelt, als sie noch im Bauamt war. Berechnungen und Quittungen, mit denen ich nichts anfangen konnte. Aber sie hat es gemerkt, und dann waren die Akten weg.«

»Wohin?«

»Ich habe nicht nachgehakt. Falls sie mit dem Zeug jemals etwas anfing, war das sicher nicht legal. Und damit wollte ich nichts zu tun haben.«

Er drückte die Zigarette aus und stand auf: »Wollen Sie auch einen Kaffee?«

Sie wechselten in die Küche. Auch hier war aufgeräumt, lediglich in der Spüle standen, offenbar noch vom Frühstück, ein paar benutzte Teller. Wenn Lohkamp an den Dauerzustand der Wohnung dachte, die er vor seiner Heirat hatte, schnitt diese besser ab.

»Haben Sie überhaupt schon gegessen?«

Er blickte zwischen Brennecke und der Spüle hin und her, dann nickte er: »Doch. Im Finanzamt. Die haben eine Bomben-Kantine . . . «

Während sie zuschauten, wie der Kaffee durchlief, begannen sie systematischer zu fragen. Die Geschichte ihrer Ehe — so, wie Michalski sie sah.

Er kannte sie, seit sie sechzehn und er achtzehn war — aus der Berufsschule. Bei einer Zufallsbegegnung in der Pause hatte es gefunkt, und dann *gingen* sie zusammen. Zwölf Monate später zogen sie ihn zum Bund, und Ruth blieb ihm zwei Jahre lang treu.

Als er zurückkam, war die Klitsche, in der er gelernt hatte, dicht. Da er keine neue Stelle fand, meldete er sich bei der Polizei — die nächste Grundausbildung, die nächsten Trennungen. Aber diesmal sei sie ihm nicht mehr ganz so treu geblieben.

»Sie rutschte in eine Clique von Rathaus-Miezen, die auf

betuchten Knaben standen. Leute, bei denen Geld keine Rolle spielte. So Typen, wie sie heute in der *Börsengasse* herumhängen . . . «

Er stellte die Kanne mit dem Kaffee und die Tassen auf ein Tablett und führte die Kripo-Leute zurück ins Wohnzimmer.

»Aber bald kapierte sie, daß sie für diese Typen nur ein Wanderpokal war, den man zum Schluß auf den Sperrmüll packt. Da kappte sie alle Kontakte, und ich dachte schon, es würde wieder wie früher. Aber sie hatte Blut geleckt: Sie wollte Geld, Klamotten, eine tolle Wohnung, jede Menge Extras – und das war mehr, als ein Polizist und eine Rathaustippse sich leisten können.«

1978 kam er nach Recklinghausen. Auf Streife hatte er erstmals Arbeitszeiten, die sie halbwegs berechnen konnten. Doch aus der erhofften Familienidylle wurde nichts . . .

»Ruth war jeden Abend weg: Deutsch und Mathe an der Volkshochschule, Sekretärinnen-Lehrgänge. Wenn sie wirklich mal zu Hause war, las sie nur herum. Von *Schöner Wohnen* bis *Merian*. Sie wollte nach oben, und dazu mußte sie mitreden können . . . «

Mit 24 war sie Sekretärin im Bauamt, mit 26 – vor vier Jahren – bei Roggenkemper.

»Als sie den ersten Vorzimmerjob bekam, sollte ich auch weitermachen. So'n einfacher Bulle tat's nicht mehr, ein Kommissar mußte her. Aber ich wollte nicht. Ich wollte meinen Job machen und ein bißchen was vom Leben haben. Abends mal zum Bowlen gehen oder einfach in die Kneipe. Als ich ihr das sagte, hatte ich verschissen . . . «

Er griff wieder nach seinen Zigaretten – die fünfte, seit sie gekommen waren.

»Sie wurde kalt und berechnend. Was der Karriere schadete, ließ sie; wer ihr nicht helfen konnte, war gestorben; aber für ihre Gönner machte sie auch die Beine breit . . . «

»Auch für Roggenkemper?« platzte Brennecke dazwischen. Lohkamp schickte ihm einen Blick hinüber, der in keinem Waffenverzeichnis stand.

»Gut möglich. Der galt auch immer als ganz scharfer Bock . . . «

»War was zwischen den beiden?« beharrte Brennecke.

»Verstehen Sie doch: Seit sie auf dem Karrieretrip war, ließ sie nichts mehr 'raus. Sie hatte sich völlig verändert. Und ich fühlte mich pausenlos von ihr verarscht — ich spielte in ihrem Leben einfach keine Rolle mehr.«

Lohkamp lenkte zu dem Thema zurück, das ihn am meisten interessierte.

»Noch mal zu Gellermann — wann fing die Geschichte mit ihm an?«

»Vor drei Jahren — ungefähr. Ein Jahr, bevor sie zu Puth wechselte . . . «

»Wo haben Sie damals gewohnt?«

»Recklinghausen — kurz vor Erkenschwick. Die haben es so offen getrieben, daß mich die Kollegen über Funk gerufen haben, wenn ich nachts auf Streife war. 'Micki', haben sie gesagt, 'fahr mal zu Hause vorbei. Da steht ein BMW im Parkverbot . . . '«

Er verstummte.

»Und was haben Sie gemacht?« fragte Brennecke.

»Eines Nachts bin ich wirklich hingefahren. Ich habe Gellermann die Treppe 'runtergeschmissen und ihr den Arsch versohlt.«

»Allein?«

»Na klar. Wieso?«

»Es saß doch noch einer im Streifenwagen . . . «

Michalski verzog das Gesicht: »Den brauchte ich dazu nicht. Der wollte mich sogar noch daran hindern. Hat mir dann die Pistole abgenommen, bevor ich ging. Hatte Angst, ich würde die beiden umlegen. Viel gefehlt hat daran ja nicht.«

Sie schwiegen.

»Eins verstehe ich aber nicht«, mischte sich Brennecke ein. »Wenn sie so scharf auf eine gute Stelle war und es mit Roggenkemper so gut konnte — warum hat sie bei ihm aufgehört?«

Michalski lachte bitter.

»Geld. Bei Puth verdient sie doch mindestens einen Tausender mehr . . . «

»Haben Sie eine Ahnung, was sie auf Vlieland gewollt hat?«

Er zuckte die Achseln: »Urlaub machen. Was sonst?«

»Sie hat erzählt, ihr Vater wäre da als Soldat . . . «

»Ernst?«

Er grinste: »Der ist dreiundfünfzig. Rechnen Sie mal nach . . . «

»Und wie geht die Geschichte weiter?« fragte Brennecke.

»Sie ist ausgezogen, ich habe mich versetzen lassen, Scheidung . . . «

Er stand auf und öffnete den weißen Schleiflackschrank, der

die andere Wohnzimmerwand beherrschte. Im Barfach stand eine Flasche *Mariacron.*

»Sie auch?«

Die Kripo-Leute schüttelten ihre Köpfe. Brennecke, weil er im Dienst war, und Lohkamp, weil er mit diesem Zeug nicht einmal sein Klo desinfiziert hätte.

Michalski goß sich einen Dreistöckigen ein, zögerte kurz und kippte ihn hinunter.

»Zwei Monate später stand sie plötzlich auf der Matte und hat mir einen vorgeheult: Wie schwer das Leben ist und wie gemein sie zu mir war. Ich traute ihr nicht. Aber wenn sie will . . . Wenn sie wollte, meine ich, konnte sie einen unheimlich scharfmachen. Und sie machte mich scharf. Aber als ich drei Tage später bei ihr vor der Tür stand, hat sie mich im Flur abgefertigt . . . «

»Wann haben Sie sie zuletzt gesehen?«

»Vor sechs, acht Wochen. Anfang Juli. Da hat sie mir dieselbe Show noch einmal vorgespielt. Und das Schlimme ist – man fällt immer wieder drauf rein . . .« Er starrte zum Fenster hinaus.

»Hat sie Ihnen gesagt, warum sie das Leben plötzlich so schwer fand? Welche Probleme sie hatte?«

Michalski schüttelte den Kopf.

»Nein. Es war nur ein Einsamkeitskoller, nehme ich an. Wollte sich für eine Nacht die Füße wärmen.«

»Warum gerade bei Ihnen?«

»Warum?« Er zog die Schultern hoch. »Die meisten Männer in ihrer Umgebung waren verheiratet. Zuviele Komplikationen. So'n trauernder Ex-Mann kam da gerade recht . . . «

Brennecke und Lohkamp sahen sich an. Mit den Wimpern gab der Chef das Startzeichen.

»Wie war das mit dem Geld?« fragte der Kriminalmeister ohne jede Vorwarnung.

»Bitte?«

»Ihre Schulden: Zwanzigtausend. Kneipe, Zocken, Autos, Trips am Wochenende.«

Einen Augenblick lang schien Michalski angeschlagen: »Woher . . . «

»Kleine Umfrage in der Kantine«, erläuterte Brennecke. »Da sind Sie noch bestens bekannt.«

Michalski schwieg.

»Zwanzigtausend Mark Schulden, Mann! Wie wollten Sie mit Ihrem Gehalt da herunter?«

Keine Antwort.

»Man kann die ganze Geschichte auch anders sehen, Herr Michalski«, sagte Lohkamp scharf. »Wenn ich mir das Rührstück von der abgelegten Jugendliebe wegdenke – wissen Sie, was dann übrigbleibt? Ein Mann, der nicht weiß, wie er von den Schulden herunterkommt. Andere schicken ihre Frauen auf den Strich – und Sie lassen sie in den Akten ihrer Chefs schnüffeln. Wie gefällt Ihnen diese Fassung?«

»Sie spinnen ja!« schrie er. »Meine Mutter hat mir das meiste vorgeschossen. Und bei ihr zahle ich ab. Wollen Sie die Belege sehen?«

Er lief zum Schrank und blätterte ihnen einen Schnellhefter hin.

Brennecke schaute Lohkamp an. Eine Frage fehlte noch. Und dies war der richtige Moment dafür.

»Wo waren Sie in der Nacht von Freitag auf Samstag?«

Michalski schwieg einen Augenblick. »Ich bin Streife gefahren«, sagte er. »Die ganze Nacht.«

22

Sie standen zwanzig Meter von der großen Halle entfernt und staunten. Gerade war ein Sattelschlepper auf den Platz gerollt, und mit zwei, drei eleganten Manövern schob der Fahrer den Auflieger rückwärts vor das Tor.

»Mensch, Saale«, sagte Mager. »Was bin ich froh, daß wir nur den Lada haben. Mit dem Schlepper da würde ich beim ersten Versuch die ganze Halle kippen . . . «

»Klar«, nickte Saale. »Du bist ja schon mit dem Fahrrad eine öffentliche Gefahr.«

Dann richtete er das Stativ aus und klemmte die Kamera fest. Als letzte Szene des Tages wollten sie das Beladen des Sattelschleppers und seinen Abmarsch filmen. Aber erst mußte der Schrott entfernt werden, der sich noch auf dem Auflieger stapelte.

»Holger!« rief Mager plötzlich und stieß seinem Angestellten einen Ellenbogen in die Nieren.

»Nein, sage ich. Keine Spiegeleffekte mehr!«

»Quatsch. Guck dir mal den Schlepper an!«

»Das tu ich schon seit fünf Minuten.«

»Was laden die da aus?«
Saale starrte hinüber.
»Das sind… Ich weiß nicht. Diese Hängebahnen, womit sie…«
»Richtig. Und warum werden die ab- und nicht aufgeladen?«
Saale stöhnte genervt: »Du hast Probleme! Vielleicht eine Reklamation.«
»Nichts da.« Mager schaltete die Kamera aus und suchte nach seinen Zigaretten.
»Das sind dieselben Bänder, die sie vor einer halben Stunde aufgeladen haben.«
»Na, und? Vielleicht fehlte was.«
»Aber das ist dann schon das zweite Mal . . .«
Saale richtete sich zu seiner vollen Größe auf: Wenn Mager zu seinen einsdreiundachtzig hinaufsehen mußte, war er gewöhnlich wesentlich weniger hartnäckig. Aber diesmal zog die Masche nicht.
»Paß auf«, sagte Mager. »Ich habe mir diese Karre schon kurz nach neun ausgeguckt. Der Schriftzug an der Seite ist ziemlich neu und schön farbintensiv. Da haben sie die Dinger gerade aufgeladen. Aber zwischen zehn und elf noch einmal.«
»Das dauert doch. Vielleicht war das dieselbe Aktion . . . «
»Quatsch. Zwischendurch ist er mir mal durchs Bild gefahren. Und jetzt laden sie alles wieder ab. Da stimmt doch was nicht.«
Saale tippte sich an die Stirn: »Bei dir stimmt auch etwas nicht.«
Mager schob seine Unterlippe so weit vor, daß mindestens fünf Hühner darauf Platz gehabt hätten – der Spaß war jetzt vorbei. Er ließ Saale stehen und hielt einen Burschen im Blaumann am Ärmel fest.
»Sag mal, wie heißt der Fahrer des LKW?«
Der Mann zuckte mit den Schultern: »Kenn ich nicht!«
»Und euer Meister?«
»Keine Ahnung!«
Der Mann trabte davon.
»Tolles Betriebsklima. Findest du nicht?« fragte Mager. »Paß mal auf die Klamotten auf. Das will ich jetzt genau wissen.«
Er lief auf die Halle zu und verschwand im breiten Maul des Tores. Saale schaltete den Recorder aus, setzte sich auf die winzige Rasenfläche neben der Einfahrt und versuchte, sich einen Samstag mit Helga Kronenberger auszumalen. Die Sache gefiel ihm. Bis Magers Fußspitze seine Rippen traf.

»Mensch, was ist denn?«

»Seltsamer Laden. Alles neue Leute hier. Es hat was gedauert, bis ich an den Meister kam. Der hat mich angeschnauzt, als ob ich ihn anpumpen wollte. Betriebsfremden darf er nichts erzählen. Extrem unfreundlich, der Typ. Ich sag dir: Hier stimmt was nicht!«

Sie brauchten eine weitere halbe Stunde, bis sie die letzte Szene im Kasten hatten. Dann verpackten sie ihre Ausrüstung rüttelfest im Kofferraum und fuhren den Wagen vor das Verwaltungsgebäude. Hier parkte auch ein BMW aus der 700er Reihe mit Schweizer Kennzeichen. Die Herren Werdier & Werdier waren noch im Hause.

»Ich habe keinen Bock auf die Typen«, knurrte Mager. »Mach den Abgesang da drinnen alleine.«

»Mit dem größten Vergnügen.«

Saale war schon fast im Eingangsportal verschwunden, als Mager das Fenster herunterkurbelte: »Aber quatsch dich bloß nicht fest. Das Aufgebot kannst du auch ein andermal bestellen. Ich muß Kalle von der Schule abholen . . . «

Die Uhr ging auf eins zu. Im Geiste drehte Mager seinem Angestellten gerade zum dritten Male den Hals um, als der Sonny Boy die Treppen heruntertänzelte.

»Sag jetzt nichts!« schrie Saale, um Mager zuvorzukommen. »Ich weiß ja: Du wartest schon zwanzig Minuten, dein Sohnemann heult Rotz und Wasser, deinc Ehe geht in die Brüche und du wirst nie mehr mit mir zusammenarbeiten. Aber . . . «

»Komm endlich rein«. schimpfte Mager und startete. Daß Kalle Rotz und Wasser heulte, war nicht zu befürchten. Wie er seinen Ableger kannte, würde der sich mit mindestens drei Leuten kloppen, wenn man ihn zu lange ohne Aufsicht ließ – und er mußte dann wieder die Eltern der Gemarterten beschwichtigen.

»Was ist denn nun mit deinem Aber?« schnauzte er, als sie endlich die Bundesstraße hinabdonnerten.

»Aber? Du hattest recht!«

»Womit?«

»Damit, daß in dieser Firma irgendetwas nicht stimmt.«

Mager preßte die Lippen zusammen. Sie hingen hinter einem Tankwagen fest, mit dem ein Bäuerlein Jauche aufs Feld fuhr.

»Puth ist offenbar noch bankrotter, als Gellermann zugegeben hat«, erzählte Saale, als die Fenster endlich geschlossen waren.

»Bankrott kann man nicht steigern«, knurrte Mager und zog an dem Duftspender vorbei.

»Dachte ich auch. Aber Puth und Gellermann ziehen gerade ein Riesending ab . . . «

»Erzähl schon!«

Saale grinste. Er lehnte sich auf dem Beifahrersitz zurück und genoß seinen Informationsvorsprung.

»Erst einmal: Puth und Gellermann waren nicht zu sprechen. Wir sollen sie morgen anrufen. Und jetzt kommt's: Wagners Transportsysteme transportieren überhaupt nichts mehr. Die haben dieses Jahr nach und nach fast hundert Leute entlassen und machen jetzt mit zehn Mann so 'ne Art Notbesetzung.«

»Das waren aber mindestens achtzig Leute, die da herumgesprungen sind . . . «

»Stimmt. Genau das sollen die Bankfritzen denken. Die sind nämlich da, weil Puth einen neuen Kredit braucht. Gucken sich den Betrieb an. Was sehen sie? Arbeit, Arbeit, Arbeit. Der Laden läuft offenbar. Was geben sie? Kohle, Kohle, Kohle.«

»Die lassen sich doch bestimmt auch die Bücher zeigen. Dann fliegt das auf!«

»Glaube ich nicht«, meinte Saale. »Wer auf so einen Trick kommt, dem fällt zu Büchern auch was ein.«

Mager dachte nach.

»Und das alles hat dir Gellermann erzählt.«

»Nein, aber Helga-Mäuschen.«

»Wegen deiner schönen blauen Augen.«

»Die sind schwarz, du Arsch. Aber auch nicht deswegen. Als ich 'reinkam, telefonierte sie gerade mit der Job-Vermittlung von der Uni Bochum und orderte nochmal sechzig Studenten für Freitag. Da fiel bei mir der Groschen. Anlügen konnte sie mich nicht, aber ich mußte versprechen, zu schweigen wie ein Grab.«

»Was du hiermit getan hast . . . «

»Eben . . . «

»Und was hat sie sonst noch erzählt?«

»Wo sie wohnt.«

»Das wolltest du im Rahmen der Volksbefragung wissen, hast du ihr gesagt.«

»So ungefähr. Du solltest dankbar sein, daß ich mich so für die Firma aufopfere. Wo findest du das noch: Privates Engagement, freiwilliger Einsatz nach Feierabend . . . «

»Mir kommen gleich die Tränen«, meinte Mager und bremste

vor der Abfahrt Marten ab. »Aber heute nachmittag gibt's richtige Arbeit für dich.«

»Ich weiß. Nachhilfe für Kalle . . . «

»Quatsch. Du setzt den Vertrag mit Puth auf. Wer Schweizer Bankiers bescheißt, der versucht es auch bei PEGASUS . . . «

23

Der grauhaarige Hauptmeister in der Hattinger Wache blickte mürrisch auf: »Was gibt's denn?«

Lohkamp zückte seinen Dienstausweis. Der Kollege setzte seine Brille auf und studierte die Fleppe, als sähe er so etwas zum erstenmal.

»Was kann ich für Sie tun?«

»Schauen Sie einmal nach, wer in der Nacht vom Vierten auf den Fünften Streife gefahren ist.«

Der Alte seufzte, als hätten sie Wer-weiß-was verlangt, obwohl der Ordner mit den Dienstplänen aufgeschlagen vor ihm lag — er übte sich gerade in der Kunst des Lochens und Abheftens. Schließlich wagte er es und blätterte dreimal um.

»Ja . . . Es waren zwei Wagen im Einsatz: *Ennepe 14/22* und *14/24* . Auf der Zweiundzwanzig saßen Polizeiobermeister Augstein und POM Blazeizak, auf der Vierundzwanzig PM Haggeney und . . . «

Unwillkürlich zuckte Lohkamps rechte Augenbraue: Diesen Namen hatte er schon gehört. Doch bevor ihm einfiel, wann und wo das war, machte der Alte weiter. Und der nächste Beamte war: Michalski, Helmut, POM.

»Danke, Herr Kollege«, lächelte Lohkamp und stiefelte wieder hinaus. Diesen Punkt konnte er von der Liste streichen.

»Gleich fünf, Chef«, meinte Brennecke. »Ich falle um vor Hunger.«

Lohkamp sah die Bahnhofstraße entlang, in der sich die neue Hattinger Wache befand. In seinem Blickfeld lagen zwei Kneipen, aber keine kam ihm sonderlich einladend vor.

»Quatsch. Wir fahren zurück. In einer halben Stunde sitzt du zu Hause.«

Doch daraus wurde nichts.

Brennecke bretterte in Richtung Autobahn. Raus aus der City, runter in eine Senke, den Berg hoch, Slalom durch das nächste Dorf.

Er hatte es jetzt eilig und sah stur nach vorn. Er ignorierte die Silhouette der Henrichshütte, versagte sich einen Blick auf die Fachwerkhäuschen von Blankenstein und übersah tapfer den Wegweiser zum Burgrestaurant, wo es für Leute ab Lohkamps Gehaltsstufe stets ein Häppchen zu essen und ein Bierchen zu trinken gab. Und diese lästigen weißen Blechkreise mit dem roten Rand, in denen dick und schwarz eine 30 stand – die dachte er sich einfach weg.

Die rote Kelle aber war da.

Sie blinkte am Straßenrand auf, als sie wieder ins Ruhrtal stürzten, dem Katzenstein entgegen. Der kantige Kollege, der das Gerät durch die Luft schwenkte, sah nicht so aus, als übte er für eine Keulenkür in der Rhythmischen Sportgymnastik.

Auch das noch, dachte Lohkamp und stützte sich am Armaturenbrett ab. Der Parkplatz vor ihnen hätte eigentlich zum Bremsen völlig ausgereicht. Aber die Zufahrt war durch eine Reihe rotweißer Eisenpfosten so weit verengt worden, daß gerade noch eine Bergziege durchpaßte.

Brennecke keilte den Wagen durch die Lücke und trat auf die Bremse. Das Letzte, was Lohkamp registrierte, war die Fachwerkfassade der Gaststätte *Pilgrimshöhe* . Sie kam schneller auf sie zu, als ihm lieb war. Er klappte die Wimpern zu und versuchte, an etwas Schönes zu denken.

Als die Staubwolke sich langsam senkte, bemerkte der Hauptkommissar dreierlei: daß er noch lebte, daß der Golf und die Kneipe unbeschädigt waren und daß neben ihnen ein grün-weißer Passat in Sonderausführung stand. Der Polizeiobermeister mit der Igelfrisur, der gerade heraussprang, war auch eine Sonderausführung: fett wie eine Frittenbude. Er riß die Tür auf, noch bevor Brennecke den Motor ausgestellt hatte.

»Bei Ihnen piept es wohl, Mann! Hier werden keine Rallyes gefahren . . . «

»Entschuldigen Sie, Herr . . . «

»Die Papiere!«

Brennecke nickte. Er stemmte seine Füße gegen das Bodenblech, drückte den Hintern hoch und fummelte seine Geldbörse aus der Hecktasche. Dann reichte er den Karton hinaus.

»Die Zulassung!« bellte es draußen.

Erneuter Blick in das Portemonnaie – Fehlanzeige.

»Mist. Haben Sie das Ding eingesteckt?«

Nun begann auch Lohkamp zu suchen – unglaublich, wieviele Taschen man in seiner Kleidung finden kann! Daß die Papiere wie immer im Handschuhfach lagen, fiel auch ihm nicht ein.

Der Uniformierte schob sich eine Handvoll Gummibärchen ins Gesicht und sah ihm interessiert zu. Als er mit dem Mampfen aufhörte, war auch seine Geduld am Ende.

»Also, wat iss? Hammse 'ne Zulassung oder nich?«

»Klar«, tönte Brennecke. »In der Jacke!«

Er drehte den Hals nach hinten und wurde fündig: Seine Joppe lag tatsächlich auf dem Rücksitz.

Was er dann tat, war, wie sie später analysierten, eindeutig falsch. Am einfachsten wäre es gewesen, auszusteigen und das gute Stück mit einer völlig unkomplizierten Armbewegung aus dem Wagen zu holen. Aber Brennecke tat etwas anderes. Er stemmte sich erneut hoch und versuchte, seine Wirbelsäule in dieselbe Richtung wie den Hals zu drehen – was man, wäre es dem Einmeterneunzigmann in diesem VW-Golf Normalausführung tatsächlich gelungen, nur noch mit der Quadratur des Kreises hätte übertreffen können.

Doch Brennecke wagte es. Es knirschte und knackte im Gebälk, er ächzte und stöhnte, preßte einen halben Hektoliter Schweiß durch die Poren und kam auch wirklich so weit voran, daß er mit den Fingerspitzen das lose Ende des Fadens fühlen konnte, mit dem seine Mutter ihm vor einer Woche einen Riß in der Schulternaht geschlossen hatte – doch vom Ziel, der Brieftasche, war er immer noch den mikroskopischen Bruchteil einer englischen Meile entfernt.

»Himmel und Arsch!« bellte es draußen. »Soll ich hier Wurzeln schlagen?«

Selbst jetzt wäre es noch möglich gewesen, den Dingen einen ganz anderen Verlauf zu geben. Noch immer hätte Brennecke aussteigen und sein Vorhaben auf die anatomisch günstigste Art ausführen können. Aber aus einem später nicht mehr nachvollziehbaren Grund entschied er sich anders.

Mit einem Aufschrei, der eine Hundertschaft Karatekämpfer das Fürchten gelehrt hätte, bäumte er sich auf, um das Jäckchen auf die schon beschriebene nichtanatomische Art zu erwischen.

Es gelang. Als sein Körper in dem winzigen Augenblick, der zwischen Aufwärtsbewegung und Absturz lag, scheinbar schwerelos auf dem Scheitelpunkt seiner Umlaufbahn verharrte, packte

Brennecke zu. Er krallte seine Fingernägel in den Jackenkragen und zerrte das Fräckchen beim Rückflug zu seinem Startplatz mit nach vorn. Der Sitz des Golf umfing seine gemarterte Wirbelsäule wie ein tröstendes Weib den Geliebten. In den Augen des Kriminalmeisters leuchtete der Stolz des Siegers.

Was er nicht mehr sah, entdeckte Lohkamp. Auf dem sonst leeren Rücksitz schimmerte ein metallener Gegenstand, dessen Kaufpreis zur Zeit der Handlung bei etwa eintausenddreihundertundsiebenundvierzig Mark lag. Eine 9 mm-Pistole vom Typ SIG-Sauer, besser bekannt unter dem Kürzel *P 6* – Brenneckes Dienstwaffe.

Der Schupo reagierte als erster. Er riß seine eigene Kanone aus dem Holster und richtete sie auf das Wageninnere: »Raus! Alle beide! – Vorsicht, Kalla, die sind bewaffnet!«

Kalla – das war der Kantige, der sie in dieses Nadelöhr von Parkplatzeinfahrt gelotst hatte. Er ließ seine Haltekelle fallen und trabte heran. Im Laufen nestelte er an seinem Koppel, um auch zu ziehen. Er machte das nicht einmal ungeschickt, sondern nur eine Spur zu langsam. Im Ernstfall wäre seine sündige Seele dreimal schneller im Kochtopf gewesen als die Waffe im Anschlag.

Der andere kam aber auch allein zurecht. Er dirigierte die Kripo-Männer neben den Golf, wo sie jene schöne Turnübung absolvierten, die in keinem Krimi fehlen darf: Handballen an die Dachkante, Arme vor und die Beine so weit nach hinten, daß jedes Niesen mit einem Kopfstoß gegen die Außenwand des Fahrzeugs enden muß. Er versäumte es auch nicht, mit dem Außenrist seiner Schuhe so lange gegen die Innenknöchel der beiden Gangster zu treten, bis ihre Beine meterweit gespreizt waren. In welchem Western er das schon einmal gesehen hatte, fiel Lohkamp in der Hektik nicht ein.

Als die Verbrecher endlich wehrlos in der Schwebe hingen, baute er sich, wie Lohkamp aus den Augenwinkeln mitbekam, in sicherem Abstand auf und gab Kante einen Wink mit der Pistole: »Filzen!«

Der andere verstaute sein Schießgerät – was ihm entschieden besser gelang als das Auswickeln – und trat hinter die Terroristen, um sie nach versteckten Waffen abzutasten.

Schon nach rund drei Minuten kam ihm der Verdacht, daß bei dem langen Brennecke nichts mehr zu holen war, und er begann, an Lohkamp herumzufummeln. Dessen Pistole steckte wie immer in einem Gürtelholster, das im Augenblick lediglich durch die herabhängenden Jackenschöße verdeckt war.

Soviel Heimtücke, die Waffe fast offen zu tragen, hatte Kante nicht vermutet. Erst nach langem Kramen unter der Achseln und in den Hosenbeinen des Delinquenten gelang es ihm, die *P 6* zu finden. Er bekam sie heraus, ohne daß sich ein einziger Schuß dabei löste.

»Hören Sie«, begann Lohkamp, »ich glaube . . . «

»Schnauze!« schrie der Chef der beiden Wegelagerer.

»Wir sind . . . «

»Halt bloß die Fresse!« drohte Kante. Mit zwei Ballermännern fühlte er sich merklich mutiger. Lohkamp aber begann ganz gegen seinen Willen darüber nachzudenken, wann er zum letzten Mal außerdienstlich eine Kirche betreten hatte. Als es ihm einfiel, brach ihm der Schweiß aus.

»Kalla«, brüllte der Boss des Todeskommandos, »ich rufe jetzt Verstärkung. Wenn sich einer rührt, verpaß ihm eine Spritze in den Meniskus.«

»Ihr habt's gehört«, übersetzte Kante. »Wer sich bewegt, wird kastriert!«

Ein paar Sekunden lang schwiegen alle. Ein Lastzug keuchte den Berg hoch, zwei flotte Porsches donnerten talwärts. Und irgendwo saß ein Mörder und lachte.

Der Dicke mit der Igelfrisur schaltete den *Piker* ein, verwechselte aber die Tasten: Das Knacken in der Elektrik kam live über dcn Außenlautsprecher des Passat.

» *Ennepe 14/24* an alle«, brüllte er und löste bei den Krähen auf dem Katzenstein eine mittlere Panik aus. Nach einem mustergültigen Alarmstart düsten sie in Richtung Bochum.

»Gustav, nimm den oberen Knopf!« schrie Kante. Der andere folgte dem Rat, war aber auch ohne Verstärker noch makellos zu verstehen.

» *Ennepe 14/24* an alle!« versuchte er es erneut.

»Eigener Standort: L 924, Parkplatz Katzenstein. Zwei Bewaffnete festgenommen. Erbitten Hilfe beim Abtransport. Ich wiederhole . . . «

Inzwischen hatten mehrere PKW und ein VW-Bulli am Straßenrand angehalten. In sicherem Abstand bildeten die Schaulustigen einen Halbkreis um die Szene. Einer zückte eine *Minox* und knipste los, als hätte er den Kanzler auf einem Skateboard entdeckt.

Ein Signalhorn raste heran. Michalski müßte dabei sein, dachte Lohkamp. Aber dann fiel ihm ein, daß der Geschiedene seine Schicht schon hinter sich hatte. Der helle Schimmer am Horizont verblaßte wieder.

Ein Wagen bremste, das Gellen der Signalanlage erstarb, Türen wurden aufgestoßen.

»Mensch, Lusebrink«, meldete sich eine neue Stimme. »Du willst wohl in die Bildzeitung?«

»Quatsch nicht, hilft mir lieber beim Verpacken.«

»Abwarten . . . «

Schritte kamen näher, und in Lohkamps Blickfeld tauchte ein Polizeiobermeister auf, der irgendwo in der zweiten Hälfte der Dreißiger stecken mußte. Im Gegensatz zu den beiden anderen wirkte er eher schmächtig. Um sein Kinn rankte ein Bärtchen — zwanzig Jahre früher das Erkennungssignal für den intelligenteren Teil des Polizeikorps.

Auf der anderen Seite des Golf blieb der Neue stehen und betrachtete das Fahrzeug. Plötzlich bildete sich auf seiner Stirn ein Waschbrett. Er hob den Blick und suchte Lohkamps Augen.

»Du meine Güte«, sagte er und ging los.

»Paß auf«, kreischte Kante, »die sind gefährlich!«

»Halt die Klappe, Haggeney!« entgegnete der Schmale.

Er griff in Lohkamps Jacke und zog die Brieftasche heraus.

»Tut mir ehrlich leid, Herr Lohkamp«, sagte er und half ihm in die Senkrechte. »Aber die beiden da sind dumm wie Schifferscheiße . . . «

Er drehte sich um: »Denk mal scharf nach, Lusebrink: Zwei Männer in Zivil, Golf oder Passat, vollkommen unauffällig, keine Extras, keine Aufkleber, keine Boxen, nicht mal 'ne Rotzfahne auf der Ablage, kein Radio – aber 'ne Antenne auf dem Kühler und den *Piker* zwischen den Vordersitzen . . . Worauf tippst du: Nikolaus und Knecht Rupprecht?«

Lusebrink grübelte, aber er kam nicht drauf.

»Ehrlich, wenn ich den Idioten erwische, der euch von Kamen weggeschickt hat . . . «

Da fiel der Groschen. Lohkamp wußte wieder, woher er die Namen dieser Galgenvögel kannte. (Anm. des Hrsg.: Reinhard Junge: *Klassenfahrt,* Weltkreis-Krimi, S. 71)

24

Die Woche ging zu Ende, ohne daß etwas Nennenswertes geschah. PEGASUS dämmerte vor sich hin und wartete: auf das Geld aus Datteln, auf neue Aufträge und auf bessere Zeiten.

Der Knall kam bei einer eher harmlosen Frozzelei am Freitag abend, als alle bis auf Karin bei einem Bier in Magers Küche saßen. Den tristen Hinterhof vor Augen, sang Saale das Lied vom Heimweh nach dem fernen Hamburg.

»Wo willst *du* denn noch 'nen Job kriegen«, grinste der PEGASUS-Vize. »Wer seinen Vorgesetzten Calvados aus dem Schreibtisch klaut . . . «

»Ihr könnt mich mal«, brüllte Saale. »Ich weiß beim besten Willen nicht mehr, warum ich bei euch angeheuert habe. Ich muß besoffen gewesen sein.«

»Das warst du auch«, erinnerte ihn Susanne. »Und wie!«

Die Tür knallte ins Schloß. Saale rannte über den Hof, keuchte die Treppen hoch und öffnete das morsche Brett vor seiner Bude mit einem Fußtritt. Als er sich aufs Bett hechtete, schrie der IKEA-Elch vor Schmerz auf.

Mit der rechten Hand legte Saale die Diamantnadel auf die schwarze Platte, mit der linken fingerte er nach dem Kopfhörer. Joe Cocker wünschte ihm einen guten Abend.

Er drehte den Pegel bis zur Schmerzgrenze und heulte mit: *Baby, shelter me, would you shelter me, when I see you now, I loose the ground, shelter me, babyyyy, shelter miihh, when I loose control . . .*

Plötzlich sprang er auf, riß die Kopfhörer ab und stürzte sich auf einen Stapel alter Zeitschriften. Unter einem Dutzend *Asterix* tauchte endlich das letzte MARABO auf. Mit fliegenden Fingern suchte der das Tagesprogramm: Zeche Bochum, 21.oo Uhr: *The Fall* .

Ein Blick auf die Uhr: Es war zehn nach neun.

»Die fangen sowieso später an«, murmelte er. Er riß sich den Pulli über den Kopf, schnüffelte an den Achselhöhlen, zwängte sich in die schwarze Lederhose und nahm den grauen Flohmarktsakko aus dem Schrank. Zwei Minuten später klemmte er einen Zettel mit der Nachricht *Ich habe den Lada. Gruß Holger* an Magers Tür, preschte drei Minuten später die B1-Auffahrt in Richtung Bochum hoch und suchte um viertel vor zehn einen Parkplatz an der Prinz-Regent-Straße.

Schließlich klemmte er die Kiste dicht neben eine Garageneinfahrt, plazierte das Presseschild auf die Ablage und versprach dem Herrgott eine Bienenwachskerze, wenn der Wagen um Mitternacht noch da stand.

Die Fenster der Kassenbude vibrierten: *The Fall* waren schon am Werk. Ein Muskelmann knöpfte ihm zwanzig Eier ab, dann stürzte sich Saale unter die Menschheit. Schon auf den ersten Blick sah er, daß er die falsche Uniform gewählt hatte: An diesem Abend war Schwarz angesagt.

Ein Hauch von Weltuntergang schwebte durch den Raum. Die Lichteffekte waren verhalten, die Bühnenshow blutleer, aber die Musik ging ihm so in Kopf und Bauch, daß zu seinem Glück nur noch eine fehlte: Helga.

Hoffentlich hat die mich nicht verarscht, dachte er. So, wie sie in der Firma herumlief, hätte er sie eher in der Abteilung »Seichtes« abgelegt: *Modern Talking* oder Grönemeyer, schlimmstenfalls Falco. Aber in Schwarz konnte er sie sich nicht vorstellen. Zwischen Treppe und Bierstand blieb er stehen. Hier war der beste strategische Punkt. Wer raus, aufs Klo oder nachgießen wollte, mußte hier vorbei.

Die harten, schnellen Rhythmen und die 'runtergerotzten Sprüche der englischen Truppe ließen ihn den ganzen PEGASUS-Ärger vergessen. Kopf, Schultern und Knie gingen mit. Vor der Bühne machten ein paar Punks aus Langendreer auf Pogo, der Rest der Fan-Gemeinde wiegte allenfalls vornehm den Oberkörper.

Der alte Kinks-Hit *Victoria* war der Bringer. Der ganze Saal sang mit. Und dicht hinter Saale brach jemand fast in Tränen aus: »Weißte noch, Alter, die *Kinks* in der Gruga? Ray Davis und *Dandy* ? Mann, wat iss dat lange her . . . «

Bewundernd schaute Saale sich um: Zwei Enddreißiger hatten sich unter die Jugend gemischt. Einer von ihnen trug noch noch den Vollbart und die Latzhose, mit denen er schon achtundsechzig demonstriert hatte. Der Wehmütige, ein hochgewachsener Mensch mit kahler Stirn und messerscharfer Nase, war vom Outfit her etwas näher an der Neuzeit, aber sein Herz, das hatte der Stoßseufzer verraten, pochte noch im heißen Rhythmus der großen Jahre.

Irgendwo hatte Saale den Typ schon gesehen, aber es dämmerte ihm erst nach dem dritten oder vierten Blick: Der Daddy recherchierte Mordgeschichten für MARABO, war aber längst als Chefredakteur für das Verbandsblatt der *Grauen Panther* im Gespräch . . .

The Fall randalierten dem Ende entgegen. Saale bekam sechs Ellenbogen ins Kreuz und zwei Alt auf die Hose, bis ihn jemand von der Seite anquatschte: »Hallo!«

»Hey!«

Er starrte das Wesen neben sich gleichgültig an. Doch dann fiel der Groschen. Sie hatte ein Augen-Make-up wie nach einer Unter-Tage-Schicht, das blond gefärbte Haar stieß gel-gestärkt in den Himmel, der Aufkleber auf der nietenübersäten Lederjacke verkündete den Trip in die Gegenrichtung.

»Frau Kronenberger«, staunte Saale und grinste. «Ich heiße Helga«, grinste sie zurück.

»Und ich . . . «

»Weiß schon: Holger der Regisseur, Drehbuchautor, Chefbeleuchter und Hauptdarsteller. Wofür sind eigentlich all die anderen Leute beim Film?«

Saale nahm's leicht – diese Frau *konnte* ihn gar nicht beleidigen . . .

Das letzte Gitarrensolo, Gejohle, die Schlußakkorde, Beifall, Licht.

»Noch ein Bier nebenan?«

Helga nickte. Sie ließen sich zum Ausgang schieben und bogen in die Kneipe ab. An der Theke orderte er zwei Pils.

»Ich stehe echt unter Schock,« gestand er. »In der Firma siehst du aus, als könntest du kein Wässerchen trüben, und hier machst du einen auf Punk und Hölle.«

»Soll ich etwa so ins Büro gehen? Und was ist mit deiner Lederhose? Der schönen Blümchenkrawatte vom Montag . . . «

Das Gespräch nahm den üblichen Gang: Sie kauten das Konzert durch, hechelten ihre letzten Live-Erlebnisse durch und kippten ordentlich was weg.

Schließlich landeten sie doch bei Puth, Gellermann und Co.

»Aber das bleibt unter uns«, forderte sie. »Ich habe keine Lust, meinen Job zu verlieren . . . «

Saale schwor bei seiner Ehre, und sie erzählte aus dem Nähkästchen.

»Das Meiste kenne ich nur vom Hörensagen, vor allem von Ruth. Außerdem mache ich die Post auf, und da kann man sich dann vieles zusammenreimen . . . «

Puths Imperium pfiff, wie sie vermutet hatten, auf dem letzten

Loch. Anfang des Jahres hatten die Steuerfahnder Verdacht geschöpft: Obwohl die Firma permanent pleite war, gewährten die Banken weiter Kredite in Millionenhöhe. Darauf wurden Bücher und Bilanzen geprüft. Resultat: Während Puth und Gellermann die Finanzbeamten Jahr für Jahr mit roten Zahlen zu Tränen rührten, hatten sie bei Bankdirektoren mit ihren angeblichen Umsatz- und Gewinnrekorden Jubelstürme geerntet.

Die Staatsanwaltschaft hatte die Banken von den mutmaßlichen Betrügereien informiert, worauf die der Firma postwendend die laufenden Kredite kündigten und Puth aufforderten, die Verbindlichkeiten auszugleichen. Puth selbst passierte nichts, die Ermittlungen dauerten an.

»Das einzige, was sich jetzt verändert hat, sind die Briefköpfe«, sagte Helga und nuckelte an ihrem Glas. Dann legte sie einen Bierdeckel auf den Thekenrand und ließ ihn einen Salto drehen, ehe sie ihn lässig wieder auffing. Saale starrte sie fasziniert an.

»Die Adresse ist gleich, die Telefonnummern auch, nur die Kontonummern wurden geändert, damit die Banken die Zahlungseingänge nicht zum Ausgleich der Puth-Konten festhalten konnten. Die neue Firma ist schuldenfrei.«

»Wahnsinn«, meinte Saale. »Aber das müssen sich doch auch Banken und Staatsanwälte zusammenreimen können.«

»Schlaukopf. Aber zwischen Merken und Handeln gibt es noch einen feinen Unterschied. Gegen die neue Firma kann die Staatsanwaltschaft erst einmal gar nichts machen. Sie gehört nicht mehr zur Gruppe Puth. Verkauft.«

»Und die Lieferanten machen das mit?«

»Ob du's glaubst oder nicht – ja. Puth und Gellermann wickeln sie alle ein. Die haben ein Abkommen geschlossen. Ein außergerichtliches Moratorium. Sie haben auf einen Großteil der Schulden verzichtet und dürfen dafür den Laden weiter beliefern. Zum Ausgleich schlagen sie auf jede Rechnung ein paar Prozent drauf – mit den Jahren sollen so die Schulden abgestottert werden. Das Geld dafür geben die Herren Werdier aus Zürich.«

Saale schüttelte den Kopf: »Ich glaube, PEGASUS kann bei euch eine Menge lernen.«

»Klar. Der Gipfel: Eine Firma in Essen hat auf 80% der Außenstände verzichtet.«

»Weil Gellermann so eine schöne Sekretärin hat.«

»Quatsch. Die waren nur froh, im Geschäft zu bleiben. Sonst hätten sie selbst dichtmachen müssen.«

»Heiß, absolut heiß«, staunte Saale und wußte nicht recht: Sollte er empört sein oder die Schläue der Bankrott-Ritter bewundern?

»Ich hätte Wirtschaft studieren sollen, statt dort meine Abende zu vertrödeln . . . «

»Danke für's Kompliment«, sagte sie.

Er sah sie von oben bis unten an. Sie hielt seinem Blick stand.

»Bist schon 'ne Weile aus dem Rennen, was?« fragte sie sehr sachlich, aber viel zu laut. Die Thekenbesatzung grinste, Saale bekam rote Ohren.

»Komm, wir zahlen. In Bochum gibt's noch mehr Kneipen.«

»Klar«, sagte Saale und warf mit großer Geste zwei Zwanziger auf den Tisch. Die Marksechzig Wechselgeld schob er zurück.

»Mach mir 'ne Rechnung: Speisen und Getränke. Aber den doppelten Betrag.«

Magers saßen beim Mittagsmahl, als es schellte. Mechthild öffnete, und ein Gespenst erschien: weißer Bademantel mit Grauschleier, Kapuze über dem bleichen Gesicht, ausgebrannte Augen in tiefen Höhlen.

»Habt ihr 'ne Stange Aspirin?«

Kalle erholte sich von seinem Schrecken als erster: »Betteln und Hausieren verboten. Kannst du nicht lesen?«

»Heute bestimmt nicht«, antwortete Magers Gattin und schob dem bleichen Gast einen Stuhl hin. Dann holte sie das Röhrchen mit den Tabletten und eine Kanne Wasser, während Mager Kaffee aufsetzte.

Saale ließ sich vorsichtig nieder, warf zwei von den Pillen ein und streckte seine nackten Füße aus. Ein Sessel mit Armlehnen wäre ihm lieber gewesen.

»Willst du etwas mitessen?« fragte Mechthild und deutete auf den Topf mit den Kohlrouladen.

»Nein«, krächzte Saale, dem bereits der Geruch neue Übelkeit bereitete. Zehn Minuten sah er stumm zu, wie Mager und sein Sproß um die Wette bunkerten. Nach dem ersten Liter Kaffee fühlte er Anzeichen einer beginnenden Wetterbesserung.

»Vatta, beeil dich«, trieb Kalle ihn an. »Wir haben um zwei Mannnschaftstreffen . . . «

»Wo spielt ihr denn?«

»In Huckarde. Du bist heute dran mit dem Fahren.«

Mager nickte. Wenn *Borussia* nicht zu Hause antrat, sah er

sich zum Ersatz auch schon mal ein Spiel seines Sohnes an. Kalle war Libero und reifte zu einer gesunden Mischung aus Nobby Stiles und Augenthaler heran. Er hatte schon mehr gelbe Karten auf dem Konto als Bochums Abwehrrecke Lothar Wölk.

»Wann bist du denn wiedergekommen?« fragte Mechthild.

»Keine Ahnung«, flüsterte Saale.

»War sie da?« wollte Mager wissen.

»Wer?«

»Die Kronenberger.«

»Klar. Wie hätte ich denn sonst nach Hause kommen sollen?«

Magers Gabel blieb in der Luft hängen: »Sag das nochmal!«

»Helga hat mich nach Hause . . . «

Mager riß das Fenster auf, steckte den Kopf hinaus und zählte die Blechkisten auf dem Hof: Susannes Golf, der alte Ford der Türken aus dem Nebenhaus, zwei Müllcontainer.

»Wo ist der Lada?«

»Welcher Lada?«

»Kalle«, sagte Mager. »Guck mal auf der Straße, ob Onkel Holger den Wagen da abgestellt hat . . . «

Kalle wetzte los und verschwand in der engen Schlucht zwischen den beiden Häusern. Als er wieder auftauchte, schüttelte er den Kopf.

„Also, Saale, wo ist er?«

»Weiß nicht. Der müßte irgendwo in Bochum stehen!«

25

»Ein Mensch ohne Kontakte — das gibt's doch nicht«, stöhnte Brennecke.

»Oh doch«, widersprach Lohkamp, »viel öfter sogar als du denkst . . . «

Es war wieder Montag, sie saßen wieder im Golf und waren wieder auf dem Weg nach Datteln. Ihr Dialog faßte das Ergebnis einer Art Arbeitsfrühstück zusammen, zu der Lohkamp alle eingeladen hatte, die in der Vorwoche mit dem Fall befaßt waren.

Acht Leute hatten zum Teil bis in die Abende hinein gerödelt, um das Leben einer Frau zu durchleuchten, die nur 29 Jahre, neun Monate und 19 Tage alt geworden war. In der Ludwigstraße hatten sie Ärzte, Sprechstundenhilfen, Putzfrauen und Nachbarn interviewt, mit einem Foto der Toten Tankstellen, Läden und

Frisiersalons abgeklappert und Erkundigungen im Reitstall eingezogen. Aber am Ende waren sie kaum klüger geworden.

Die einzige, die überhaupt etwas wußte, war eine Nachbarin aus dem fünften Stock namens Bielke. Die Frauen hatten wechselseitig die Blumen gegossen und die Briefkästen geleert, wenn die andere im Urlaub war. Persönliches hatten sie aber höchst selten besprochen, und Frau Bielke wußte nicht einmal, ob es einen Nachfolger für den Nachfolger gegeben hatte: »Dieses Haus — das ist alltags ein Taubenschlag . . . «

Die wenigen Reitfreunde, die man angetroffen hatte, wußten noch weniger: Die Gespräche hatten sich um Pferde, Autos, Tennis und Mode gedreht, gelegentlich auch um das Düsseldorfer Schauspielhaus und das Bochumer *Starlight*-Projekt — um mehr nicht. Und bei den Festen, während derer man sich persönlich näherkommen konnte, hatte Ruth zumeist gefehlt. Im Vergleich dazu waren die Informationen aus der Puth-Verwaltung fast schon ergiebig gewesen.

Besonders enttäuscht hatte Lohkamp die Befragung der Verwandten. Mit Eltern, Schwester und Schwager hatte sie sich in den letzten Jahren nur noch auf Familienfeiern getroffen, und was ihr eigenes Leben betraf, hatte sich Ruth gegenüber allen Nachfragen abgeschottet: Es ging ihr gut, sie hatte viel zu tun, die Ehe laufe wie andere auch (vor der Scheidung) bzw. sie hätten eben doch nicht zusammen gepaßt (danach). Selbst die Eltern waren höchstens zweimal in ihrer Wohnung gewesen, die Schwester einmal, der Schwager nie.

Am Donnerstag hatte die Familie die Leiche aus Holland abgeholt und wartete nun wie Lohkamp auf das Ergebnis einer zweiten Obduktion. Die Staatsanwaltschaft hatte darauf bestanden, da die Akten aus Holland noch immer nicht angekommen waren. Danach wollten Pohlmanns die Tochter so schnell wie möglich unter die Erde bringen — ein unangenehmes Kapitel der Familienchronik wäre dann zu Ende.

Ein Zweier-Team der Kripo hatte geprüft, ob in Ruths Wohnung etwas gestohlen worden war. Zu diesem Zweck hatten die Beamten Zeitschriften und Bücher, Schachteln und Akten, die wild herumgelegen hatten, wieder einsortiert und die ausgeleerten Schubladen neu gefüllt. Nach sechs Stunden gab es ein vages Indiz: Im Wohnzimmerschrank hatte die Michalski ein verschließbares Fach für Aktenordner reserviert. Hier klaffte zum Schluß eine Lücke, in die zwei mittelmäßig gefüllte Ordner gepaßt hätten. Daß es sich um die Unterlagen handelte, in denen der Gatte vor Jahren geschnüffelt hatte, stand zu bezweifeln: Die hier fehlenden Aktendeckel waren wohl erst kürzlich entfernt worden, denn die anderen waren nicht so weit verformt wie die, die dicht an dicht standen.

»Ich möchte wissen, was in diesen Akten stand und wer sie hat«, brach Brennecke das Schweigen. «Sieht ganz so aus, als hätte Madame versucht, ihr Gehalt aufzubessern. Aber wenn da Erpressung . . . «

»Bloß nichts aus dem Kaffeesatz!« bremste Lohkamp. »Wir haben bisher nicht einen Anhaltspunkt dafür, daß es Dienstakten waren – und erst recht deutet nichts darauf hin, daß sie tatsächlich jemanden in die Mangel genommen hat.«

»Außer Michalskis Aussage.«

»Ja«, sagte Lohkamp. »Aber das ist mir zu dünn. Wenn es wirklich um Erpressung geht – wen müssen wir dann unter die Lupe nehmen?«

Brennecke zog die Schultern hoch: »Den Chef vom Bauamt, Roggenkemper, Gellermann, Puth . . . «

»Eben. Und denen rücke ich nicht mit einem Luftgewehr aufs Fell. Kanonen, Brennecke, sonst machen die uns ein . . . «

Wenige Minuten vor elf betraten sie das Rathaus von Datteln und fragten sich zum Bürgermeister durch. Den Termin hatten sie mit seiner Sekretärin ausgemacht, da Roggenkemper die Woche über auf Tournee gewesen war: Düsseldorf, Travemünde – zu weit weg, um ihn bereits zwischendurch zu befragen.

Im Vorzimmer lächelte ihnen etwas Blondes, Feenhaftes zu und steckte kurz den Kopf durch die Tür nach nebenan. Dann nickte sie: »Bitte!«

Auf der Schwelle blieb Lohkamp verblüfft stehen. Roggenkemper residierte in einem mittleren Tanzsaal mit bunten Mosaikfenstern. Die Einrichtung war schlicht und kostbar, und mit der Fahne, die schräg hinter dem Ortschef aufgebaut war, hätte man eine halbe Kompanie toter Flußpioniere zudecken können.

»Kommen Sie herein, meine Herren!« Er kam ihnen entgegen und bot ihnen zwei altertümliche Lehnstühle an, die eher in einen Rittersaal gepaßt hätten. Er selbst nahm gegenüber Platz und schlug die kurzen Beine übereinander.

»Tut mir leid, daß ich Ihnen erst heute zur Verfügung stehen kann. Was darf ich für Sie tun?«

»Ruth Michalski«, sagte der Erste Hauptkommissar nur.

Der Ortschef nickte, seine Augen verdüsterten sich.

»Habe ich gehört. Eine böse Geschichte. Haben Sie schon eine Spur . . . «

»Nein. Deshalb benötigen wir Ihre Hilfe . . . «

»Natürlich«, sagte Roggenkemper. »Ich . . . «

Die Tür öffnete sich, und die Sekretärin fuhr auf einem Servierwagen Kaffee und eine Schale mit Streuselkuchen herein.

»Der ist eigentlich für den Seniorennachmittag im alten Ratssaal«, erklärte Roggenkemper. »Aber es ist immer genug da. – Frau Körner, bis wir hier fertig sind, keine Anrufe bitte.«

Die Sekretärin nickte und verschwand.

»Herr Roggenkemper«, begann Lohkamp, »weswegen hat Frau Michalski hier aufgehört? Gab es irgendwelche Differenzen?«

Der kleine Mann auf dem großen Stuhl lachte still: »Stehe ich unter Verdacht?«

»Nein«, sagte Lohkamp.

»Hätte mich auch gewundert«, knurrte Roggenkemper zufrieden. »Immerhin haben mich zur Tatzeit bestimmt 1500 Leute im Festzelt gesehen . . . «

»Ich weiß. Die Hälfte davon sogar doppelt.«

»Falsch«, feixte der Bürgermeister. »Im Festzelt bleibt keiner nüchtern. Ich übrigens auch nicht. – Aber im Ernst: Frau Michalski war als Sekretärin perfekt. Ich hatte keinen Grund zur Klage. Und das einzige, was sie störte, war das Gehalt. Sie war für diesen Schreibtisch überqualifiziert, und ich konnte ihr nicht einmal die Mehrarbeit bezahlen. Sonst wäre mir der Regierungspräsident aufs Dach gestiegen . . . «

Er verbreitete sich drei weitere Minuten über die beruflichen Qualitäten der Toten. Die Beamten ließen ihn reden, bis er sich selbst unterbrach.

»Kurz und gut – bei Puth wurde damals die Stelle als Chefsekretärin frei. Ich habe ihr mit Hilfe von Herrn Gellermann die Stelle besorgt – sozusagen als Abschiedsgeschenk für treue Dienste. Punkt und aus.«

»Herr Roggenkemper, irgend jemand hat nach dem Tod der Frau die ganze Wohnung auf den Kopf gestellt. Wir haben festgestellt, daß mindestens zwei Aktenordner fehlen. Wir suchen danach. Immerhin hat Frau Michalski bei ihrer Arbeit im Bauamt und bei Ihnen Einblick in eine Vielzahl interner Vorgänge . . . «

Der Ortschef wischte den Rest des Satzes mit einer ungeduldigen Armbewegung weg.

»Herr Lohkamp – Datteln ist eine Stadt, in der es keine Skandale gibt. Die einzigen, die gerne welche hätten und ständig stänkern, sind die Grünen. Es paßt nicht in ihr neurotisches Weltbild, daß hier ein und dieselbe demokratische Partei seit dem Krieg die absolute Mehrheit hält und daß es eine politische Führung gibt, die sich wirklich um die Bürger kümmert. Die hätten es gerne anders, und weil sie keine Fakten haben, erfinden sie Geschichten . . . «

»Aber sie hat nachweislich einmal Akten des Bauamts zu Hause . . . «

»Mit Sicherheit. Sie war fleißig und gewissenhaft, und was sie im Büro nicht schaffen konnte, hat sie nach Feierabend erledigt.«

»Wo würden Sie denn ein Motiv suchen?« versuchte der Kriminalmeister zu kontern.

»Jemineh!« Roggenkemper grinste spöttisch. »Soll ich jetzt auch noch Ihre Arbeit tun?«

Er beugte sich ein wenig vor: »Das arme Mädchen hatte eine Menge Streß am Hals. Einen Versager als Mann, der ihr nicht das Wasser reichen konnte und ihr das Leben zur Hölle gemacht hat. Der es nicht verwinden konnte, daß seine Frau nach oben kam. Zum Beispiel. Und wenn es das nicht ist: Vielleicht irgendeine der unangenehmen Männergeschichten, die auch den anständigsten Frauen schon einmal passieren. Haben Sie in dieser Richtung nachgehakt?«

»Keine Angst, ein bißchen verstehen wir auch von unserem Beruf«, grinste Lohkamp. »Aber sagen Sie: Vlieland – was könnte Frau Michalski da gewollt haben?«

Roggenkemper hob die Schulter: »Meine Güte! Warum fragen Sie mich nicht, wie heute das Wetter in Tokyo ist? Keine Ahnung. Neunundneunzig von hundert Leuten werden gar nicht wissen, daß es diese Insel gibt . . . «

»Aber Sie wissen es?«

»Sicher!« Er lächelte: »Unsere Luftwaffe übt da Zielanflüge. Noch was?«

»Ja. Etwas ganz anderes: Wann haben Sie Herrn Gellermann während des Kanalfestivals gesehen?«

»Jesusmaria, Sie haben Wünsche . . . «

Er lief zu seinem Schreibtisch und schlug einen dicken Terminkalender auf.

»Herr Gellermann hat für mich ein paar Berechnungen überprüft. Moment . . . Abgeholt hat er sie nachmittags. Bei mir zu Hause. Ziemlich spät.«

»Am Freitag?«

»Ja. Und Sonntag, nein am Samstag hat er sie mir zurückgebracht. Mittags. Gegen zwölf.«

Sie standen wieder draußen, ohne einen einzigen Bissen von dem Beerdigungskuchen probiert zu haben.

Der Kriminalmeister öffnete seinem Chef die Tür und startete. An der Ausfahrt mußten sie warten, bis ein Streifenwagen im Schneckentempo vorübergezogen war. Da würgte Brennecke vor Schreck den Wagen ab.

»Was ist?« schrak Lohkamp hoch.

»Ich weiß, wer lügt!«

»Wer?«

»Michalski. Zumindest stimmt was nicht mit seinem Alibi.«

»Hör mal, das ist wasserdicht . . . «

»Nein. In der Tatnacht ist er angeblich mit dieser Flasche Haggeney Streife gefahren . . . «

»Ja.«

»Aber am Dienstag, als uns Haggeney und dieser andere Strauchdieb hochgenommen haben: Wo war Michalski?«

»Zu Hause.«

»Eben. Und das geht nicht.«

»Wieso?«

»Man merkt, daß Sie nie Streifenbulle waren. Wenn Haggeney und Michalski am Freitag dieselbe Schicht gefahren sind — dann hätten sie das am Dienstag auch tun müssen. Die sind nämlich immer gleich . . . «

26

Als Erdenberger am Montag um 14.43 Uhr das Ende des *Mittagsmagazins* verkündete, war auch Holger Saale fix und fertig. Stöhnend schob er die Schreibmaschine weg, reckte die Arme und gähnte.

Die halbe Nacht und den ganzen Tag über hatte er sich mit Rangierkatzen, Einschienenhänge- und Sohlenflurbahnen herumgeschlagen. Die Wunderwerke aus dem Hause Puth mußten so brillant ins Bild gesetzt werden, daß man in Mikronesien von ihrem Einsatz bei der Kokosnußernte träumte. Entsprechend großmäulig war nun der Begleittext ausgefallen, ein Duett für zwei reife Männertimmen, die dem Betrachter Sachkenntnis und Solidität suggerieren sollten.

Saale rieb sich die Augen und überflog noch einmal die erste Seite des Drehbuchs:

Halbtotale, Vorbeifahrt:
Eine Hängebahn transportiert Bergleute durch einen Stollen zum Ort.

Sprecher 1:
Einer der wichtigsten Kostenfaktoren der Untertageproduktion ist die Beförderung von Menschen und Material. Schnell, sicher, kostendämmend.

Totale:
Verwaltungsgebäude, Werkhallen.

Sprecher 1:
Die bei Wagner entwickelten Transportsysteme haben sich vielfach bewährt.

Halbnah/nah:
Konstruktionsbüros, zwei Ingenieure über einen Computer-Ausdruck gebeugt

Sprecher 2:
Konstrukteure mit internationaler Erfahrung entwerfen unsere Technik.

Halbtotale; Montage Nah:
Schaltanlage, Wartungsarbeit

Sprecher 1:
Ein zuverlässiges Team fertigt, montiert und wartet die Anlagen.

Halbnah:
EDV-Anlage.
Nah:
Ingenieur am Konstruktionscomputer.

Sprecher 2:
Ein eigenes Konstruktionsbüro garantiert, daß unsere Transportsysteme auch die Anforderungen der Zukunft übertreffen.

Halbtotale:
LKW-Transport zum Besteller, Ranfahrt an den Firmennamen.

Sprecher 1:
Wagner-Transportsysteme – der Partner ihres Vertrauens.

TON: Elektronische Musik, optimistisch, dynamisch, langsames Crescendo.

Saale nickte zufrieden und schob Karin Jacobmayer die Blätter über den Tisch: »Sei so gut und mach mir drei Kopien . . . «

Er stand auf und begab sich in den Nebenraum, wo Susanne und Mager ihre Schreibtische bewachten.

»Fertig?«

Saale nickte, und Susanne reichte ihm das Kostenexposé, das sie auf der Grundlage der drei Stunden alten, vorletzten Fassung des Drehbuchs erstellt hatte. Die fünfstellige Summe rechts unten ließ ihn die Strapazen vergessen, die ihm das Opus bereitet hatte – und auch die beißende Kritik, mit der Mager morgens um neun seinen ersten Entwurf auf das Firmenklo gehängt hatte.

»Wart ihr nochmal auf der Bank?«

Mager nickte: »Die Fünftausend sind noch nicht da. Ich sag dir's, der hat uns nur als Pappkameraden gebraucht, um vor den Bankheinis Eindruck zu schinden. Wenn du dein Kunstwerk nachher ablieferst, kann sich Gellermann an nichts mehr erinnern.«

»Abwarten«, meinte Saale. »Schreibt doch noch eine Bemerkung rein: Vorbehaltlich der von Herrn Gellermann angekündigten Akontozahlung . . . «

Susanne nickte.

»Schön. Kopiert ihr mir die Blätter? Ich muß mich noch landfein machen.«

»Für Gellermann?« fragte Mager.

Saale grinste nur.

»Hör mal«, drohte Mager. »Laß heute die Sauferei! Wenn du die Karre wieder vor irgendeiner Kneipe stehen läßt, gibt es Ärger. Kalle hat morgen zur ersten Stunde . . . «

Saale nickte und nahm die Beine in die Hand. Die Suchaktion

vom Samstagnachmittag war so ziemlich das Letzte, worüber er jetzt diskutieren wollte. Mehr als eine Stunde waren sie mit Susannes Golf durch Bochum geirrt, bis sie den Firmenpanzer schließlich gefunden hatten — am Beginn der Sündentour, vor der *Zeche.* Mager würde ihm den verlorenen Nachmittag noch auf dem Sterbebett vorhalten.

Eine Stunde später parkte er vor Puths Bürosilo ein und flog die Treppen hinauf. Helga Kronenberger erwartete ihn mit einem schadenfrohen Lächeln.

»Guten Tag, Herr Saale. Geht es Ihnen gesundheitlich wieder besser? Freut mich sehr. Oh, und was für eine schöne Krawatte Sie da umgebunden haben.«

»Ich habe keine andere, gnädige Frau. Das ist nackte Armut.«

Sie kam um den Schreibtisch herum und hauchte ihm einen Kuß auf die Wange. Verlegen ging er auf Abstand und deutete auf die Tür, die ins Büro ihres Chefs führte: »Wenn dich . . . «

»Quatsch. Die Firmenleitung ist ausgeflogen. Gellermann hat irgendeine Sitzung bei seinem Landesvorstand, und Puth geht's nicht gut. Er will zu Hause weiterarbeiten.«

Enttäuscht sank Saale auf den Besuchersessel: »Und ich schlage mir die Nacht um die Ohren . . . «

»Kopf hoch! Ich soll dich zu Puth bringen. Er muß sowieso noch Post unterschreiben.«

»Bist du jetzt Ruths Nachfolgerin?«

»Das ist noch nicht 'raus. Setz dich einen Moment, ich bin gleich soweit . . . «

Bis zur Zechenstraße fuhr Helga mit ihrem Polo voraus. Saale schwitzte Blut und Wasser, um sie nicht aus den Augen zu verlieren — hinter dem Steuer verwandelte sich die brave Sekretärin wieder in die Höllenfrau vom Freitagabend. Als sie am alten Torhaus der Zeche *Emscher-Lippe* links abbog und ihren Wagen auf dem Co-op-Parkplatz abstellte, atmete er erleichtert auf.

Sie raffte ihr Gepäck zusammen und kletterte in den Lada: »Übrigens, da drüben wohne ich.«

Er blickte hinaus: Eine Reihe vierstöckiger Häuser etwa aus den Sechzigern, rote Giebelwand, weiße Verkleidung vorn, Balkone mit wild wuchernden Fuchsien.

»Allein?«

Sie schüttelte den Kopf: »Mit Mutter. — Und jetzt fahr!«

Sie zockelten die Bundesstraße entlang, nordwärts, der Kanalbrücke zu, im Feierabendverkehr eine harte Geduldsprobe. Aber als er am Ortsausgangsschild aufs Gas trat, schüttelte sie den Kopf: »Langsam. Wir sind gleich da!«

Hinter der Brücke mußte er einige Wagen aus der Gegenrichtung vorbeilassen, ehe er abbiegen konnte. Vom erhöhten Fahrdamm der Bundesstraße bot sich ein weiter Blick über den Uferbereich des Kanals. Keine Frage: Puth hatte für seine Residenz eine schöne Ecke ausgesucht.

»Stimmt«, meinte Helga. »Meinst du, der baut auf dem alten Kokereigelände? Landschaftsschutzgebiet. — So, hier sind wir . . . «

Saale bremste vor dem weißen Eisentor, das schon Lohkamp und Brennecke beeindruckt hatte, und pfiff durch die Zähne:

»Nicht übel! Wie kommt man im Landschaftsschutzgebiet zu solch einem Haus?«

»Mußt du Roggenkemper fragen oder Puths Freunde im Bauamt. Die haben ursprünglich nur einen Flachdachbungalow für Puths Pferdepfleger genehmigt — das Gestüt nebenan gehört ihm auch.«

»Die hätten den Bau doch gar nicht abnehmen dürfen . . . «

Sie zuckte die Achseln: »Das ist Datteln. Mit irgendwas werden die der Bauaufsicht schon den Mund gestopft haben.«

»Oder die Augen verklebt«, meinte Saale und imitierte mit Daumen und Zeigefinger Dagobert Ducks Lieblingsbeschäftigung.

»So läuft hier alles. Damit Puth den Bau nicht abreißen muß, ist er dem Bügermeister gefällig, und dafür hat er selbst wieder einen Wunsch frei. Eine Hand wäscht . . . «

»Ich weiß schon!«

Ihre Hand suchte nach dem Türgriff: »Komm jetzt! Und halt die Klappe — die Sprechanlage funktioniert in zwei Richtungen.«

Sie stiefelten los. Puths Residenz war wirklich vom Feinsten. Bereits das mit roten Ziegeln hochgezogene Erdgeschoß hätte gereicht, um alle Wohnungen und die Büros des PEGASUS-Teams aufzunehmen. Darüber thronten aber noch zwei Etagen im Mansardenstil.

Puth empfing sie in einem geräumigen Arbeitszimmer aus deutscher Eiche. Seine faltigen Wangen leuchteten in einem ungesunden Rot, und sein Händedruck ließ alle Kraft vermissen, mit der er einst Steine geschleppt hatte. Als er aufstand, hielt er sich an der Schreibtischkante fest.

»Schön, daß Sie gekommen sind, Frau Kronenberger. Und das ist sicher . . . «

»Herr Saale von PEGASUS . . . «

»Ja, ich weiß«, nickte Puth. »Wir haben uns, glaube ich, während der Betriebsführung für die Herren aus Zürich gesehen. Bitte, setzen Sie sich! Tut mir leid, daß ich mich in Ihrer Angelegenheit nicht gut genug auskenne . . . «

»Das ist kein Problem, Herr Puth. Wir haben unsere Empfehlung für das Drehbuch und das Kostenexposé ausgearbeitet. Ich lasse Ihnen die Unterlagen hier, damit sie die Filmkonzeption in Ruhe überdenken und gegebenenfalls Änderungen vornehmen können . . . «

Puth nickte: »Schön.«

Er ließ sich von Helga die Unterschriftenmappe vorlegen und setzte mit zittrigen Händen seine Brille auf. Bevor er den ersten Brief unterschrieb, überflog er ihn, den nächsten auch noch, aber dann schien ihm das Verfahren zu langwierig zu werden, und er blickte nur noch kurz auf das Adressenfeld links oben, ehe er seinen Namenszug unter den Text setzte.

»Ist das Gutachten von Dr. Boos noch nicht eingetroffen?« fragte er zwischendurch.

Helga schüttelte den Kopf.

»Wenn es morgen früh nicht in der Post ist, dann mahnen Sie es bitte an. Telefonisch. Herr Boos müßte wissen, daß die Sache eilig ist.«

Helga versprach es ihm und schlug die nächste Seite der dicken Ledermappe auf.

»Gibt es noch etwas Neues?« fragte er, als er seinen Füllhalter zuschraubte.

»Ja, Herr Puth«, begann Helga. »Der Betriebsrat läßt fragen, ob mit dem Kranz für Frau Michalski so verfahren wird wie bei anderen Todesfällen. Und ob einige Mitarbeiter für die Beerdigung freigestellt werden können.«

Einen Augenblick lang starrte Puth sie fassungslos an. Dann sank er Stück für Stück in sich zusammen. Ein alter, verbrauchter Mann. Mehrere Herzschläge lang sagte niemand ein Wort.

»Ja, natürlich«, flüsterte er schließlich. »Ist es schon so weit? Wann wird sie beerdigt?«

»Am Donnerstag um elf.«

»Machen Sie einen Aushang«, nickte er. »Wer will, soll mitgehen. Nur für den Telefondienst muß gesorgt werden . . . «

Wieder war er mit seinen Gedanken weit weg. Mit der Skriptenmappe unter dem Arm fühlte sich Saale äußerst unwohl. Behutsam legte er sie auf der Kante des Schreibtischs ab.

Puth schrak auf und holte Luft: »Danke. Ich verspreche Ihnen, daß ich die Entwürfe gründlich studieren werde. Geben Sie mir ein paar Tage Zeit. Sie hören dann von mir . . . «

Er drückte sich hoch und begleitete sie zur Tür. Seine Schritte, anfangs noch ungelenk, wurden mit jedem Meter sicherer. Er hatte noch Reserven.

»Kommen Sie morgen um elf mit der Post vorbei, Frau Kronenberger«, sagte er, als er sie mit Handschlag verabschiedete. Er lächelte plötzlich: »Ich werde das mit Herrn Gellermann regeln.«

»War das deine Beförderung?« fragte Saale, als sich die Wagentüren hinter ihnen geschlossen hatten.

Helga zuckte die Achseln.

»Wer weiß? Wahrscheinlich nur vorläufig . . . «

Er wendete und steuerte zur Kanalbrücke zurück.

»Ganz schön alt, der Boss. Als du das mit der Beerdigung gesagt hattest, dachte ich schon, der kippt uns weg.«

»Ich auch. Hat mich sowieso gewundert, wie er reagiert hat. Wenn der Betriebsrat sonst mit Beurlaubungen kommt, stellt er sich an, als bräche über ihm der Himmel zusammen. Aber bei Ruth . . . «

Bis zur Zechenstraße grübelten sie vor sich hin. Der geschäftliche Teil der Fahrt war erledigt. Aber der Montag war noch lang.

Saale ließ den Lada neben ihrem Polo ausrollen und wartete, ohne den Motor auszuschalten. Da war noch was – aber er wußte nicht, wie er anfangen sollte.

Ihre Blicke trafen sich.

»Bei uns geht's nicht«, sagte sie plötzlich. »Mama hat etwas altmodische Vorstellungen von einem ordentlichen Haushalt.«

»Meine auch«, grinste Saale. »Aber die ist in Hamburg. Und bis Dortmund kann sie noch nicht gucken.«

»Worauf wartest du Esel dann noch?«

»Daß du deinen eigenen Wagen nimmst. Mager braucht den Lada morgens immer selbst.«

Sie küßte ihn und stieg um, auf eine Revanche für die Hetzjagd auf dem Hinweg gefaßt. Aber Saale fuhr so sanft wie schon lange nicht mehr. Er hatte mit einem Male eine Riesenangst, sie abzuhängen.

27

Hattingens Polizeichef blickte die beiden Kripoleute empört an: »Mogelei? In meinem Schutzbereich? Hoffentlich ist Ihnen klar, was Sie da behaupten!«

»Ich habe gar nichts behauptet«, erwiderte Lohkamp geduldig. »Wir wollen in einem Mordfall ein Alibi überprüfen. Ich muß Sie bitten, mir Einsicht in die Einsatzunterlagen zu gewähren. Es geht um Freitag, den . . . «

»Bültermann!« brüllte der Polizeikommissar.

Sein Stellvertreter kam so schnell hereingeschossen, als hätte er hinter der Tür gelauscht. Er war kaum älter als vierzig und hätte mit seiner Figur einen idealen Mittelgewichtler abgegeben: bullig, aber ohne jedes überflüssige Fett.

»Die Dienstpläne und Streifenberichte . . . «

Der Hauptmeister verschwand und kehrte bald mit zwei dicken Leitz-Ordnern zurück. Mit versteinertem Gesicht ließ er es zu, daß Lohkamp sie ihm aus der Hand fischte und auf dem kleinen runden Tisch in der Konferenzecke ablegte. Während er Brennecke die Streifenberichte hinüberschob, blätterte Lohkamp bereits in den Dienstplänen.

Der Vordruck mit dem Plan für den ersten Freitag im September war schnell gefunden. Wie üblich waren die drei Schichten in der ersten Spalte mit Großbuchstaben gekennzeichnet und durch dicke Querstriche voneinander abgegrenzt.

In der zweiten Spalte war die Dienstttätigkeit der eingesetzten Beamten mit dem bundesweit einheitlichen Zahlencode gekennzeichnet: Die Zehnerziffern für den Chef und den Innendienst, die Zwanziger bis Dreißiger für die »bunten« Funkwagen, die Vierziger für die Kräder, die Achtziger für die Zivilstreifen.

Lusebrink und Haggeney gehörten zur C-Schicht, die am fraglichen Wochenende den Nachtdienst versehen hatte. Beide waren ab 22.00 Uhr für den Streifenwagen *Ennepe 14/24* eingeteilt. Aber jemand hatte Lusebrinks mit Maschine eingetippten Namen mit der Hand durchgestrichen und »POM Michalski« darüber notiert.«Können Sie mir das erklären?«

Mit verdrehtem Kopf warf der Schutzbereichsleiter einen Blick auf den Plan und nickte seinem Vize zu: »Wie war das, Jochen?«

Der Hauptmeister zuckte die Achseln: »Das war wohl die Nacht, in der es Gustav schlecht geworden ist. In den Streifenberichten muß Genaueres stehen . . . «

Lohkamp guckte Brennecke an. Das Gesicht des Kriminalmeisters war kreidebleich, und seine Augen flehten um Gnade. Es hatte seinen Chef auf den falschen Dampfer gejagt.

Ein Blick in den Streifenbericht bestätigte die Angaben des Hauptmeisters: Lusebrink hatte sich um 22.25 Uhr krank gemeldet, Michalski zum selben Zeitpunkt übernommen.

Idiot, verdammter, dachte Lohkamp und hätte seinen Hilfssheriff am liebsten in den Hintern getreten. Wolltest den ganz Schlauen spielen, der seinen Boss in die Tasche steckt. Fahrkarte, mein Sohn! Und die Sache mit dem Händehoch am Katzenstein – die hast du uns ja auch eingebrockt. Zu faul, mal eben auszusteigen – und dafür hätte uns Fettsack beinahe umgelegt. Von wegen Beförderung – die kannst du dir sonstwohin stecken, Freundchen. Da mußt du dir erst noch ein paar Jahre den Arsch aufreißen . . .

Seufzend kramte Lohkamp nach seinen Zigaretten und rauchte an. Schon nach den ersten Zügen sank sein Adrenalin-Spiegel so weit, daß ihm sein eigenes Verhalten bewußt wurde. Er hatte sich mindestens genauso idiotisch benommen: Mit einem einzigen Anruf hätte er sich diese Pleite ersparen können . . .

Noch immer war es merkwürdig still im Raum. Ganz plötzlich sah er von den Akten auf. In Bültermanns Augen schimmerte ein kleines, triumphierendes Lächeln. Es verschwand im selben Moment, als er den Blick des Kriminalbeamten spürte.

Seine Reflexe hatte Lohkamp noch unter Kontrolle. Er sah den Bullen so ausdruckslos an, als ob er mit den Gedanken weit weg wäre, und inhalierte noch einmal tief. Dann ließ er seinen Blick weiterwandern: zum Chef der Hattinger Ordnungshüter, von ihm zu Brennecke, der zu einem Häufchen Elend zusammengesunken war, und dann endlich wieder auf die Formulare in seinen Händen.

Michalski. Er gehörte eindeutig zur B-Schicht und hatte an jenem Freitag seine Touren von 13.30 bis 21.30 abgeritten – auf dem anderen Passat, der früher anfing und Schluß machte, damit im Notfall immer ein Wagen im Einsatz war. Und fast eine Stunde nach Feierabend war der noch greifbar, saß vielleicht gar auf der Wache? Und machte mir-nichts-dir-nichts eine zweite Schicht? Komisch.

Lusebrink, die wandelnde Pommesbude. Ein Urviech mit wenig Grips, aber der Konstitution eines gesunden Elefantenbullen. Wieso wird der nach 25 Minuten Dienst krank? Nach drei

Stunden, vielleicht auch nach zweien — das gibt es. Aber so schnell?

Lohkamp blätterte die Streifenberichte um. Samstag und Sonntag tauchte der Name Michalski überhaupt nicht auf. Auch am Montag nicht. Haggeney fehlte Samstag und Sonntag, der Fettsack aber nur sonntags. Am Tag davor hatte er Dienst geschoben — in der B-Schicht, zusammen mit dem Kollegen, mit dem Michalski am Freitag auf dem Bock gesessen hatte . . .

Noch immer starrte Bültermann den Hauptkommissar schweigend an. Er atmete ganz flach, und in seinen Mundwinkeln zuckte es. Dich krieg ich, Bruder, dachte Lohkamp.

Auch der Polizeichef sagte keinen Ton, aber seine Augen pendelten wie Scheibenwischer zwischen den beiden hin und her.

Lohkamp zerquetschte seine Zigarette und zündete sofort eine neue an. Mit Ruth Michalski, soviel war klar, hatte die Geschichte nichts zu tun: Keiner der Beteiligten hätte schnell genug auf dieser Insel sein können. Aber was war es dann?

Sein Blick wanderte zurück zu den Streifenberichten, zum Dienstplan. Mit den Namen stimmte etwas nicht . . .

Sekunden später hatte er den Anfang des Knäuels in der Hand.

»Wieso hat Lusebrink am Samstag die B-Schicht gefahren?« fragte er leise.

Ein kurzes Aufblitzen in den Lichtern des Bullen — Volltreffer!

»Wieso ist er in Michalskis Schicht gefahren? Wenn er Freitag nacht wirklich krank war, gab es doch keinen Grund, sich zu revanchieren — oder?«

Angst. In den Augen des Hauptmeisters flackerte Angst.

»Herr Bültermann, ich habe Sie etwas gefragt!«

»Ich . . . Ich weiß nicht. So etwas kommt vor, daß zwei Mann die Schicht tauschen. Bei Familienfeiern zum Beispiel . . . «

»Und welche Familienfeier ist Lusebrink an jenem Freitag eingefallen? Zwanzig Minuten nach Dienstbeginn? Und warum fährt ein Mann für ihn weiter, der schon acht Stunden auf dem Bock saß?«

Schweigen. Schließlich zuckte der Breite mit den Schultern: »Woher soll ich das wissen? Ich hatte in der Nacht keinen Dienst!«

Brennecke erwachte wieder zum Leben. Er zog die Streifenberichte heran und studierte die Eintragungen. Funkwagen und Zivilstreifen hatten ihre Runden exakt gedreht und kaum Anlaß zum Eingreifen gehabt. Zwei, drei Fahrzeugkontrollen, einmal ruhestörender Lärm, ein versuchter Einbruch in Welper, das war's auch schon.

Fast.

»Sagen Sie«, fragte Brennecke plötzlich. »Diese hilflose Person, die Lusebrink aufgegriffen hat — um viertel nach zehn — was war damit?«

Eine Kopfbewegung des Chefs, und Bültermann trabte los, das Wachbuch zu holen.

»Zweiundzwanzig zwanzig«, las Brennecke vor. »*Ennepe 14/24* liefert offensichtlich volltrunkene Person ab. Name: Riemenschneider, Vorname: Elvira, geboren, wohnhaft undsoweiter. Hier: Ausnüchterung. Entlassen: Oho! Um halb drei morgens!«

Er stockte und musterte das Mittelgewicht.

»So schnell geht das bei euch? In drei Stunden nüchtern? Habt ihr das Mädchen unter die kalte Dusche gestellt?«

Bei dem Wort »Dusche« zuckte Bültermann zusammen.

»Also, was war mit dem Mädchen? War sie Lusebrinks Krankheit?«

Schweigen.

»Wie Sie wollen«, meinte Lohkamp und blickte dann zu dem Boss des Mittelgewichtlers hinüber. »Holen Sie Lusebrink heran. Und du, Brennecke, treibst diese Frau auf. Bochumer Straße — ist das weit?«

Der Polizeichef schüttelte den Kopf.

»Also los, Brennecke, ich will hier keine Wurzeln schlagen . . . «

Zweieinhalb Stunden später blickten sie durch.

Die Frau wurde beim Finanzamt als *Model* geführt. Sie war nicht betrunken, sondern high gewesen. Lusebrink hatte sie am Busbahnhof aufgegriffen, zur Wache geschleppt und tatsächlich unter die Dusche gestellt — aber sich selbst dazu.

Als er fertig war, folgte ihm die halbe Nachtschicht — ebenso zwei weitere Bullen, die sie dazu eigens aus der Kneipe oder aus dem Bett geholt hatten. Die einzigen, die sich geweigert hatten, von diesem Angebot Gebrauch zu machen, war die Besatzung des anderen Passat gewesen.

Michalski hatte sich für einen Hunderter überreden lassen, seine eigene Schicht am Samstag nachmittag gegen Lusebrinks Nachtdienst zu tauschen. Fettsack hatte aber im Laufe der Nacht seinen Einsatz doppelt wieder hereingeholt. Von jedem »Besucher« des Mädchens hatte er dreißig Mark kassiert.

»Zum Kotzen ist das«, meinte Brennecke, als sie wieder in ihrem Golf saßen. »Was für ein Gesindel in unserem Verein herumläuft . . . «

Lohkamp schniefte nur. Er kannte noch ganz andere.

28

Wilde Punkmusik ließ die Dachpfannen über Saales Bodenzimmer tanzen. Helga saß in seinem Bademantel am Eßtisch, rauchte einen langen, schwarzen Zigarillo und sah zu, wie er das Nachtmahl bereitete: Schwarzbrot, ein Glas Cornichons, drei Tomaten, ein halbes Dutzend Spiegeleier und Dosenpfirsiche zum Dessert.

Sie kicherte plötzlich.

»Was ist los?« fragte er verunsichert.

»Nichts«, meinte sie. »Ich überlege gerade nur, nach welcher Industrienorm Junggesellen ihre Vorräte zusammenstellen. Wenn du in die Kühlschränke guckst, gibt es keine Unterschiede . . . «

»Was soll das heißen?«

Sie antwortete nicht, wurde aber plötzlich rot im Gesicht.

Er drohte ihr mit Brotmesser: »Ich glaube, PEGASUS sollte mal dein Vorleben durchleuchten. Da tun sich sicher Abgründe auf, von denen Normalbürger wie ich nicht das Geringste ahnen . . . «

Nun kicherten sie beide und stürzten sich auf das kulinarische Meisterwerk.

»Zeigst du mir mal eure Firma?« fragte sie, als sie den Nachtisch löffelten.

»Kann ich«, meinte er. »Aber erwarte nicht zuviel. Auf Kundenwerbung übertreiben wir mindestens so gut wie dein Oberprokurist, wenn er Kredite erschleichen will . . . «

Er zog sich eine Jogginghose an, und sie kletterten die Treppen hinab. Als eine der ausgetretenen Stufen besonders laut ächzte, blieb Saale unwillkürlich stehen und hielt den Atem an. Helga prustete laut los.

»Ich glaube, deine Mutter wohnt doch nicht in Hamburg«, feixte sie und deutete auf Susannes Tür im ersten Stock.

»Schlimmer« flüsterte er und legte in übertriebener Heimlichtuerei den Zeigefinger auf die Lippen: »Meine Chefin!«

Die Firmenräume waren in der Tat nicht dazu geeignet, Eindruck zu schinden. Die beiden Büros auf der Straßenseite waren mit zwei Schreibtischen, ein paar Regalen und den Besucherstühlen schon hoffnungslos überladen. Auch Magers Bastelraum war kaum größer und weit davon entfernt, so ähnlich auszusehen wie die mit Elektronik überladenen Schneideräume und Tonstudios einer Fernsehanstalt, mußte aber zusätzlich als Archiv herhalten.

»Also, berühmt ist das wirklich nicht!« meinte Helga nach der Betriebsführung, die gerade zwei Minuten dauerte.

»Stimmt!« nickte Saale. »Aber im Gegensatz zum Puth-Imperium stehen wir wirtschaftlich auf gesunden Füßen. Unsere Schulden sind höchstens halb so hoch wie eure . . . «

Sein Zeigefinger fuhr an einem Holzregal entlang, in dem sich ein halbes Hundert Cassetten aneinanderreihte. Mit zur Seite gelegtem Kopf überflog er die Etiketten.

»Soll ich dir mal einen Klassiker zeigen?« fragte er und zog eine Hülle heraus. Ohne eine Antwort abzuwarten, legte er das Band ein.

Der Monitor flimmerte, dann erschien auf dem Bildschirm eine Zahnarztpraxis: Ein weit über die Grenzen von Dortmund-Kley hinaus gefürchteter Dentist demonstrierte seinen Kunden am lebenden Objekt, welche Sorten Zahnersatz man bei ihm erhalten konnte und wie das Zeug montiert wurde. Daß zwischendurch lächelnde Arzthelferinnen, blinkende Instrumente und die Kunststoffblümchen auf den Fensterbänken eingeblendet wurden, nahm dem Schocker nichts von seiner Wirkung.

Schon nach wenigen Minuten wandte sich Helga schaudernd ab: »Ich gehe nie mehr mit ungeputzten Zähnen ins Bett. Wie haben die Patienten das nur ausgehalten?«

»Mit der doppelten Anzahl von Spritzen und einer Erste-Hilfe-Flasche mit Schnaps. Aber die haben die Folterkammer trotzdem nie mehr betreten.«

Saale verstaute die Cassette und legte eines der Bänder ein, die sich in einem Fach stapelten, über dem ein Zettel mit der Aufschrift »Datteln« klebte.

»Hier, erste Bilder aus dem Sensations-Video über die Weltstadt an der Lippe . . . «

Die Rathausszene: Zuerst der gesamte Prunkbau in einer Halbtotalen, dann Roggenkemper und seine Fans auf der Treppe. Zwei Ranfahrten von der Mitte des Rasens aus, zum Schluß beide Male ein lächelnder Bürgermeister in Großaufnahme.

»Gellermann!« sagte Helga bei der zweiten Aufnahme und tippte auf das Gesicht hinter dem Rathauschef.

Saale nickte.

Das Band lief weiter. Nach einem Schnitt sah man Susanne, hinter ihr die links vom Haupteingang geparkten Wagen. Die PEGASUS-Chefin mühte sich gerade, im Kofferraum des Lada aufzuräumen, und lieferte den Zuschauern mit einem Scheinwerferstativ, das sich in Kabeln verheddert hatte, einen unfreiwilligen Slapstick.

Saale tippte auf die Blonde: »Unser Boss . . . «

Er wollte noch eine Erklärung anfügen, doch Helga hielt seine Hand fest: »Guck mal, der Wagen unseres Chefs!«

»Schönes Auto!« meinte Saale und stellte sich für einen Augenblick die goldenen Zeiten vor, in denen PEGASUS seinen Mitarbeitern Mercedes-Limousinen zur Verfügung stellen konnte.

»Der war aber nicht zu sehen!«

»Wer?« fragte Saale.

»Puth.«

»Logo. Sind doch nur Leute aus Roggenkempers Verein drauf . . . «

Er spulte das Band zurück und drückte auf den Auswerfer. Dann löschten sie die Lichter und kletterten wieder nach oben.

»Gehst du Donnerstag auch zur Beerdigung?« fragte er, während er die Gasheizung anstellte.

Sie nickte: »Friedhöfe sind zwar das Letzte . . . «

Er grinste plötzlich: »Wie paßt das denn zu deinem Hexenkostüm vom Freitagabend?«

»Bleib doch mal eine Minute lang ernst«, stöhnte sie. »Ich drücke mich wirklich vor Beerdigungen, wo es nur geht. Aber Ruth war immerhin die Kollegin, mit der ich beruflich am meisten zu tun hatte. Und ich finde das entsetzlich: Die Vorstellung, nachts überfallen und umgebracht zu werden. Einfach so.«

Sie griff zu der Flasche *Cote du Ventoux* und goß ihr Glas voll. Dann blickte sie Saale an. Als er nickte, füllte sie auch seins.

»Einfach so wird man aber eigentlich nicht umgebracht«, widersprach er. »Ich habe schon öfter über die Sache nachgedacht. Ob das etwas mit den Tricks zu tun haben könnte, die in eurer Firma ablaufen?«

Sie nickte nachdenklich.

»Ich – ich habe manchmal auch schon so etwas gedacht. Zumal sie und Gellermann ein eingespieltes Team waren. Aber seit die auseinander sind, hat sich das Klima gewaltig geändert. Sie hat sich eine Menge herausgenommen, was sich normalerweise auch die rechte Hand des Chefs nicht leisten darf . . . «

»Beispiel?«

»Meine Güte! Sie war oft schnippisch, hat manche Aufträge nicht ausgeführt, sondern sich von Puth andere Arbeiten geben lassen. Ich habe mich manchmal gefragt, warum er sich das als eine Art Junior-Chef bieten läßt . . . «

»Vielleicht wollte sie seiner Frau etwas stecken?«

»Nee!« Helga schüttelte den Kopf. »Wenn du die siehst, weißt du gleich, daß so etwas nicht zieht. Absolut cool die Frau. Die würde sich eher selbst eine Horde Liebhaber zulegen . . . «

»Und die Polizei? Hat die noch nichts gefunden?«

Fröstelnd zog sie den Bademantel am Hals zusammen und kuschelte sich an ihn: »Die haben ihren Schreibtisch durchwühlt und in der ganzen Firma herumgeschnüffelt — aber es sah nicht so aus, als hätten sie irgend etwas gefunden. Aber ich bin sicher die Letzte, der sie etwas sagen würden.«

»Und . . . «

Sie zog seinen Kopf zu sich herunter und verschloß ihm den Mund: »Setzen Sie das Verhör ein andermal fort, Herr Kommissar. Aber diese Nacht hat nur noch sechs Stunden. Und mindestens fünf davon muß ich schlafen . . . «

29

Auf Wunsch der Eltern wurde Ruth Michalski in ihrer Geburtsstadt beigesetzt. Die Umstände ihres Todes sowie die Berichte und Anzeigen in der Ortspresse ließen erwarten, daß sich halb Datteln auf den Weg zum Hauptfriedhof begeben würde — wenn nicht aus Mitgefühl, so doch aus Sensationslust.

Lohkamp hatte für diesen Vormittag ein Dokumentationsteam der Recklinghäuser Schutzpolizei angefordert. Beamte in Zivil hatten am Abend zuvor etwa dreißig Schritte vom Grab entfernt einen Bauwagen aufgestellt. Hier sollte sich ein Video-Trupp auf die Lauer legen, um zwischen den Wipfeln zweier riesiger Koniferen hindurch die gesamte Zeremonie aufzunehmen. Er selbst wollte sich mit Brennecke unter die Leute mischen, um die Ereignisse live zu verfolgen.

Vierzig Minuten vor der Trauerfeier trafen sie an der Amandusstraße ein. Sie stellten ihren Golf so vor einem Wohnhaus ab, daß sie Eingang und Parkplatz im Auge behalten konnten.

Kaum hatten sie den Motor ausgeschaltet, schob sich ein Jüngling in schwarzer Lederjacke und grünem Schal an ihren Wagen heran. Den Blick demonstrativ in die Ferne gerichtet, als suche er unter den Herankommenden einen Bekannten, pochte er mit den Fingerknöcheln kurz gegen die Scheibe. Brennecke öffnete die Tür, und der Bursche quetschte sich auf den Rücksitz.

»Was ist los?« fragte Brennecke. »Haben sie euch den Bauwagen geklaut?«

Der Bursche stöhnte: »Hör auf! — Wir kommen nicht rein.«

»Wie bitte?« fauchte Lohkamp.

»Ja. Jemand hat das Vorhängeschloß geknackt und von innen verriegelt . . . «

»Wer?«

»Keine Ahnung, Herr Lohkamp. 'reingucken kann man nicht — wegen der Gardinen vor den Fenstern. Wir haben geklopft, aber niemand hat sich gerührt. Als wir die Tür knacken wollten, tauchten die ersten Trauergäste auf. Wir sind dann abgehauen. Um unnötiges Aufsehen zu vermeiden . . . «

Die Temperatur im Wageninnern lag plötzlich unter Null. Lohkamp holte tief Luft und ballte die Fäuste. Dann öffnete er die Hand und zielte mit dem Zeigefinger auf die Brust des Mannes auf dem Rücksitz: »Nach der Beerdigung holt ihr die Vögel da raus! Wie, das ist mir völlig egal. Aber wehe, wenn euch einer durch die Lappen geht! — Raus!«

Wie ein Wiesel quetschte sich der Bursche zwischen Brenneckes Rückenlehne und dem Türrahmen hinaus. Lohkamp sah ihm nach, bis er im Friedhofseingang verschwunden war: »Wirklich, Brennecke — es gibt Leute, denen klauen sie das Präsidium unter dem Arsch weg, ohne daß sie es merken . . . «

Ein weißer Audi rollte heran. Lohkamp erkannte den Vater der Toten, der gemeinsam mit der zweiten Tochter der Mutter heraushalf. Sie hakten sich an beiden Seiten bei ihr ein und warteten, bis der Fahrer den Wagen abgeschlossen hatte.

Marianne Pohlmann war gerade zwanzig gewesen, als sie Ruth zur Welt gebracht hatte. Wie sie da zwei Dutzend Schritte vor ihnen stand, wirkte sie trotz ihrer erst fünfzig Jahre wie eine alte Frau. Ihr Gesicht war von einem schwarzen Schleier verborgen, der gerade noch die tiefen Kerben in den Mundwinkeln frei ließ. Von der Statur her war Ruth zweifellos dem Vater ähnlicher gewesen. Schmal und beinahe drahtig glich er ganz und gar nicht den kräftigen Gestalten, die man sonst am Steuer von Schwerlastzügen vermutete.

Der Fahrer, offenbar der Schwiegersohn, kam heran und hakte sich bei seiner Frau unter. Der äußere Unterschied zu Ruths Eltern war frappierend. Biedere Trauerkleidung hier, schwarzer Chic dort. Der Schwiegersohn wirkte so cool, als arrangiere er ein Geschäftsessen.

»Was macht der nochmal beruflich?« fragte Lohkamp.

»Computer«, antwortete Brennecke ohne zu zögern. Er kannte die Akten *aus dem ff.*

Weitere Leute fuhren vor oder eilten zu Fuß heran, Gesichter, von denen Lohkamp nur wenige bekannt vorkamen: Kolleginnen und Kollegen, die halbe Nachbarschaft der Eltern, eine pensionierte Lehrerin, Schulbekanntschaften. Ruths Mutter kannte sie fast alle mit Namen, als sie ihr am Tage nach der Beerdigung Fotos vorlegten . . .

Gellermann kam ohne Gattin, aber zusammen mit dem Ehepaar Puth in dem blauen Dreihunderter. Der Unternehmer ging in der Mitte, das Gesicht noch faltiger, der Schritt noch hinfälliger, als sie ihn vor ein paar Tagen in der Firma erlebt hatten.

Roggenkemper ließ sich erst kurz vor Beginn der Trauerfeier vorfahren. Am Tor stieß er fast mit dem Ex-Gatten zusammen. Sie wechselten kein Wort, aber es war deutlich, daß sie sich kannten. Während der Bürgermeister dem anderen ein knappes Kopfnicken gönnte, blickte ihm Michalski beinahe drohend nach.

»Komm«, sagte Lohkamp. »Es wird Zeit . . . «

Sie stiegen aus und marschierten los. Vorbei an den Reihengräbern der Bergleute, die es noch im März fünfundvierzig bei einem Bombenangriff in der Kaue erwischt hatte, in Richtung Trauerhalle. Das Wetter war trüb. Tiefhängende Wolken trieben vorbei, aber der Beerdigungsregen blieb noch aus. Lohkamp hoffte inständig, daß es so blieb. Das Schlimmste an den Friedhofseinsätzen war stets der Lehm, den er danach von den Schuhen kratzen mußte.

Die neue Halle erwies sich als zu klein, um alle Trauergäste zu fassen: Rund zwei-, dreihundert Leute standen auf dem weiten Vorplatz, einzeln, in Grüppchen. Die Kripo-Männer sperrten die Ohren auf — aber mehr als allgemeines Bedauern bekamen sie nicht zu hören.

Michalski hielt sich weitab. Als er sie erkannte, zuckte er zusammen und blickte weg. Seit der zweiten Prüfung seines Alibis würden sie von ihm wohl keinen Kaffee mehr bekommen.

Die Zeremonie unterschied sich kaum von den hundert Beerdigungen, die Lohkamp schon überstanden hatte. Der Pfarrer tat seinen Job, die Ministranten verhielten sich manierlich, der Kirchenchor sang nicht falscher als in anderen Orten. Auch Roggenkemper sagte, als er ans Grab trat, nichts, was von den Musterreden der Rhetorik-Lehrgänge abwich. Er hatte in Datteln nur Freunde, und wenn er schon zu ihren Lebzeiten nett zu ihnen gewesen war, dann fiel er bei ihrem Heimgang erst recht nicht aus der Rolle.

Mehrfach blickte Lohkamp verstohlen zu den Koniferen hinüber, zwischen denen das Dach und das rechte Seitenfenster des Bauwagens hindurchlugten. Aber so sehr er sich auch bemühte – es war nichts zu erkennen, was ihn dem Geheimnis drinnen näher brachte.

Das Defilee begann. Frau Puth, ganz Dame, ganz Trauer, zog mit ihrem Gatten vors Grab, ließ ihn die drei Schüppchen Erde werfen und geleitete ihn zu den Hinterbliebenen. Lange drückte Puth der Mutter die Hand, sprach ein paar Worte zum Vater und schleppte sich davon. Wenn seine Trauer nicht echt ist, dachte Lohkamp, hat er 'nen Oscar verdient.

Gellermann befand sich in der wohl heikelsten Lage: Als Puths Vize mußte er die Firmenflagge hochhalten, aber politisch und privat konnte ihm das Getuschel nicht lieb sein.

Als der Betriebsrat zum Grab vorrückte, mischte er sich so geschickt unter die Gruppe, daß er kaum noch zu sehen war. Flankiert von Schweißern, Lackierern und Bleistiftakrobaten trat er an die Schwelle zum Jenseits, griff als dritter oder vierter zur Schaufel und nach den Händen der Verwandten – und war so flott verschwunden, daß für Zwischenfälle keine Zeit blieb.

Gespannt wartete Lohkamp ab, wie Michalski reagieren würde. Eine Zeitlang sah es aus, als wollte er sich drücken und den Rückzug antreten, aber dann tat er doch, was alle taten. Er brauchte ein wenig länger für die Erde, legte kurz die Hände zusammen und ging mit gesenktem Kopf weiter.

»Ach, Helmut«, schluchzte die Mutter auf. »Dich trifft keine Schuld. Wenn du doch . . . «

Eine schneidende Stimme fuhr dazwischen: »Nimm bloß nicht diesen Windhund in Schutz. Mit dem fing alles Unglück an . . . «

Alle blickten zu der Schwester hinüber, auch Lohkamp, auch die anderen Beamten. Michalski hielt sich erstaunlich wacker: Er küßte die Mutter, drückte die Hand des Vaters, nickte auch der Schwester zu, als wäre nichts gewesen, und tauchte in der Menge unter – keinen Schritt zu langsam, keinen zu schnell.

Als Lohkamp seinen Blick vom Rücken des Geschiedenen löste, war es ihm, als hätte er hinter den Koniferen eine Bewegung bemerkt.

Er stieß Brennecke den Ellenbogen in die Rippen. Langsam schoben sie sich zur Seite weg, umgingen in gemessenem Tempo eine Reihe Gruften, ehe sie im Schutz dichter Tannen schneller laufen konnten. Den Hauptweg überquerten sie wiederum verhalten, aber hinter den nächsten Bäumen rasten sie los.

Brennecke war schneller als er und erreichte den Bauwagen als erster. Er hämmerte seine Hand auf die Klinke und riß daran, als wolle er den Wagen aus den Angeln heben.

Nichts geschah. »Mist!« schimpfte er und zog noch einmal, ließ aber sofort los. In den Metallösen, die an Tür und Rückwand festgeschraubt waren, hing ein Schloß.

Enttäuscht stöhnen sie auf. Dann hob Brennecke die Hand und rüttelte an dem Vorhänger. Schon beim ersten Versuch hatte er Erfolg. Der Stahlbogen war nicht eingeschnappt, das Schloß ließ sich aus den Ösen ziehen. Vorsichtig öffneten sie die Tür.

Zigarettenrauch schlug ihnen entgegen: Roth-Händle, Gitanes, Machorka – irgend etwas, was an Bahndämmen wuchs. Dann schälten sich die beiden leeren Holzbänke aus dem Nebel, die kahlen Wände, die Kleiderhaken, der Tisch. Die Vögel waren ausgeflogen.

Lohkamp zog sein *Walkie Talkie* heraus: »Pastor eins an alle. Achtung an den Eingängen. Sie sind weg. Achtet auf . . . «

Er verstummte. Worauf sie achten sollten, war ihm im Moment selber nicht ganz klar.

» . . . Ungewöhnliches«, schloß er und sah hoch in die Luft, um Brenneckes Blick nicht zu begegnen. Es war der idiotischste Befehl seiner Laufbahn.

Ein Rauschen aus dem Sprechfunkgerät weckte ihn auf: »Pastor 3 an alle. Wir haben sie . . . «

Sie rannten los, auf den entfernteren zweiten Ausgang zu. Schon an der alten Kapelle in der Mitte des Friedhofs begannen Lohkamps Lungen zu pfeifen. Seitenstiche. Brennecke aber lief leicht und locker, mußte sich Mühe geben, ihn nicht abzuhängen.

Naßgeschwitzt kam er an. Blick nach vorn, auf das Rasendreieck im spitzen Winkel zwischen zwei Straßen, nach rechts, nach links – zehn Meter weiter waren die Kollegen vom Dokumentationstrupp in ein Gerangel verwickelt. Sie drückten zwei Männer mit dem Rücken gegen die Außenwand eines roten Kombi. Einer von ihnen war ein nicht sehr großer, bärtiger Brillenträger. Mit beiden Fäusten umklammerte er eine schwere Videokamera und schrie auf die Beamten ein, die ihm das Werkzeug wegnehmen wollten: »Loslassen! Das ist ein Verstoß gegen die Pressefreiheit!«

Dicht neben ihm stand ein etwas längerer, dünnerer und gut zehn Jahre jüngerer Typ mit dunklen Haaren und einem schmalen Bartkranz um den Mund. Auch ihn hatten sie gegen das Fahrzeug gedrängt und bemühten sich, ihm einen schweren Gegenstand aus der Hand zu winden, der entfernt an einen Geigerzähler erinnerte. Der Mann war zäh und zornig und brüllte: »Mensch, laß den Recorder los!«

Wer den Kampf gewann, war noch nicht klar. Als einer der Beamten zum Schlag ausholte, fiel Lohkamp ihm in den Arm: »Stopp!«

Die Knäuel lösten sich. Die Polizisten traten zwei, drei Schritte zurück und bildeten einen Kreis um die beiden Figuren und das Fahrzeug – im Zweifelsfall konnten sie sofort wieder zupacken.

Der Dicke rang nach Luft. Mit dem Unterarm schob er die Brille wieder in die Waagerechte und wischte sich den Schweiß aus der Stirn. Dann fummelte er an der Kamera herum, um zu prüfen, ob sie noch in Ordnung war.

»Glück gehabt!« knurrte er. Dann öffnete er die Heckklappe und ließ die Kamera verschwinden.

»Wer sind Sie?« fragte Lohkamp.

»Das Gleiche wollte ich Sie fragen!« konterte der Dicke.

Lohkamp zeigte ihm seinen Ausweis.

»Ich verlange, daß Sie Ihre Truppe zurückpfeifen, Herr Hauptkommissar. es gibt keinen Anlaß . . . «

»Personenkontrolle", schnauzte Lohkamp. »Weisen Sie sich aus . . . «

Die beiden kramten nach ihren Papieren. Lohkamp warf einen kurzen Blick darauf und gab sie an einen der Greifer weiter: »Überprüfen!«

Der Mann trabte zu seinem Tarnfahrzeug und gab über Funk die Personalien durch.

»Also nochmal«, meldete sich jetzt der Längere der beiden Verdächtigen: »Was wollen Sie von uns?«

»Einbruch«, entgegnete Lohkamp. »Behinderung polizeilicher Ermittlungen, Widerstand gegen . . .«

»Alles Quatsch!« rief der Dicke.

»Wir haben uns nur gegen vermeintliche Straßenräuber gewehrt. Putative Notwehr nennt man das, glaube ich. Und: Wie kann man in etwas einbrechen, das gar nicht richtig abgeschlossen ist? Wie kann man uns das nachweisen, wenn uns keiner gesehen hat? Damit kommen Sie nicht durch . . . «

Feindselige Blicke hin und her, Schweigen. Der Mann in dem getarnten Wagen wartete immer noch.

Feuerzeuge traten in Aktion, Qualmwolken stiegen auf. Endlich kam der Mann mit den Papieren zurück.

»Die Papiere sind echt«, flüsterte er. »Es liegt nicht gegen sie vor . . . «

Die Pause hatte gereicht, um Lohkamps Puls wieder auf normale Frequenz zu bringen. Sicher: Mitnehmen konnte er diese Brüder immer noch. Aber sie würden sie in ein paar Stunden wieder laufen lassen müssen. Und dann würde der Ärger beginnen. Egal, wie das endete – als Einstieg in Recklinghausen war es immer noch schlecht genug.

»Hauen Sie ab, Mann!« knurrte er und musterte den Lada mit einem ungnädigen Blick. »Aber dalli. Falls Ihre komische Kiste überhaupt 'nen Motor hat.«

30

»Waaaahnsinn!« triumphierte Mager, als sie wieder in Richtung Lütgendortmund düsten. »PEGASUS verarscht die Mordkommission — das muß in die Firmenchronik!«

»Glück gehabt!« entgegnete Saale und jagte den Lada über die weiße Mittellinie auf die Gegenfahrbahn, um einen Tieflader mit Überlänge zu überholen. »Die *Morgenpest* hat heute wieder eine volle Breitseite auf die Kripo abgeschossen: Ermittlungschaos, Unfähigkeit und so etwas. Da wollte sich dieser Oberbulle einfach keinen neuen Skandal leisten.«

»Kann sein«, gab Mager zu. »Aber erhebend war die Sache doch . . . «

Mit angehaltenem Atem beobachtete er, wie Saale zu einem

neuen Salto mortale ansetzte. Als die Fahrerkabine eines Dreißig-Tonnen-Zugs drohend vor ihnen in die Höhe wuchs, stemmte er die Füße gegen das Bodenblech. Noch fünfzig Meter, noch dreißig . . .

Kurz bevor sie von der Stahllawine niedergewalzt wurden, schwenkte der Lada wieder nach rechts. Mit einem wütenden Hupkonzert donnerte der LKW an ihnen vorbei.

»Ist was?« fragte Saale, ging aber im Tempo ein wenig herunter.

Mager brauchte einige Atemzüge, bis er sich wieder erholt hatte. Er fingerte nach seinen Zigaretten und drückte den elektrischen Anzünder hinunter. Als das Gerät wieder aus der Aufwärmstellung heraussprang, hielt er Saale den glühenden Draht unter die Nase.

»Mach das nicht noch mal, Kumpel. Wenn ich im Einsatz draufgehen will, fliege ich nach Beirut. Aber ich will im Bett sterben – ganz friedlich, mit einem guten Buch in der Hand. Merk' dir das!«

Susanne bastelte gerade an einem Hörfunk-Beitrag für Radio Dortmund, als sie die Ausrüstung hereintrugen. Sie hatte am Vortag eine Gruppe alternativer Schrebergärtner interviewt und notierte sich die Passagen, die sie als Originalton in ihren Enthüllungsreport einklinken wollte.

»Wo wart ihr denn?«

»Landschaftsaufnahmen«, nuschelte Mager und drückte die Tür des Studios hinter sich ins Schloß.

»Wann kommt deine Schwiegermutter?« fragte er.

»Um sechs . . . «

»Hoffentlich bringt das auch was . . . «

»Bestimmt«, versicherte Saale eifrig. »Die Frau kennt halb Datteln und kann uns ganz genau sagen, wer alles da war. Die ist auch sonst . . . «

Mager tippte sich an die Stirn und machte sich auf dem Weg zum Mittagessen, wäre aber mitten auf dem Hof am liebsten wieder umgekehrt: Der liebliche Duft von Mechthilds Sojasoße wehte ihm entgegen.

Aus diplomatischen Gründen würgte er eine Portion ungeschälten Reis mit Brechbohnen herunter, ermahnte Kalle, die Schularbeiten zu erledigen, und Mechthild, ihn ja nicht vor zwei Stunden zu wecken. Ehe sie zu einer Entgegnung fähig war, lag er bereits im Bett und schlug den neuesten *Colin Dexter* auf. Doch lange bevor er zum Ende der *Dritten Meile* vorgedrungen war, sägte er bereits an einem kanadischen Ahornwald.

Fertig wurde er mit dieser wichtigen Arbeit allerdings nicht. Es schien ihm, als habe er eben erst seine Wimpern heruntergekurbelt, da landete ein nasser Waschlappen in seinem Gesicht. Als er wieder sehen konnte, hatte sich Kalle, der seinen Alten nur zu gut kannte, schon wieder zur Tür zurückgezogen.

»Vorne ist Kundschaft. Die Tussie sagt, du sollst dich aber vorher kämmen . . . «

Mager streifte sich ein frisches Hemd und einen sauberen Pullover über und polterte die Stiege hinab. An der Wohnzimmertür lauerte Mechthild: «Weißt du eigentlich, wie spät es ist?«

»Nein«, brummte Mager, »aber vorne ist Kundschaft. Ich muß mich beeilen.«

»Drei Uhr!« verkündete sie triumphierend. »Der Herr hat zwei Stunden Mittagsruhe gehalten. Und wer sieht Kalles Hausaufgaben nach? Wer muß die Wäsche aufhängen? Und überhaupt: Ist der Brief an die Versicherung fertig?«

Der Dicke stöhnte. Zu erwarten, daß er schlafend Briefe schrieb – zu solcher Unlogik war nur die Mutter seines Sohnes fähig.

Mager hütete sich aber, seine Gedanken in Worte zu kleiden. Damit hätte er genau jene Debatte eingeleitet, die er vermeiden wollte. So flehte er nur: »Begreif doch: Vorne wartet Kundschaft.«

Er wollte sich an ihr vorbeidrängen, doch sie wich keinen Millimeter: »So kannst du nicht mehr mit mir umspringen, Klaus-Ulrich!«

»Mechthild-Mädchen«, beschwor er sie, »würdest du bitte deinen Balkon aus dem Weg . . . «

»So schon gar nicht! Ich habe dich was gefragt und will eine klare Antwort!«

»Mensch, es reicht! Ich muß arbeiten!« brüllte er, schubste sie ins Wohnzimmer und raste los.

Auf dem Besucherstuhl parkte ein untersetzter Endvierziger mit blauem Popelinemantel, Maßanzug, Weste und Blümchenkrawatte und starrte auf den Fernseher in der Ecke. Karin führte ihm eine Kollektion der berühmtesten Videos vor, die PEGASUS je produziert hatte. Gerade flimmerte der Schocker mit dem Zahnersatz über den Bildschirm, und der Gast betrachtete die Leiden der Patienten mit einer gesunden Mischung aus Furcht und Faszination.

»Tut mir leid, daß Sie warten mußten«, sülzte Mager und tätschelte die schlaffe Rechte des Kunden. »Aber ich mußte noch den Anruf unseres Mitarbeiters in Frankfurt entgegennehmen.«

Der Blaumantel blickte ihn mißtrauisch an. Die Rote mußte ihm Gott-weiß-was erzählt haben.

»Ein Täßchen Kaffee? Fräulein Karin, wären Sie so nett? Aber frischen bitte, und ein wenig fix darf's auch sein. – Was kann ich für Sie tun?«

Der Blick, den ihm die Rote herüberschickte, war ein offener Verstoß gegen die Haager Landkriegsordnung von 1907. Dennoch sprang sie gehorsam auf und tat ihre Pflicht, während ihr Boss sich gemütlich hinter dem Schreibtisch niederließ.

»Ja, wissen Sie«, rückte die Blümchenkrawatte mit ihrem Anliegen heraus, »übernächste Woche, zur Silberhochzeit, die feiere ich Freitag im Kolpinghaus, da wollte ich meiner Frau eine besondere Freude machen, wissen Sie . . . «

Mager wußte.

»Sie wollen, daß wir Ihren Festtag auf Video dokumentieren? Eine wunderbare Idee und eine bleibende Erinnerung, da haben Sie ganz recht . . . «

Der Mann nickte und flüsterte: »Ich habe natürlich keinerlei Vorstellung, was das Ganze kosten wird.«

»Weit weniger, als Sie fürchten«, versicherte Mager und versuchte, den Wert der Kleidung des Jubilars in Honorarsätze umzurechnen.

»Das hängt natürlich davon ab, wie lang die Dokumentation werden soll, ob Sie Originalton wünschen oder eine angemessene musikalische Untermalung, die wir Ihnen gerne beimischen. An was hatten Sie denn gedacht, Herr . . . «

»Rohrbach!« verbeugte sich der Krawattenmann und tupfte mit einem weißen Taschentuch den Schweiß aus der Stirn: »Das Sanitätshaus . . . «

Mager nickte: Nach Kalles Geburt hatte er dort, genauso schwitzend wie der Mensch vor ihm, ein Dutzend Still-BH's abgeholt, die Mechthild im Krankenhaus ausprobierte, bevor sie einen kaufte. Der Laden lief gut, erinnerte er sich. Unter seiner Schädeldecke klingelte eine unsichtbare Registrierkasse.

»Also, wenn schon, dann auch etwas Richtiges . . . «

Diesem Grundsatz konnte Mager nur beipflichten.

Eine viertel Stunde später waren sie einig. Blümchen wollte alles: Das Ständchen, das der Posaunenchor des Kolpingvereins am Morgen geben würde, den Empfang im Wohnzimmer am Mittag, die Sause im Festsaal am Abend. Mit allen Reden, dem O-Ton und den schönsten Melodien aus dem *Freischütz* als Balsam für die Seele.

»Und wir sollen wirklich bis zum Schluß im Einsatz bleiben?« vergewisserte sich Mager noch einmal. »Das wären vierzehn, fünfzehn Stunden für zwei Leute!«

»Macht nichts«, beharrte der Korsetthändler. »Als Schlußbild stelle ich mir vor, wie ich Else zum Auto geleite, und die Gäste winken. Geht das?«

»Selbstverständlich!« versicherte Mager und bot ein weiteres Schnäpschen an. »Ich erarbeite Ihnen heute noch ein Kostenexposé, und das senden Sie mir bitte bis Ende der Woche unterschrieben zurück. Einverstanden?«

Sie schieden als Freunde. Sechs bis acht Blaue als Reibach, so schätzte Mager, würde der Job nach Abzug aller Kosten bringen. Und freien Zugriff zum kalten und warmen Büffett hatte er sich außerdem ausbedungen.

Der Mann ahnte ja nicht, was er sich damit eingebrockt hatte.

31

Ein neuer Montag hatte begonnen, kühl und verregnet, der dritte, seitdem Lohkamp die Stelle in Recklinghausen angetreten hatte. Mißmutig bestieg er den Ascona und kämpfte sich über die verstopfte Castroper Straße in Richtung Innenstadt durch. Ruth Michalski war nun zwei Wochen und zwei Tage tot — und die Ermittlungen hatten nichts gebracht, womit er der Staatsanwaltschaft oder dem Haftrichter unter die Augen treten konnte.

»Morgen«, knurrte er, als er um zehn nach acht das Büro betrat. Er warf seine Jacke über die Stuhllehne und bediente sich an der Kaffeemaschine.

»Post da?« fragte er Brennecke.

Der schüttelte den Kopf: »Vor halb zehn . . . «

»Ich weiß schon. Holen Sie mal die anderen . . . «

Er setzte sich, rührte in seiner Tasse und wartete. Außer ihm und Brennecke arbeiteten am Mordfall Michalski immer noch zwei Kollegen aus der eigenen Kommission und eine Kommissarin, die sie aus dem Betrugsdezernat ausgeliehen hatten. In weniger als fünf Minuten hatten sie sich in seiner engen Bude versammelt.

»Wir sitzen jetzt seit zwei Wochen an dem Fall«, sagte er ohne besondere Einleitung. »Wir haben einen ganzen Aktenordner mit Papier vollgestopft, aber es steht wenig drin. Mein Vorschlag: Nach der Frühbesprechung setzt sich jeder an seinen Schreibtisch, denkt eine halbe Stunde lang nach und schreibt seine Meinung zu zwei Fragen auf. Erstens: Was haben wir falsch gemacht? Zweitens: Wie müssen wir weiter vorgehen? — Einwände?«

Die Frau vom Betrug schaute ihn verblüfft an, aber der Rest nickte. Dann pilgerten sie zum Konferenzsaal, zur Morgenandacht des Kriminalchefs von RE.

Lohkamp ließ den Polizeibericht des Wochenendes über sich ergehen wie das *Wort zum Sonntag* – seine sterbliche Hülle saß im Raum und heuchelte gespannte Aufmerksamkeit, aber seine Gedanken waren weit weg.

Was ihn am meisten ärgerte, war irgendeine Schlamperei auf dem Instanzenweg von Interpol. Die Holländer hatten die Leiche freigegeben, aber bis auf den Totenschein fehlten sämtliche Papiere.

Eine Stunde später sammelte Brennecke die Texte ein und warf den Kopierer an: Jeder sollte von jedem Traktat ein Exemplar bekommen. Lohkamp ließ allen noch eine viertel Stunde Zeit zum Lesen, dann begann die Diskussion.

Kriminaloberkommissar Hänsel, fünf Jahre älter als Lohkamp und offenbar schon mit Krawatte auf die Welt gekommen, war der Ansicht, daß sie zu engmaschig gearbeitet hätten. Da ihm die vorhandenen Motive zu dünn und die Alibis zu dicht waren, plädierte er für völlig neue Fragestellungen.

»Wie sah das Privatleben der Frau aus?« stand da. «Wir haben — außer den nachehelichen Kontakten mit Helmut M. und der letzten Nacht auf Vlieland — keine weiteren Sexualbeziehungen festgestellt. Eine solche Abstinenz erscheint mir bei einer Frau ihres Alters, die zudem zeitweilig sexuell sehr aktiv gewesen ist, recht unwahrscheinlich. Meine These: Wir müssen den Mann (die Frau?) finden, mit dem (der) sie in den letzten Monaten ihre Nächte verbracht hat.«

»Das hast du aber schön formuliert«, meinte Steigerwald, ein fünfundfünfzigjähriger Hauptkommissar, der Hänsel als einziger duzte.

»Es gibt viele Menschen, die oft über Jahre keine sexuelle Beziehungen unterhalten«, erklärte er dann. »Manche schotten sich sogar regelrecht dagegen ab. Die kompensieren das, was ihnen emotional fehlt, mit anderen Aktivitäten. Und als Ersatz kommt praktisch alles in Frage, was betäubt oder das Selbstwertgefühl steigert. Vom Saufen bis zum Krimischreiben. Ruth Michalski hat das mit ihrem Job kompensiert — da halte ich jede Wette.«

Zusammen mit Brennecke war er der Ansicht, daß der Täter oder das Motiv bereits in den Akten erfaßt waren, sie selbst aber bei der Auswertung irgendetwas übersehen oder falsch gedeutet hatten.

»Jemand hat uns belogen«, fügte der Kriminalmeister hinzu. »Vielleicht sogar alle.«

»Erlauben Sie mal«, sagte Hänsel. »Sie wollen doch nicht ernsthaft behaupten, daß ein kranker, alter Mann wie Puth . . . «

Lohkamp winkte ab und ließ Martina Langer reden.

Die Kommissarin war im Prinzip der gleichen Meinung wie Steigerwald und Brennecke: »Wir haben die Aussage des Ex-Gatten viel zu wenig beachtet. Die fehlenden Akten enthielten sicher die Lösung. Wir sollten deshalb a) alle Chefs von Ruth Michalski durchleuchten (Strafsachenkartei), b) in Datteln nach vergessenen oder vertuschten Skandalen suchen, von denen sie gewußt haben kann.«

Lohkamp selbst war vorsichtiger. Alles sah nach einem Datteler Lokaldrama aus — aber sie hatten praktisch nichts in der Hand.

»Wir müssen auf schnellstem Wege das Material der Holländer besorgen und zwei Fragen klären: Warum ist Ruth M. nach Holland gefahren? Wer hat sie dort so schnell aufspüren können? Die Antworten bringen uns wahrscheinlich auf die richtige Spur.«

Eine halbe Stunde später hatten sie die Arbeit neu aufgeteilt: Hänsel durfte noch einmal Verwandte und Bekannte unter die Lupe nehmen und dabei auch den unsichtbaren Liebhaber suchen, Kommissarin Langer und Steigerwald sollten Dattelns Innenleben erforschen, Hänsel wollte die INPOL-Karteien durchkämmen, und Brennecke streckte seine Fühler zur *Rijkspolitie* aus.

»Und Sie, Chef?«

»Lesen!« sagte er und deutete auf den Aktenstapel, den ihm sein Vorgänger hinterlassen hatte.

Der Mann in Holland, den Brennecke am Nachmittag am Telefon erwischte, hieß de Jong, sprach recht gut Deutsch und war perplex, daß die Akten noch nicht in Recklinghausen waren: »Wir haben vor zehn Tagen die Kopien unserer Unterlagen und das Gepäck der Toten in einem versiegelten Container losgeschickt. Moment mal . . . «

Minutenlang rauschte es in der Leitung, dann meldete sich der Major erneut: »Das ist alles ans Innenministerium gegangen. Die senden das über Interpol weiter . . . «

Nach zehn weiteren Telefonaten hatte Brennecke den gegenwärtigen Standort der Unterlagen aufgespürt: Sie lagen bereits beim Landeskriminalamt und sollten irgendwann im Laufe der Woche . . .

»Fahr«, sagte Lohkamp. »Und hol das Zeug her!«

Halb sechs am Nachmittag war der Kriminalmeister wieder da: Zusammen mit einer Streifenwagenbesatzung schleppte er Ruth Michalskis Hinterlassenschaften herein: einen *Samsonite*- Koffer, eine Handtasche sowie einen Pappkarton mit den Akten von *Rijkspolitie* und den Prospekten, die Ruth auf Vlieland gesammelt hatte. Der pünktliche Feierabend war wieder einmal geplatzt . . .

»Ein Haufen Arbeit«, meinte Lohkamp, nachdem sie die Beute gemeinsam durchgesehen hatten. Allein für das Studium der Polizeiakten würden sie ein bis zwei Tage brauchen — von Ruth Michalskis letzter Lektüre ganz zu schweigen.

»Was mir einfällt«, sagte Brennecke, »wer soll das ganze Zeug übersetzen? Ich verstehe nur Bahnhof.«

»Ich sehe da kein Problem«, lächelte Hänsel und rückte seine gelbe Seidenkrawatte zurecht. «Bei uns auf dem Dorf wird so viel Platt gesprochen — ich brauche nur ein Wörterbuch für die Fachausdrücke.«

»Das ist ein Wort!« Lohkamp schob den Papierberg auf die andere Seite des Schreibtischs. Die Urlaubslektüre reservierte er für sich.

»Und die Kleidung?« fragte Brennecke und starrte hilflos auf den geöffneten Koffer.

Steigerwald zuckte die Achseln: »Die Holländer haben sie bestimmt schon untersucht . . . «

»Das wird Herr Hänsel herausfinden«, grinste Lohkamp. »Bis dahin . . . «

»Ich sehe sie mir noch einmal durch«, meldete sich die Kommissarin.

Jetzt blieb nur noch ein Gegenstand übrig, den die Kollegen aus Leeuwarden in einer Plastikhülle verstaut hatten: Ein Safeschlüssel. Er hatte unter der Fußmatte von Ruth Michalskis Auto gelegen.

»Hier«, sagte Lohkamp zu Brennecke. »Wenn du bis Freitag den passenden Safe findest, gebe ich einen aus . . . «

Der Kriminalmeister grinste: »Aber nicht irgendein Kopfschmerzenbier, Herr Lohkamp – *Urquell.* Sie können den Kasten übrigens schon mal kalt stellen . . . «

Als er am nächsten Morgen zum Dienst antrat, hatte er ein Rundschreiben an alle Sparkassen und Banken der Nachbarschaft entworfen: Die Bitte um Auskunft, ob eine gewisse Ruth Michalski, geborene . . .

»Du brauchst noch einen Wisch vom Richter«, meinte Lohkamp. »Sonst berufen die sich . . . «

»Schon beantragt. Hole ich in einer Stunde ab . . . «

Den Rest des Tages verbrachte er damit, den Rundbrief und die richterliche Verfügung zu kopieren und zu verschicken. Dann setzte er sich ins Auto, fuhr nach Hause und schlief sich gründlich aus.

Am Mittwoch und Donnerstag geschah fast gar nichts: Hänsel übersetzte die Akten und lernte dabei Holländisch, Lohkamp blätterte in den Prospekten, bis er sich bei dem Gedanken ertappte, den nächsten Urlaub auf Vlieland zu verbringen, und draußen fielen die ersten Blätter von den Bäumen.

»Wir haben es!« triumphierte Brennecke, als er Freitag morgen die Post öffnete. Das Schließfach befand sich ganz in der Nähe: in der Stadtsparkasse Recklinghausen.

Eine halbe Stunde später stand er zusammen mit Lohkamp und dem Staatsanwalt vor dem Leiter des Geldinstituts am Viehtor. Nachdem der Mann alle Unterlagen geprüft hatte, führte er sie in den Keller. Lohkamp steckte den Schlüssel der Toten in das linke Loch, dann wurde das Gegenstück ins andere Schloß geschoben. Die Stahltür schwang auf.

Als erstes erkannten sie eine grüne Geldkassette, wie man sie in jedem Eisenwarenladen kaufen kann. Darunter lag ein gelber

Schnellhefter von beträchtlichem Umfang. Auf der ersten Umschlagseite stand mit Filzstift nur ein kurzer Name.

Puth.

32

»Unternehmertum — dieser Begriff ist identisch mit Einsatzfreude und Schöpfertum, Mut und Risikobereitschaft. Wir würden unseren eigenen Vorstellungen von einem modernen Unternehmen nicht gerecht, wenn wir den Herausforderungen der Zukunft nur die Technologie der Gegenwart entgegensetzten«, erklärte Puth und schüttelte leicht den Kopf.

»Nein, die Produktpalette erweitern — das heißt für uns zugleich, neue Wege zu beschreiten und neue Lösungen zu finden. Maßstäbe zu setzen, die für einen ganzen Industriezweig ein Jahrzehnt lang gültig sind. Herausgekommen sind dabei die Wagner-Transportsysteme — die Technik für das Jahr 2000 . . . «

Bei den letzten Worten hob Puth seinen linken Zeigefinger und lächelte. Dann nickte er noch einmal wie zur Bekräftigung und ließ das Lächeln verwehen, blickte aber weiter geradeaus in die Kamera.

Mager schwenkte von dem faltigen Gesicht weg und riskierte zum Ausklang eine Ranfahrt auf einen kostbar aussehenden Quader aus Bleiglas, in dem Puth seine Schreibutensilien aufbewahrte: Filz- und Bleistifte, Kugelschreiber, einen silbern glänzenden Brieföffner mit einer Verzierung an der Griffspitze. Noch während die Kamera lief, ahnte er, daß die Aufnahme wenig hermachen würde. Und als er dann auch die Schärfe nicht hinbekam, fluchte er stumm in sich hinein und schaltete aus: »Fertig!«

Puth ließ sich in seinen Chefsessel zurückfallen und rang nach Luft. Saale trat ans Fenster und öffnete es, nachdem ihm Puth zugenickt hatte.

»Wenn mein Medizinmann wüßte, wie anstrengend das ist, hätte er mich ins Bett geschickt.«

Saale blickte auf seine Uhr: »Wie verabredet — wir haben keine Stunde gebraucht!«

Der Unternehmer winkte ab: »Ich habe mich auch gar nicht über Ihre Arbeit beschwert. Sie machen das großartig.«

Saale befreite ihn von dem Mikrofon, das sie unter seiner Krawatte verborgen hatten: »Sie haben Ihre Sache aber sehr gut gemacht. Nur zwei Durchgänge – alle Achtung. Mancher Profi braucht für so ein Statement vier oder fünf Wiederholungen.«

»Naturtalent!« lächelte Puth müde. Seine Wangen röteten sich leicht.

Mager filmte noch das Bücherregal ab und begann, Puths Schreibtisch aufzuräumen.

»Was wird das denn?«

»Schnittmaterial«, erläuterte Mager. »Wenn wir Ihr Statement kürzen müssen, werden dekorative Aufnahmen dazwischengesetzt. Dann fallen die Schnitte nicht so auf. Und gleichzeitig sind die Bilder was fürs Auge . . . «

Er zerrte Stativ und Kamera näher heran und legte sich ein paar Unterlagen zum Abfilmen zurecht. Er hatte gerade das Wort »Gutachten« groß im Bild, als ihm ein welkes Stück Pergament die Sicht nahm. Er blickte hoch: Das Pergament war Puths Hand, und die lag auf dem Schriftstück.

»Das nicht!« sagte er entschieden.

»Ich habe nur die obere Hälfte ins Bild gesetzt«, murrte Mager. »Kein Mensch kann lesen, um was es dabei geht . . . «

»Zu intern«, beschied ihn Puth und versenkte das Gutachten in den Tiefen seines Eiche-Möbels.

Mager zuckte mit den Schultern: »Ich brauche aber noch eine Einstellung, die Sie am Schreibtisch bei der Arbeit zeigt. Das wird die Sequenz, in der Sie vorgestellt werden. Was Sie genau tun, ist ziemlich egal. Am besten machen Sie sich einige Notizen oder ordnen Ihre Korrespondenz.«

Puth nickte.

Das PEGASUS-Team verzog sich mit der Ausrüstung in die hintere Ecke des Raums. Als Mager die Kamera eingerichtet hatte, machte sich Puth bereits an der Post zu schaffen.

»Gut so!« rief Mager. »Wir brauchen ungefähr zwei Minuten. Nicht hochgucken! Tun Sie so, als ob wir nicht da wären. Achtung! Kamera läuft.«

Puth senkte brav den Blick und kritzelte Hieroglyphen auf einen Notizblock. Dann beugte er sich vor und nahm ein Schriftstück auf, überflog es, notierte sich etwas, blätterte in seinem Terminkalender, nahm das nächste Blatt zur Hand. Der Bundeskanzler hätte das kaum besser machen können.

Sie hatten die Szene fast im Kasten, als es klopfte. Mager stöhnte auf und hoffte, alles bliebe still, aber da flog die Tür auf – Lohkamp und Brennecke standen im Raum: »Guten Tag!«

Mager schaltete die Kamera ab und schüttelte in stiller Verzweiflung den Kopf.

Lohkamp blickte zuerst auf Puth, dann auf die PEGASUS-Leute. Seine Miene verfinsterte sich: »Sie schon wieder?«

»Die Welt ist klein«, erwiderte Mager.

Unwirsch drehte ihnen der Hauptkommissar den Rücken zu: »Herr Puth, wir müssen Sie dringend sprechen!«

»Verstehe«, sagte der Unternehmer. »Einen Moment noch. Wir haben gerade ein Interview aufgenommen, sind aber noch nicht ganz fertig . . . «

Griesgrämig blickte Lohkamp zu ihnen hinüber: »Wie lange noch?«

»Keine fünf Minuten«, meinte Saale.

»Okay, wir warten draußen.«

Fünfzehn Minuten später hatten die PEGASUS-Stars die Ausrüstung rutschfest verstaut und klemmten sich auf ihre Sitze.

»Der war ganz schön geladen!« meinte Saale. »Das Ding auf dem Friedhof verzeiht er uns nie.«

»Hör bloß auf!« schimpfte Mager. »Das war doch ein Schuß in den Ofen.«

»So?« fragte Saale spitz. »Auf einmal?«

»Ja, du Arsch. Das reinste Indianerspiel. Und warum? Weil Helga dir diesen Floh ins Ohr gesetzt hat. Den großen Unbekannten suchen – solch ein Tinnef. Und ihre Alte hat mir dann nur Dorfklatsch erzählt und meinen Calvados ausgesoffen. Ich sag dir, das war das letzte Mal, daß ich auf Amateure gehört habe…«

»Das kannst du Helga ja gleich selbst erzählen!« grinste Saale.

»Wie bitte?«

»Hatte ich fast vergessen. Wir sind mit ihr für die Mittagspause verabredet . . . «

»Nee!« protestierte der Dicke. »Mein Bedarf an der Familie Kronenberger ist erstmal gedeckt . . . «

»Alter, es ist wichtig . . . «

Mager schaute auf seine Armbanduhr, ein Erbstück aus den Nachkriegsjahren, als man noch nicht mit Gold oder Platin strunzen mußte, sondern froh war, wenn sich zwei heile Zeiger regelmäßig drehten.

»Weißt du, wie spät es ist?«

»Keine Sorge, Du kommst noch zu deinem Mittagsschlaf. Ich gebe dir das Essen aus.«

Magers Miene hellte sich spürbar auf: «Na gut. Es gibt Angebote, die kann ich einfach nicht ablehnen . . . «

33

»Herr Puth«, sagte Lohkamp, kaum daß die Tür hinter den PEGASUS-Männern ins Schloß gefallen war. »Sie stecken ganz tief in der Tinte!«

Es war plötzlich still im Zimmer. Puth saß wie erstarrt und umklammerte die Armlehnen seines Sessels. Sein Augen glitten von ihnen ab und fixierten einen Punkt auf seinem Schreibtisch, den vielleicht nur er selber sehen konnte.

»Ich glaube, ich verstehe nicht . . . «

»Oh, doch, Herr Puth!«

Auf einen Wink seines Chefs packte Brennecke einen prallgefüllten gelben Schnellhefter aus und hielt ihn dem Unternehmer so dicht vors Gesicht, daß er die Aufschrift auf dem Deckel ohne Brille erkennen konnte. Der Mann bewegte seinen Arm, als ob er nach der Mappe greifen wollte, aber lesen sollte er sie noch nicht.

»Wissen Sie, was wir hier gefunden haben?«

Puth schüttelte leicht den Kopf.

»Rechnungen, Lieferscheine, Quittungen, Zahlungsbelege und dergleichen. Alle von der Puth GmbH ausgestellt oder an sie gerichtet. Beweise dafür, daß Firma und Geschäftsführung Zigtausende von Mark am Finanzamt vorbeigesteuert haben — für schwarze Kassen und Transaktionen, die in keiner Bilanz, in keinem Geschäftsbericht auftauchen. Soll ich Ihnen die Paragraphen und die Mindeststrafen vorlesen?«

Der Betonfabrikant sah nicht so aus, als wäre er besonders scharf darauf.

»Wenn Sie nur die Steuern nachzahlen müßten und statt der Haft- eine Geldstrafe bekämen, wäre Ihr Laden morgen dicht. Bankrott. Stimmt's?«

Puths Mund schwieg, doch seine Augen antworteten für ihn.

»Aber das ist noch nicht alles«, fuhr Lohkamp leise fort und hielt erneut für einen Moment die Stimme an: Die nächsten Sätze sollten wirken. Er hoffte inständig, Puth würde sich nicht plötzlich besinnen und mit seinem Anwalt telefonieren.

»Gleichzeitig enthält dieser Aktendeckel Hinweise darauf, wozu der Besitzer die Unterlagen benutzt hat: Erpressung. Seit einem Jahr monatlich einen Tausender. Fein säuberlich aufgelistet. Wie würden *Sie* diese Fakten miteinander in Einklang bringen, Herr Puth?«

»Ich werde nicht erpreßt«, begehrte der Mann auf. »Da stimmt etwas nicht . . . «

»Nein? Das müssen Sie mir aber beweisen . . . «

»Hirngespinste, alles Hirngespinste, Herr . . . «

Lohkamp kam mit einigen schnellen Schritten auf den Unternehmer zu, packte die Rückenlehne seines Chefsessels und drehte Mann und Möbel so herum, daß Puth ihm in die Augen sehen mußte.

»Wissen Sie, woher wir die Unterlagen haben? Aus einem Tresorfach. Stadtsparkasse Recklinghausen. Und der Name des Inhabers — pardon, der Inhaberin lautet: Ruth Michalski . . . «

Puth zuckte zusammen, als habe ihn ein Tiefschlag getroffen. Sein Gesicht verlor jegliche Farbe, die Augen wurden trübe, und die Hände hingen schlaff von den Lehnen herab.

»Sie hat Sie bespitzelt — jahrelang. Und hat genügend Material zusammengetragen, um Sie vor den Kadi zu bringen. Die Schwerpunktstaatsanwaltschaft für Wirtschaftsvergehen in Bochum hat eine erneute Durchsuchung Ihrer Büros angeordnet. Die Kripo hat dort eine eigene Abteilung für solche Fälle, und die Kollegen dürften in diesem Moment in Ihrer Firma eintreffen. Wenn Sie Zweifel haben, ob die ihr Fach verstehen, dann fragen Sie in Bochum mal bei Ärzten und Apothekern herum.«

Lohkamp unterbrach sich und holte tief Luft. Lange Reden waren ohnehin nicht seine Sache, und solch ein Trommelfeuer schon gar nicht. Aber hier witterte er den Anfang des Fadens, der ihn zu der Lösung des Falls führen würde, und er hatte nicht vor, Puth zur Besinnung kommen zu lassen.

»Ruth?« Der Alte schüttelte ungläubig den Kopf. »Sie war — wie eine Tochter für mich.«

Er atmete durch und streckte die Hand nach der mittleren Schreibtischschublade aus. Bevor er auch nur die Kante berührte, hielt Lohkamp ihn fest.

»Nein«, flüsterte Puth. »Nicht, was Sie denken. Meine Pillen . . . «

Der Erste Hauptkommissar öffnete die Lade: Eine stolze Sammlung an Röhrchen und Döschen tauchte auf - der Vierteljahresvorrat für ein gut belegtes Sanatorium.

»Wasser . . . «

Brennecke lief los, um den Hausgeist zu suchen, und Puth schraubte ein weißes Plastikröhrchen auf. Drei blaue Schmerzbomben rutschten auf seine Hand. Er hielt sie krampfhaft fest, bis das Muttchen mit dem Wasser kam. Dann schluckte er die Pillen und spülte gründlich nach.

»Danke«, sagte er. »Das war's, Frau . . . «

»Herr Puth, soll ich nicht besser Ihre Gattin oder Doktor . . . «

»Nein. Sie sollen uns allein lassen . . . «

Einige Augenblicke war es fast still. Draußen, auf dem Uferweg, ritt eine Gruppe Halbwüchsiger vorbei, angetan mit Reithosen und Käppchen, lachend, sorglos – die künftigen Regenten der Stadt. Als sie verschwunden waren, hätte man eigentlich nichts mehr hören dürfen außer den Atemzügen der drei Männer. Aber irgendwo tickte ruhig und unermüdlich eine große Uhr. Irritiert sah Lohkamp sich in dem Arbeitszimmer um, aber Brennecke war schneller. Er drückte die Tür zum Flur ins Schloß, und das Geräusch verebbte.

»Herr Puth«, begann Lohkamp, sobald sich Puths Wangen wieder färbten. Er schien jetzt halbwegs auf dem Damm zu sein.

»Wir haben nicht den geringsten Zweifel, daß Frau Michalski Sie erpreßt hat. Gleichzeitig gibt es nicht den geringsten Zweifel, daß Frau Michalski tot ist. – Wie war das noch mit Ihrem Alibi für die Nacht vom Vierten auf den . . . «

»Ich war hier«, flüsterte Puth. »Meine . . . «

»Nein. Ihre Hausgehilfin hatte ab mittags frei. Und das Zeugnis Ihrer Gattin reicht mir nicht mehr aus. Wir brauchen jemanden, mit dem Sie nicht verwandt sind, am besten jemanden, der nicht bei Ihnen beschäftigt ist . . . «

»Sie glauben doch nicht, daß ich . . . «

»Herr Puth, ich bin kein Pastor, sondern Kriminalpolizist. Mit dem Glauben kommen wir nicht weiter. Ich will Beweise«, fuhr Lohkamp ihm so schneidend in die Parade, daß Brennecke überrascht zusammenzuckte: So hatte er seinen Herrn und Meister noch nicht erlebt.

»Ich war hier . . . «

Lohkamp beugte sich vor. Seine Stimme wieder leise, der Tonfall fast lakonisch: »Sie unterschätzen unsere Möglichkeiten, Herr Puth. Wir klappern mit einem Foto von Ihnen und von Ihren Autos alle Wege nach Harlingen ab. An jeder Tankstelle, in jedem Café werden wir nach Ihnen fragen. Und irgendwer wird sich erinnern . . . «

»Unsinn. Jeder Arzt bestätigt Ihnen, daß ich gesundheitlich gar nicht in der Lage . . . «

Lohkamp lachte auf und winkte ab: »Geschenkt. Sie waren es vielleicht nicht persönlich, Herr Puth. Vielleicht haben Sie ja nur die Anweisung gegeben, den Befehl. Das würde einem Richter völlig reichen, um Ihnen für den Rest des Lebens ein etwas kleineres Arbeitszimmer zuzuweisen. Also!«

»Ich bin kein Mörder.«

»Himmeldonnerwetter«, brach es aus Lohkamp heraus. »Wie lange wollen Sie das Spielchen noch treiben? Ich will eine klare Antwort. Wenn Sie dazu nicht bereit sind — wir haben noch ein paar Zellen frei. Also: Waren Sie in Datteln? Ja oder nein?«

Die grau-blauen Augen des Kommissars waren hart und stechend geworden, die Backenmuskeln zuckten. Es gab keinen Zweifel: Er meinte es ernst.

Puth schluckte.

»Nein«, sagte er schließlich.

34

Es war eines dieser trostlosen *Ristoranti*, deren Namen unaussprechlich italienisch, deren Rezepte aber unausstehlich heimisch sind. Der Pizzateig war hart wie Mechthilds Weihnachtsgebäck, im Tomatenmark paddelten Champignons, die in der Dose groß geworden waren, und der Schinken war zäh wie Kalle Magers Kaugummis. Jede Pommesbude hätte Magers Hunger besser stillen können — und billiger.

Er nippte an dem lauwarmen *Frascati* und schaute gelangweilt auf das junge Glück an seinem Tisch. Seit Helga hereingekommen war, hatte Saale ihre Hände nur noch losgelassen, um ein paar Spaghetti einzuwerfen. Er war noch nie ein großer Esser gewesen, aber jetzt blieb sein Teller fast voll.

In einem Anfall von Melacholie erinnerte sich Mager flüchtig daran, daß auch er mal auf diese Weise in Kneipen und Cafés herumgesessen hatte. Aber das war lange her und wohl für immer vorbei. Daß er für diese bittere Erkenntnis seinen Mittagsschlaf opfern mußte, deprimierte ihn doppelt.

Er drückte seine Zigarette aus und räusperte sich: »He! Als Anstandsdame bin ich wirklich nicht ausgebildet. Ich verzieh' mich jetzt. Holger kann . . . «

»Warte noch!« bat Helga und legte ihm die Hand auf den Arm. »Ich habe euch was zu erzählen.«

Sie blickte sich kurz um, aber niemand in dem Laden interessierte sich für sie.

»Puth hat Freitag ein Grundstück von der Bundesbahn gekauft.«

»Und?« fragte Saale und stocherte in den erkalteten Spaghetti herum.

Helga lächelte.

»Für einhundertachtunddreißigtausend Mark.«

Die PEGASUS-Männer sahen sie an.

»Nicht schlecht«, staunte Mager schließlich. »Und ich wohne in einem Haufen nasser Steine. Ich sollte Puth mal fragen . . . «

»Eben! Nach den Zahlungseingängen und Kontoauszügen, die über meinen Schreibtisch gehen, ist die Firma so pleite wie ich am Monatsende. Ich schwör's euch, an der Sache ist was faul.«

Saale zog wieder sein cooles Gesicht: »Du tust gerade so, als ob in dieser Firma irgendetwas nicht faul wäre . . . «

»Anwesende ausgenommen«, ergänzte Mager.

»Begreift doch: Woher hat Puth soviel Geld? Und so plötzlich?«

»Die Bankheinis!« erinnerte sich Saale. »Denen hat er die Scheine aus den Rippen geleiert. Gellermanns Show hat eingeschlagen. Ganz schön abgezockt . . . «

Er verfiel einen Augenblick ins Grübeln.

»Gerade waren wieder die Bullen bei Puth. Ob . . . «

Mager schüttelte den Kopf: »Ruth Michalskis Tod hat doch nichts mit Puths Geldsegen zu tun.«

»Ich weiß nicht«, sagte Helga. »Ich blicke in dem Laden nicht mehr durch. Übrigens . . . «

Sie packte ihren Lederbeutel auf den Tisch: »Guckt mal, was ich heute in der Post gefunden habe.«

Sie zog eine längliche beige-braune Briefhülle heraus und strich die umgeknickten Ecken mit den Händen sorgfältig glatt, ehe sie das Couvert auf den Tisch legte. Neugierig beugten sich Mager und Saale vor. Unten links prangten die acht Zacken des internationalen Polizeisterns, in dessen Mitte etwas sehr Holländisches stand.

»Ein Beileidsbrief von Rijkspolitie?« fragte Mager.

»Du spinnst . . . «

Helga zog das Schreiben heraus. Es war eine ganz normale

Giro-Zahlkarte, deren wichtigste Spalten bereits mit Maschinenschrift ausgefüllt waren. Darin wurde die Gustav Puth GmbH in Datteln aufgefordert, den Gegenwert von fünfzig Holländischen Gulden auf ein Kölner Postgirokonto zu überweisen. Grund: Das der Firma gehörende Fahrzeug mit dem polizeilichen Kennzeichen RE-P 228 hatte am 4. September von 20.15 Uhr bis 20.30 Uhr im Parkverbot gestanden. Tatort: Harlingen, Anlegestelle.

Saale riß ihr den Schrieb aus den Händen und las ihn zum zweitenmal. Dachte nach.

Für ein paar Augenblicke genoß Helga die Verblüffung der beiden. Dann wurde ihr Gesicht ernst.

»Vierter Neunter — das war der letzte Abend, den Ruth erlebt hat. Und Harlingen . . . «

» . . . liegt gegenüber von Vlieland«, ergänzte Mager. »Von da gehen die Fähren ab.«

»Richtig. Und bei den Fragen der Polizei nach den Alibis kam eins 'raus: Die letzte Fähre geht abends um viertel nach sieben, die erste kommt am Morgen um halb neun. Im Parkverbot stand Ruths Mörder.«

»Und wem gehört der Wagen?« fragte Saale.

Helga nahm einen tiefen Schluck aus ihrem Glas: »Das ist der Dreihunderter Mercedes. Der Wagen vom Chef.«

35

»Nein, ich war nicht in Datteln«, wiederholte Puth leise.

Lohkamp kramte seine Zigaretten hervor und steckte sich, ohne um Erlaubnis zu bitten, eine an. Puths Eingeständnis, gelogen zu haben, ließ eine Zentnerlast von seiner Seele fallen. Aber als er den Alten da sitzen sah, eingefallen, zittrig, mit einem Bein im Grab, da beschlich ihn der vage Verdacht, daß er der Lösung des Hauptproblems noch nicht nähergekommen war.

»Wenn Sie nicht in Datteln waren — wo dann?«

»Nicht in Holland, wenn Sie das meinen . . . «

»Wo, Herr Puth? Ort, Zeit, Zeugen . . . «

»Ich war auf einem Geschäftsessen. In Düsseldorf, mit einem Herrn Dr. Boos.«

»Wo?«

»In dem Japan-Restaurant. Von — ja, mindestens von acht bis elf. Danach haben wir noch — wir waren . . . «

»Im Puff?« staunte Lohkamp.
»Nein. Aber in einer Bar. Gar nicht weit weg vom Hauptbahnhof. Sie finden die Quittungen in der Firma, bei den Spesenabrechnungen. Alles abgeheftet, mit Namen und Datum . . . «
Schweigen.
»Dieser Herr Boos«, begann Lohkamp erneut, »ist das ein Kunde?«
»Nein.«
»Sondern?«
»Ich weiß nicht, was das zur Sache tut«, wand sich der Betonmischer. »Sie haben seinen Namen, und ich werde Ihnen seine Adresse geben, damit Sie . . . «
Ärgerlich hieb Lohkamp die Faust auf den Schreibtisch.
»Schluß jetzt mit den Fisimatenten! Wir spielen hier doch nicht Räuber und Gendarm! Falls Ihnen das unklar ist: Sie behindern die polizeilichen . . . «
Sprachlos starrte Puth ihn an. Daß ein Fremder es wagte, auf seinen Schreibtisch zu hauen — einen solchen Akt von Kompetenzüberschreitung hatte er wohl noch nie erlebt.
»Also gut«, resignierte er mit versteinertem Gesicht.
»Dr. Boos ist Gutachter. Ich hatte vor, ein Grundstück zu kaufen, und Herr Boos war als Sachverständiger bestellt, um das Gelände zu taxieren. Es war deshalb nötig, ohne Rücksicht auf meinen Zustand, daß ich mich an jenem Freitag mit ihm traf...«
»Um ihn zum Essen und zum Striptease einzuladen«, ergänzte Lohkamp.
Puth wischte sich den Schweiß von der Stirn.
»Mir lag sehr viel an dem Grundstück. Aber ich bin finanziell zur Zeit stark belastet. Ich wollte Herrn Boos die Grenzen meiner Möglichkeiten aufzeigen . . . «
»Und deshalb haben sie ein paar Hunderter springen lassen. Wie teuer war's denn?«
»Zwölf-, dreizehnhundert. Es ging schließlich um ein paar hunderttausend. Ja, im Endeffekt sogar um die Existenz meiner Firmen und der Mitarbeiter. Herr Boos zeigte Verständnis . . . «
» . . . und garantierte ein Gefälligkeitsgutachten«, lachte Lohkamp auf.
»Das haben Sie gesagt!« widersprach der Unternehmer. Aber das geschah um des Prinzips willen, ohne großen Nachdruck — ein Rückzugsgefecht. Puth wußte es, Brennecke wußte es, Lohkamp wußte. Er grinste.

Brennecke schaute noch einmal auf seinen Notizblock: »Warum hatten Sie es denn so eilig? Ihr Herzinfarkt lag gerade zehn Tage zurück. Sie mußten aus dem Krankenhaus türmen. Sie haben einen Re-Infarkt riskiert.«

»Stimmt. Aber es mußte sein. Ich hatte Tage darauf Vertreter eines Bankhauses hier, mit denen ich über einen neuen Kredit verhandelt habe«, erklärte Puth endlich und grinste, als freue er sich über einen gelungenen Knabenstreich. Seine Boxerfalten gewannen etwas von ihrer ursprünglichen Farbe zurück. «Bis dahin mußte die Sache unter Dach und Fach sein . . . «

»Und — in der Sache Michalski wissen Sie nichts Neues? Wenn Sie schon mal dabei sind, Ihre Aussagen zu korrigieren?«

»Nein. Ich kann es mir nach wie vor nicht erklären . . . «

Lohkamp erhob sich und blickte geringschätzig auf den Mann hinab.

»Sie wollten mir noch die Adresse . . . «

Puth reichte ihm einen Zettel.

»Sie können sicher sein, daß wir alles genauestens überprüfen. Ihren Laden können Sie schon mal dichtmachen — unsere Bochumer Kollegen sind wirklich findig. Und tatendurstig. Ihnen gehen nämlich langsam die Zahnärzte aus . . . «

Puth drückte sich aus seinem Sessel hoch. Es sah fast so aus, als wolle er nach überstandenem Duell dem Sieger gratulieren. Aber Lohkamp litt plötzlich unter Sehstörungen und wandte sich zum Gehen.

»Herr Lohkamp . . . «

Die beiden drehten sich um.

»Ich habe Ihnen reinen Wein eingeschenkt. Darf ich Sie jetzt bitten, mir einen Blick auf die Unterlagen zu gestatten, die Sie gefunden haben. Sie verstehen — ich habe an Ruth gehangen. Ich kann es nicht glauben, daß Sie mich hereinlegen wollte . . . «

Brennecke starrte seinem Chef neugierig ins Gesicht. Der zögerte. Er hätte jedem widersprochen, der behauptete, er stünde Puth gegenüber in irgendeiner Schuld.

»Bitte!« sagte der Alte fast flehend. Er war erledigt. Und zum Tode Verurteilte haben in der Regel einen letzten irdischen Wunsch frei.

Lohkamp nickte.

Brennecke kehrte um und legte den Schnellhefter auf den Tisch. Puth ließ sich in seinen Sessel sinken und setzte umständlich seine Brille auf.

»Es stimmt. Das ist Ruths Handschrift . . . «

Er schlug die Mappe auf und las das erste Blatt, das zweite, das dritte. Dann wurde er schneller, las nur noch diagonal, blätterte schließlich hastig weiter – und begann zu lachen.

»Sie haben mich ja ganz schön 'reingelegt . . . «

»Wie bitte?«

»Doch. Schauen Sie, hier: Da geht es um die EDV, die wir vor drei Jahren angeschafft haben. Wir haben, wie ich sehe, zweihunderttausend Mark zuviel gezahlt. Die *Randow-Computer-GmbH* hat uns gewaltig übers Ohr gehauen. Für Ruth mußte es ein Kinderspiel sein, das herauszubekommen. Denn Randows Frau ist ihre Schwester . . . «

Lohkamp seufzte: Da war ihnen wieder etwas entgangen.

»Aber eins stimmt: Die Akte belastet in der Tat jemanden aus der Firma«, fuhr der Mann fort. »Den, der das Geschäft von unserer Seite aus eingefädelt hat. Der hat sicher die Hälfte des Aufpreises von Randow als Prämie bekommen.«

»Und wer war das?« fragte Brennecke.

»Gellermann!«

36

»Darf ich Ihnen noch etwas bringen?« fragte der Kellner und schielte dabei unmißverständlich auf seine Armbanduhr.

»Ja«, antwortete Mager schon aus reiner Bosheit. »Einen Mokka!«

»Zwei!« ergänzte Saale.

»Ach«, grinste Helga, »machen Sie drei . . . «

Als der Mann weg war, setzten sie ihren Wettbewerb im Kopfschütteln fort.

»Der alte Puth«, flüsterte Saale schließlich. »Ich kann's nicht fassen. Vor einer Stunde hat er uns etwas von modernem Management erzählt. Und dann wendet er Steinzeitmethoden an, um Konflikte zu lösen . . . «

»Unter die Psychologen gegangen?« fragte Mager. »Dann hasste aber schlecht aufgepaßt. Guck dir den Mann doch mal genau an: Wie seine Schultern durchhängen. Wie seine Hände zittern. Und wie der geht. Der war's nicht. Nie im Leben! Der kann keinem Wellensittich mehr den Hals umdreh'n . . . «

Helga seufzte: »Habe ich mir im ersten Moment auch gedacht.

Aber diese Karte ist doch eindeutig! Als mir klar wurde, was ich in den Fingern hatte, wurden mir die Knie weich.«

»Hat Gellermann den Brief gesehen?« fragte Saale.

»Der war auch noch nicht da . . . «

»Hast du das Ding sonstwem gezeigt?«

»Wem denn? Es sind doch nur noch ein paar Leute da. Wenn ich zu denen gegangen wäre, wüßte das jetzt ganz Datteln. Nur gut, daß ich euch kenne.«

Sie streichelte Saales Hand, und der hielt dabei ganz still.

»Also: Was mache ich mit dem Brief?«

»Polizei!« sagte Saale.

»Nicht so eilig!« brauste Mager auf. »Zur Polizei können wir immer noch. Wir sollten uns aber vorher überlegen, was *wir* mit dem Kärtchen anfangen können. Pegasusmäßig, meine ich.«

Sein Angestellter tippte sich an die Stirn: »Du bist ja hier! Du kannst doch kein Beweismaterial unterschlagen. Wenn das herauskommt, machen die uns den Laden dicht!«

Der Schwarzgelockte kam mit dem Mokka und stellte die Tassen so rasant auf den Tisch, daß die Hälfte der schwarzen Suppe auf den Untertassen landete.

Normalerweise hätte sich Mager diese Gelegenheit nicht entgehen lassen. Aber jetzt knurrte er nur und goß seinen Frischmacher kurzerhand in die Tasse zurück und begann zu schlürfen.

»Ehrlich«, sagte Helga. »Das mit der Kripo geht wohl nicht anders. Aber irgendwie ist mir dabei ganz schön mulmig. Ich meine: meinen Chef anzuschwärzen. Egal, was dabei herauskommt – er hat mich immer korrekt behandelt.«

Mager massierte angestrengt seine Nackenmuskeln, aber die geniale Eingebung, wie man die Geschichte filmisch umsetzen könnte, ließ auf sich warten.

»Ich finde es einfach unglaublich«, meinte Saale. »Da fährt einer dreihundert Kilometer, um jemanden umzubringen. Dann findet er einen Strafzettel unterm Scheibenwischer, schmeißt ihn weg und fährt seelenruhig nach Hause. Wenn er gleich bezahlt hätte, wäre das Ding für alle Zeiten in den Akten verschwunden. Wie kann man nur solch einen Fehler machen?«

»Das verstehst du nicht«, erklärte Mager. »Ihr Hamburger fahrt öfter nach Dänemark als nach Holland. Hier im Ruhrpott macht das fast jeder so, wenn er dort eine Knolle bekommt. Bis vor kurzem hast du nämlich von der Sache meist nie wieder was gehört.«

»Vielleicht hatte Puth auch keine Zeit, erst ein Postamt zu suchen und zu bezahlen«, überlegte Helga laut.

»Wie meinst du das?«

»Weil er zu einem bestimmten Zeitpunkt wieder hier sein mußte. Wegen des Alibis . . . «

Sie schwiegen wieder. Am Nebentisch rief ein Vater seine kleine Tochter zur Ordnung, die ihre Spaghetti mit den Fingern essen wollte, in den Boxen heulte Julio Iglesias, und am Eingang strullte ein streunender Schäferhund in den Topf mit der Yucca-Palme.

»Nun sagt mir, was ich tun soll«, sagte Helga. »Ich muß gleich wieder in die Firma.«

»Der vierte September. Da begann doch das Kanalfest. War Puth nicht dabei?«

Mager schüttelte den Kopf: »Nee. Seine Frau hat Roggenkemper lang und breit erklärt, er läge noch im Bett.«

»Wann?«

»Am Samstag morgen. Auf dem Sektempfang.«

»Aber Dienstag war er in der Firma«, erinnerte sich Saale. »Als diese Bankiers . . . «

Mager nickte.

Der Kellner tauchte wieder auf und präsentierte ihnen ungefragt die Rechnung. Helga zückte ihr Portemonnaie, aber Saale winkte ab: »Klaus-Ulrich bezahlt. Firmenkosten!«

»Was?« schrak Mager auf. »Du hast mich doch eingeladen!«

Saale feixte: »Stell dich nicht so an. Was soll unsere neue Partnerin von PEGASUS denken?«

»Partnerin? Habe ich eine Firmen-Vollversammlung verpaßt?«

»Also gut: Informantin. Und Informanten lädt man zum Essen ein. Geschäftsunkosten. Steuermindernd.«

Mager gab es auf und kramte nach dem Fünfziger, den er sich morgens in die Jackentasche gesteckt hatte. Mitten in der Bewegung hielt er inne.

»Mensch, ich hab's!«

»Endlich mal!« frozzelte Saale.

»Sag mal, Helga: Puths Karre – ist das so ein dunkelblauer Dreihunderter?«

Sie dachte nach und nickte.

»Jau! Leute, ich hab' recht. Puth ist nicht gefahren. An diesem Wochenende hat jemand anders den Wagen benutzt. »

»Woher weißt du das?«

»Weil ich mit dieser Kiste beinahe umgenietet worden wäre. Vor dem Rathaus. Wir mußten dort gegen Mittag den Roggenkemper-Clan filmen. Und da kam er mit dieser Karre angebraust und hätte mich fast auf die Hörner genommen . . . «

Er verstummte, und hinter seiner Stirn begann es zu arbeiten.

»Kommt hin. Von Harlingen bis hier braucht man mindestens drei Stunden. Tempolimit und fast hundert Kilometer Landstraße. Da kommst du auch mit einem Benz nicht schneller durch . . . «

»Woher weißt du das so genau?« fragte Helga.

Mager lächelte: »Als alter Ameland-Fahrer? Das ist nur zwei Inseln weiter. Und bis auf die letzten dreißig Kilometer dieselbe Strecke.«

»Und wer saß am Steuer?« fragte Saale ungeduldig.

Mager grinste und steckte sich gewollt umständlich eine Zigarette an: »Sagte ich das nicht? Unser Freund Gellermann!«

37

Lohkamp schaute Puth nachdenklich an. Was er gesagt hatte, klang nicht gerade unlogisch: Altmodisch, wie der Beton- und Bergbaumaschinenfabrikant war, hatte er von Elektronischer Datenverarbeitung sicher keine Ahnung. Bei solch einem Chef konnte ein Typ wie Gellermann problemlos zum Ober-Guru in allen High-Tech-Fragen aufsteigen und — absahnen.

Aber der Mord?

Klar, allein vom Alter her kam der Prokurist viel eher als Täter in Frage: Er war jung, gesund, hielt sich mit Tennis und Schwimmen fit und wäre sicher in der Lage, eine Frau wie diese Michalski umzubringen, ohne daß die sich noch großartig wehren konnte. Doch Gellermann hatte ein Alibi. Vom Bürgermeister. Aber wenn der sich geirrt hatte?

»Glauben Sie wirklich, daß Frau Michalski Herrn Gellermann erpreßt hat? Immerhin hatten die beiden lange ein Verhältnis.«

Der Mann im Chefsessel wand sich wieder. Das Thema war ihm eindeutig unangenehm.

»Also, ich hätte Ruth das niemals zugetraut. Ich habe so lange mit ihr gut zusammengearbeitet, und in dieser Zeit . . . «

»Sie *hat* erpreßt. Da beißt keine Maus einen Faden ab. Es geht nur noch um das . . . «

Opfer hatte er sagen wollen, scheute aber plötzlich vor diesem Begriff zurück. Erpressung war ein Verbrechen, klar. Aber die Frau selbst hatte es viel schlimmer erwischt.

»Ich habe mich eigentlich immer aus den Privatangelegenheiten meiner Leute herausgehalten«, meinte Puth. »Aber als man in der Firma und in der Stadt zu klatschen begannen, habe ich Gellermann darauf angesprochen. Diese . . . Affaire war nicht gut für unsere Firma. Nach außen nicht, auch nicht intern. Außerdem hat der Mann noch etwas vor. Mit Hilfe des Bürgermeisters, und der hat Einfluß im Landtag . . . «

Puth streckte die Hand nach dem Glas Wasser aus, das er zum Herunterspülen der Pillen bekommen hatte. Mit den letzten Tropfen netzte er seine trockenen Lippen.

»Ich habe ihn von dieser Flanke gepackt. Habe verlangt, daß er klare Verhältnisse schafft – so oder so. Einige Tage später hat er die Beziehung gelöst.«

»Und wie hat Frau Michalski reagiert?«

»Das habe ich Ihnen schon bei unserem ersten Gespräch erzählt: Sie konnte so etwas vor anderen Leuten sehr gut verbergen. Aber wenn ich ehrlich sein soll – vor mir selbst, meine ich, denn mir hat diese Beziehung nie so recht gepaßt –, dann hat sie sich davon auf Dauer sicher mehr erhofft.«

»Hat sie Ihnen so etwas gesagt?«

Puth schüttelte den Kopf: »Nein, das ist eher ein Gefühl. Sie war – also, sie wirkte nach dieser Trennung irgendwie hohl, ausgebrannt. Etwas in ihr war zerbrochen.«

Das Telefon, eines dieser schwarzen Ungetüme aus den frühesten Sechzigern, läutete – noch ganz auf die altmodische Art, die diesen Ausdruck auch verdiente. Besser konnten sich Lohkamps Eindrücke von Puths Verhältnis zur Technik der Moderne kaum bestätigen.

»Für Sie!«

Brennecke sah gespannt zu, wie der Chef den Hörer ans Ohr preßte. Die grau-blauen Augen blickten erst noch aus dem Fenster, in den Garten und auf die dahinterliegende Weide hinaus, wo sich mehrere Stuten mit ihren Fohlen tummelten. Eine Landidylle, wie man sie in Ballungszentren wie Stuttgart und München nicht mehr kennt.

Plötzlich zogen sich Lohkamps Augenbrauen zusammen, seine Lider zuckten. »Wann hat sie angerufen? Gerade? Und wo ist sie? Am Denkmal? Ecke Südring? Danke!«

Er legte auf und streckte Puth die Hand entgegen. Der Mann war von dem plötzlichen Gnadenakt völlig überrascht und brauchte einige Zeit, bis er sie ergriff.

»Sie werden das alles zu Protokoll geben müssen. Wir können das auf der Wache in Datteln erledigen, wenn Ihnen der Weg zu weit ist – aber vielleicht ist es Ihnen in Recklinghausen lieber. Wir melden uns. Guten Tag!«

»Sie schon wieder?«

Lohkamp warf dem PEGASUS-Team einen flüchtigen Blick zu und wandte sich dann an Gellermanns Sekretärin: »Zeigen Sie mal!«

Sie packte ihr Geschenk aus. Lohkamp riß es ihr fast aus der Hand und überflog den knappen Text. Dann steckte er die Papiere ein.

Gut, daß wir das Ding schon auf Band haben, dachte Mager und grinste.

»Und wie kommen Sie darauf, daß Herr Gellermann den Wagen gefahren hat?«

Mager sagte es ihm.

»Mmh. Könnte hinhauen. Aber theoretisch hätte es immer noch Puth oder ein anderer Fahrer sein können. Die fünf Minuten, um den Wagen eben bei Gellermann vorbeizubringen, damit der zum Rathaus fahren konnte, waren noch drin . . . «

Mager und Saale stöhnten gleichzeitig auf. Dieser Lohkamp nahm wohl nie jemanden fest.

»Vielleicht habe ich mich auch selbst mit der Kiste über den Haufen fahren wollen!« motzte Mager.

»Vormachen!« grinste Brennecke, aber sein Chef blieb ernst.

»Sie verstehen mich falsch, Herr Mager: Das ist ein wichtiges Beweismittel. Sogar das beste, was wir bisher bekommen haben. Aber bevor wir Herrn Gellermann damit festnageln können, müssen noch einige Nachforschungen angestellt werden. Zum Beispiel werden unsere Kollegen in Holland mit einem Foto dieses Herrn alle Leute befragen, die ihn gesehen haben können oder müssen: Auf dem Schiff, auf der Insel, unterwegs. Seien Sie sicher: Wir kriegen ihn . . . «

»Aber wann? So etwas dauert doch Tage oder Wochen. Wollen Sie Gellermann bis dahin . . . «

»Dienstgeheimnis«, flüsterte Lohkamp und grinste jetzt selbst.

»Wissen Sie auswendig, wo er wohnt, Frau Kronenberger?«

Helga nickte. Als sie den Mund öffnete, hielt Brennecke bereits Notizbuch und Kugelschreiber in der Hand.

Die beiden Beamten stiegen in ihren Golf und warteten eine Lücke im dichten Verkehr auf der Bundesstraße ab. Dann wendeten sie, rasten los: Bei Gelb um die nächste Ecke in den Südring, drei Straßen weiter abermals nach rechts, in die Waltroper, sofort danach links in die Hafenstraße. So heiß der Reifen auch war, den Brennecke fuhr, eines schaffte er nicht: den roten Lada abzuhängen, der an seiner hinteren Stoßstange klebte.

38

Das Haus am Hafen war rundum von hohen Hecken und Bäumen umgeben und gehörte, solange es überhaupt noch zu haben war, mit zum Feinsten, was der Immobilienmarkt der Kanalstadt zu bieten hatte: Leicht verschachtelte Terrassenbauweise, Eigentumswohnungen, die sich über zwei Etagen erstreckten, private Gärtchen für die Erdgeschoßbewohner — der Haus-im-Haus-Stil für Individualisten, die ihre Ruhe wollen, aber zugleich ein Mindestmaß an sozialen Kontakten nicht missen mögen.

Mit quietschenden Bremsen hielten die Wagen an der Ecke der beiden Straßen, in deren Winkel sich das Anwesen befand. Mindestens so schnell wie Lohkamp und Brennecke spritzen auch die PEGASUS-Leute heraus — Kamera und Recorder einsatzbereit.

»Mensch, Mager!« raunte Lohkamp. »Dramatisiert die Sache nicht unnötig . . . «

Saale zögerte, Schuldbewußtsein im Blick: Zu oft war er in Hamburg gestrauchelt, wenn er sich auf einen direkten Clinch mit der Ordnungsmacht einließ. Doch Mager, den polizeiliche Verbote reizten wie einen Jagdhund der Fuchsbau, ließ ihm keine Wahl. Er eilte hinter den Kripo-Männern her, das Verbindungskabel zwischen Kamera und Recorder hob und spannte sich — Saale mußte los.

In Viererkolonne marschierten die beiden Teams zwischen hohen Ligusterhecken auf den Hauseingang zu. Als Lohkamp in den Schatten des Regendachs an die Tür trat, um zu klingeln, schaltete Mager sein Magnetauge ein.

Doch nichts passierte.

Der Polizist ließ den schon erhobenen Arm wieder sinken und

winkte seine Verfolger heran: »Der wohnt hier nicht. Diese Frau Kronenberger muß sich geirrt haben . . . «

Enttäuscht ließ Mager die Kamera sinken.

»Kann nicht sein!« widersprach Saale. »Die irrt sich nicht!«

Lohkamp warf ihm einen mißtrauischen Blick zu, dann kehrte die Prozession zurück zum Bürgersteig. Ratlos blickte man die Straße entlang. Zwei Autos preschten an ihnen vorbei, aber es war niemand zu sehen, den man hätte fragen können.

»Vielleicht«, meinte Brennecke, »hat der Schuppen mehrere Eingänge . . . «

Die vier machten sich auf den Weg. Umkurvten, immer die Grundstückshecke zur Seite, die Straßenecke, peilten die Blätterfront entlang – und wurden endlich fündig. Unwillkürlich beschleunigten sich ihre Schritte.

Same procedure as last year: Die Regentraufe, darunter die beiden Männer, der erhobene Ärmel von Lohkamps grüner Cordjacke, die laufende Kamera. Und jetzt hatte der Erste Hauptkommissar das Gesuchte auch tatsächlich gefunden: Er nickte Brennecke befriedigt zu und drückte auf eine Klingel.

Nichts.

Vom Hafen drang leise das Tuckern eines Schiffsdiesels herüber, irgendwo in der Ferne schrien ein paar Kinder, und im nächsten Apfelbaum ertönte das spöttische Keckern eines Vogels, dessen Namen Mager im Biologieunterricht verpaßt haben mußte.

Brennecke schüttelte den Kopf: »Das muß an Ihnen liegen, Chef. Seit Sie in Recklinghausen sind, treffe ich niemanden mehr zu Hause an.«

»Halt den Mund«, raunzte Lohkamp und blickte zuerst seinen Gehilfen, dann die PEGASUS-Männer an: Kritik vor der Weltöffentlichkeit war das Allerletzte, was ihm jetzt gefallen konnte.

Kurz entschlossen drückte er die nächste Klingel.

»Ja?« meldete sich eine Frauenstimme.

»Wir suchen Herrn Gellermann. Wissen Sie . . . «

»Oh, da haben Sie Pech. Die Frau ist mit den Kindern eine Woche nach Lanzarote, und Herr . . . «

Hier müßte man Einbrecher sein, dachte Lohkamp. Die besten Tips bekommt man gratis.

Mager schaltete die Kamera ab. Dachte nach, ließ seine spitze Nase für das nächste das Hin-und-Her-Spiel trainieren und ging ein paar Schritte zurück, um sich die Straße anzusehen.

»Sein Wagen steht aber draußen, Herr Lohkamp . . . «

Schweigend starrten vier Augenpaare auf den weißen BMW. Das linke Seitenfenster war einige Millimeter tief herabgelassen — heiß war es zuletzt am Samstag gewesen. Der Kühler und das Dach waren mit eingetrockneten Regentropfen übersät — die letzte Dusche hatte es in der Nacht zu diesem Montag gegeben. Und unter dem rechten Scheibenwischer klemmte ein herabgewehtes Birnbaumblatt. Aber seit dem Regen war es windstill.

Irgendjemand in der Runde seufzte, aber keiner hätte hinterher zu sagen gewußt, wer es war. Lohkamp starrte Brennecke an, Mager seinen treuesten Angestellten.

Plötzlich machte der Hauptkommissar auf dem Abatz kehrt, lief auf das Haus zu und hämmerte mit der flachen Hand auf die Schelle.

»Ja?«

Dieselbe Stimme.

»Drücken Sie mal auf — Kriminalpolizei!«

Sekunden später ertönte der Summer, Lohkamp und Brennecke stürmten hinein. Mager startete, aber da schlug ihm der Kriminalmeister die Tür vor der Nase zu.

»Scheißbulle!« schrie der Kameramann und trat gegen den schwarzen Metallrahmen, der das gelbe, geriffelte Glas am Umfallen hinderte.

Saale kam heran, grinste und drückte noch einmal auf den Klingelknopf. Aber nichts passierte, und sein Grinsen verschwand. Sie warteten. Hörten Stimmen im Hausflur, konnten jedoch kein Wort verstehen. Traten unter der Regentraufe weg ins Freie. Aber niemand lag im Fenster, den sie um irgend etwas hätten bitten können.

»Denen gebe ich noch mal einen Tip!« knurrte Mager und steckte eine Selbstgedrehte an. Saale sagte gar nichts. Seinen Boss darauf hinzuweisen, wer dieen Tip gegeben hatte, wäre lebensgefährlich gewesen.

Die Sekunden vergingen.

Plötzlich öffnete sich die Tür. Lohkamp und sein Gehilfe kamen heraus und marschierten schweigend an ihnen vorbei zur Straßenecke zurück. Sie wurden von einer schlanken Blonden begleitet, die mindestens einen Kopf größer als Mager und so braun war, wie man es nur weit weg in der Karibik oder im nächsten Sonnenstudio werden kann. In ihrem Gesicht klebte mehr Chemie, als der Rhein pro Minute in die Nordsee spült.

»Das da sind die Fenster von Gellermanns Wohnung«, sagte sie und zeigte auf eine Sammlung von Glasflächen, die zur Kanalstraße hinausblickten.

»Und alles, was vor den Fenstern liegt, gehört zu Gellermanns Garten.«

»Danke«, sagte Lohkamp, aber die lange Blonde machte keine Anstalten, in ihr Heim zurückzukehren. Als Mager die Kamera hob, ordnete sie mit einer gekonnten Bewegung ihr perfekt frisiertes Haar.

Abschätzend blickten die Polizisten die Hecke entlang. Einige Schritte weiter gab es eine Stelle, die weniger dicht war. Tiefe Spuren hatten sich in das tellergroße Stück unbewachsenen Bodens gepreßt: Offenbar quetschten sich Gellermanns Töchter hier hindurch, wenn sie zum Rollschuhfahren gingen.

»Sie bleiben da!« herrschte Lohkamp die Männer mit der Kamera an. Dann schlängelte er sich als erster durch die Lücke.

»Komm!« sagte Mager.

»Mensch! Die hauen uns . . . «

»Komm, sage ich!«

Das Stück Rasen hinter der Hecke konnte sich sehen lassen: Reichlich Platz für Federball und Sonnenbad. Eine Schaukel, eine Sandkiste. Buntes Holzspielzeug. Auf der halb überdachten Terrasse vier Gartensessel und ein runder Tisch. Nicht abgeräumte Tassen, halb voll mit Regenwasser. Eine Flasche Cognac, leer.

Das Auge am Okular blieb Mager an der Hecke stehen und sah zu, wie die Kripo-Leute an den beiden Erdgeschoßfenstern entlangliefen. Fehlanzeige. Das Terrassenfenster: Leicht gekippt. Die Tür im Schloß. Ratlosigkeit, Kopfkratzen, Nackenmassage.

Pause.

Eine Minute lang.

Dann probierte Lohkamp etwas aus: Er drückte gegen die Terrassentür. Erst leicht, dann fester. Und ganz plötzlich gab es einen leisen Knacks: Sie war eingerastet, aber nicht verriegelt gewesen.

Mager stürmte vor, aber Brennecke stellte sich ihm in den Weg: »Jetzt ist Sense, Mann, da können Sie wirklich nicht rein!«

Sie warteten. Zehn Sekunden lang. Dann tauchte Lohkamp wieder auf. Blaß.

»Er ist tot!«

39

»Unfaßlich!« schrie Saale und knallte die Zeitungen auf den Tisch, die er aus Datteln mitgebracht hatte. »Schau dir das mal an!«

Mager nickte und rieb sich die brennenden Augen. Seit Stunden starrte er auf die beiden Monitore, ließ die Videobänder vor- und zurücklaufen, markierte Schnittstellen, verglich die Aufnahmen mit der *Shotliste,* machte all das, wofür eine anständig ausgebildete Schnittkraft mindestens einen Fünfziger Stundenlohn kassierte. Bei ihm war es im Preis inbegriffen. Die GmbH, die zu zwei Dritteln Susanne und zu einem Drittel ihm gehörte, hatte ihn als Kameramann und Schnittmeister im Paket gekauft, für 2.5oo Brutto. Das war der Einheitslohn bei PEGASUS – bis die besseren Zeiten kamen. Aber die schienen ihm an an diesem Vormittag in weite Ferne gerückt.

Er stand auf, nahm die Zeitungen mit in sein Büro, goß sich Kaffee ein und legte die Beine auf eine halb herausgefahrene Schublade. Schlug die Blätter auf und staunte.

FRAKTIONSCHEF: SELBSTMORD

Datteln. Tot aufgefunden wurde am Montag nachmittag der bekannte Kommunalpolitiker und Prokurist der Wagner-Transportsysteme GmbH Uwe Gellermann (41). Er hat in seiner Eigentumswohnung am Hafenweg offenbar schon am Sonntag abend Selbstmord begangen. Über etwaige Zusammenhänge mit dem noch unaufgeklärten Mord an Ruth Michalski (29), der Sekretärin seines Chefs Gustav Puth, vor drei Wochen wird derzeit noch spekuliert. Aus Familienkreisen verlautete, der Vater zweier Kinder habe in letzter Zeit zunehmend unter der Doppelbelastung gelitten, die durch die Arbeit in seiner Partei und in der Firma entstanden ist. Bekanntlich haben die Wagner-Werke (vormals Puth GmbH) in den letzten Monaten mehr Arbeitskräfte abbauen müssen, als es in den Rationalisierungsplänen vorgesehen war.

»Das gibt's doch gar nicht!« schrie jetzt auch Mager und lief zu dem langen Saale hinüber. »Die wollen den offenbar als Psychopathen abstempeln. Einfach lächerlich . . . «

Er griff zum Telefon, schaltete den Raumlautsprecher ein und wählte Lohkamps Nummer. Der hörte sich geduldig an, was Mager ihm erzählte, war aber völlig anderer Meinung.

»Hören Sie, Herr Mager, die Sache ist eindeutig. Die Pistole lag neben ihm – mit seinen Fingerabdrücken. Schmauchspuren am Kopf. Und auf dem Tisch lag ein Abschiedbrief – getippt zwar, aber eigenhändig unterschrieben . . . «

»Ich glaub's nicht!«

»Hören Sie, Sie haben die ganze Zeit vor dem Haus gestanden. Glauben Sie, daß ich . . . «

»Nein, das meine ich nicht. Die Sache mit der Schwermut.«

Lohkamp schwieg einen Augenblick. Papier raschelte. Er räusperte sich.

»In zwei Stunden werden wir es sowieso bekannt geben. Also: Er hat in dem Abschiedsbrief gestanden, diese Ruth Michalski umgebracht zu haben . . . «

Im PEGASUS-Büro schüttelte man die Köpfe.

»Die hatten doch ein Verhältnis! So jemanden bringt man doch . . . «

»Herr Mager! Sie vergessen ganz, womit ich meine Brötchen verdiene. Also: Sie hatte vermutlich gehofft, er würde sich zu ihren Gunsten scheiden lassen. Als er mit ihr brach, hat sie angefangen, ihn zu erpressen. Sie hat herausgefunden, daß er die Firma betrogen hat. Die Summen sind sechsstellig, Herr Mager. In letzter Zeit aber hat sie wieder versucht, mit ihm Kontakt zu bekommen. Als er ablehnte, hat sie von Vlieland aus angerufen und gedroht, ihn hochgehen zu lassen. Und das wäre für seine Karriere das Ende gewesen.«

»Aber . . .«

»Kein Aber, Herr Mager. Er hat sie erwürgt, die Nacht im Wald verbracht und ist morgens mit dem ersten Schiff zurückgefahren. Das ist wasserdicht.«

»Komisch«, meinte Mager nach einer langen Pause. »Wieso hat er so plötzlich Selbstmord gemacht? Er konnte doch gar nicht davon ausgehen, daß es so bald überführt wird. Es sah doch sogar sehr gut für ihn aus!«

»Das Gewissen, Herr Mager. Und in seiner Ehe war auch nicht alles vom Feinsten. Und der Ärger in der Firma. Könnten *Sie* damit leben?«

»Nee!«

»Eben. – Aber wenn Sie noch Zweifel haben, dann kommen Sie zu unserer Pressekonferenz. In zwei Stunden . . . «

»Vielleicht . . . «

»Das wär's dann . . . «

»Nein!« rief Saale dazwischen. »Wie ist das mit dem Alibi?«

Pause. »Das ist in der Tat noch ungeklärt. Aber ich nehme an, Herr Roggenkemper hat sich einfach um ein paar Stunden oder einen Tag geirrt.«

»Haben Sie ihn . . . «

»Er war auf Reisen. Ich werde aber noch mit ihm darüber sprechen. So long!«

Mehrere Minuten lang herrschte Schweigen. Susanne kaute an ihrer Unterlippe, Karin drehte sich eine Locke um den Finger, Saale zog sein rechtes Ohrläppchen in die Länge, und Mager saß, die Arme im Nacken und die Beine lang, auf dem Besucherstuhl.

»Also«, sagte die Chefin schließlich. »Machen wir weiter . . . «

Achselzuckend kehrte der Dicke zu seinen Monitoren zurück. Spulte vorwärts, spulte rückwärts. Sah sich plötzlich Auge in Auge mit Roggenkemper, der in die Kamera schwafelte. Mager drehte den Ton leiser.

»Die Bürger sind stolz auf ihre Stadt. Wir Politiker – das darf ich als, äh, ihr Bürgermeister sicher sagen – genießen das Vertrauen unserer . . . «

Mager drückte die Stopp-Taste, und Roggenkemper versteinerte mit offenem Mund.

Scheiß-Patzer. Mager überlegte. Susanne blickte ihm über die Schulter.

»Ich kippe den ganzen Einschub raus«, meinte Mager, »das bringt uns fünf Sekunden. Guck mal in die *Shotliste,* was wir noch an Schnittbildern haben.«

Susanne nahm das Blatt mit den Notizen.

»Der schöne Brieföffner mit dem Leuchtturm ist noch offen!«

Mager drehte sich um.

»Quatsch. So'n Brieföffner ist im Puth-Material.«

»Hier auf der Liste steht bei Time-code-Nummer: 01.12.54 Brieföffner.«

»Das muß diese Karin falsch abgeschrieben haben«, murrte der Dicke.

»Komm, solche Fehler passieren dir doch öfter!«

Mager bohrte Susanne den rechten Zeigefinger ins Schulterblatt: »Mach mich nicht an! Zwei Filme zur selben Zeit hat nicht mal Faßbender gepackt.«

»Aber du wirst dich doch noch an dieses blöde Schnittbild erinnern!«

»Ich erinnere mich daran, daß ich keinen Bock habe, mich von dir hier anmachen zu lassen.«

Susanne stand auf: »Laß es!«

An der Tür drehte sie sich noch einmal um: »Du hast einfach keine Nerven mehr. Und bist sauer wegen Gellermann. Und ich habe keine Lust auf einen Streit. Mach', was du willst.«

Magers angewinkelter Mittelfinger stach noch in die Luft, als sie schon längst verschwunden war.

Zehn Minuten später klopfte es an Susannes Büro – bei PEGASUS eine Revolution der Umgangsformen. Mager stand im Türrahmen.

»Komm mal mit«, sagte er ungewohnt leise. Sie tat ihm den Gefallen. Saale kam vom Klo, den firmeneigenen *Stern* in der Hand, und schloß sich der Wallfahrt ungefragt an.

»Du bist ein Schwein, Saale!« ging Mager auch fast automatisch hoch. »Auf dem Lokus lesen. Ist das der aparte hanseatische Stil?«

Sie bauten sich vor den Monitoren auf.

»Was seht ihr?«

Susanne und Saale blickten sich an.

»Einen Leuchtturm, Herr Oberlehrer!« sagte Saale. »Mit einer Fahne links und einem Holzgerüst rechts. Alles in Metall gehauen. Auf einen Löffelstiel oder so ähnlich . . . «

»Brieföffner!« knurrte Mager. »Aber sonst gut. Setzen . . . «

Er ließ das Bild absacken, nahm die Cassette aus dem Player und steckte eine neue hinein. Ließ das Band im Schnelldurchgang vorlaufen. Puth sabbelte wie eine Ente. Mager wechselte auf Normalgeschwindigkeit. Puth schloß die Lippen, ins Bild kamen der Schreibtisch und ein länglicher, silbern blinkender Gegenstand. Umgeben von Filzern, Bleistiften, Kugelschreibern. Mager drückte auf Stopp.

»Derselbe Löffel, derselbe Leuchtturm!« sagte Saale und gähnte.

»Sonst fällt euch gar nichts auf?«

»Daß wir Product placing für die Brieföffner & Leuchtturm Company machen und abkassieren sollen«, grinste Saale.

Mager ließ sich nicht irritieren, sondern schwenkte zwei Cassettenhüllen durch die verqualmte Studioluft. »Erkenntnis Nummer eins«, sagte Mager, »sowohl bei Puth als auch bei Roggenkemper gibt es einen Brieföffner mit Leuchtturm.«

Er wandte sich zum Mischpult: »Jetzt paßt mal auf.«

Er ließ Bild für Bild in langsamer Geschwindigkeit auf dem Monitor erscheinen, bis am unteren Rand der Wiese, auf der der Leuchtturm stand, ein halbkreisförmiger Schriftzug auftauchte. In Großbuchstaben.

Mager stoppte das Band.

»Was steht da?«

Susanne kniff die Augen zusammen: «Friesland oder so.«

Saale wurde blaß.

»Vlieland.«

40

Lohkamp wählte die Nummer von Hauptkommissar Harder.

Der kaute wohl wieder einmal an einem Bienenstich und muffelte mit vollem Mund vor sich hin.

»Lohkamp hier. Ich will die Sache Puth hinter mich bringen. Haben Ihre Untersuchungen etwas ergeben?«

»Tach, auch.«

Harder schien beim Namen Puth einen Adrenalin-Schub bekommen zu haben, jedenfalls wurde seine Stimme um eine Tonlage freundlicher.

»Da haben Sie uns ein dolles Ding übergeben, Herr Kollege. Der Mann ist was fürs Lehrbuch der Wirtschaftskriminalität. Wenn ich nicht dienstlich damit zu tun hätte, könnte ich mich glatt über seine Eulenspiegelei amüsieren . . . .«

»Lassen Sie hören!«

»Okay, also erste Bilanz! Die Unterlagen, die wir bei Puth und bei diesem Dr. Boos beschlagnahmt haben, geben Hinweise auf ein gutes Dutzend Straftatbestände. Betrug wäre eine milde Beschreibung . . . «

»Herr Kollege, können Sie es kurz machen? Ich muß gleich weg«, log Lohkamp. Die Pressekonferenz war nämlich vertagt worden. Ohne Roggenkempers Aussage zum falschen Alibi war der Fall nicht abgeschlossen.

»Ihr immer auf die Schnelle. Na, gut. Also: Puth hat die Bundesbahn, von der er das Grundstück gekauft hat, irgendwie dazu bekommen, daß die diesen Dr. Boos als neutralen Gutachter bestellt hat. Der Mann ist allerdings bekannt dafür — das haben wir jetzt spitzgekriegt — daß er für ein paar Scheine auch seine Großmutter verkauft. Also schätzte er das Grundstück auf hundertdreißigtausend und ein paar Gequetschte.«

Pause. Offenbar schob Harder gerade eine neue Fuhre Kalorien nach.

»In Wirklichkeit war das Gelände das Zigfache wert. Puth kaufte also billig, eigentlich ohne einen Pfennig Geld zu haben. Nur drei Tage später wurden auf das Grundstück bereits Belastungen in Höhe von einer Million eingetragen . . . .«

»Von den Krediten hat Puth dann die Bahn bezahlt?«

»Nicht nur das. Zwei Tage später kam eine neue Million an Belastung dazu. Diese sogenannten Eigentümer-Grundschulden hat Puth zur Absicherung von Krediten bei einem Schweizer Bankhaus angegeben . . . «

Lohkamp schüttelte den Kopf und lehnte sich zurück.

»Wie ist das denn möglich, daß ein amtlich auf hundertdreißigtausend Mark geschätztes Grundstück Tage später so hoch beliehen werden kann?«

»Ganz einfach. Noch ehe Dr. Boos das Gelände auf diese Summe 'runterrechnete, hatte Puth andere Zinker an der Hand, die das Grundstück so schätzten, daß über 3 Millionen zusammenkamen.«

»Genial!«

»Stimmt. Aber Betrug! Puth hat seine Freunde für ihren Sachverstand nicht schlecht belohnt. »

Lohkamp machte sich Notizen. »Beweise?«

Harders Gelächter dröhnte aus dem Hörer.

»Mehr als genug. Der Mann war so penibel, daß er die Belege für seine Geschenke fein säuberlich abgeheftet hatte. Wahrscheinlich wollte er sie von der Steuer absetzen.«

»Eine Frage noch«, setzte Lohkamp nach. »Gibt es Hinweise darauf, daß sein Prokurist Gellermann oder seine Sekretärin Michalski etwas mit diesen Tricks zu tun hatten?«

»Tut mir leid. Aber das läßt sich aus den Unterlagen nicht ersehen. Wäre aber nicht unwahrscheinlich.«

Sie tauschten noch ein paar Artigkeiten aus, dann legte Lohkamp auf.

Mißmutig starrte er auf die Akte Michalski. Daneben, nicht ganz so vollgepackt, ein Schnellhefter mit der Aufschrift »Gellermann«. Das Ganze war nicht gerade erfreulich abgelaufen. Der Mörder begeht Selbstmord. Sein eigener Fall hängt durch, aber den Jungs vom *Kommissariat Zahnärzte & Apotheken* verhilft er ganz nebenbei zu einem Schulterklopfen. Wenn Puth vor Gericht steht, wird sich keiner mehr daran erinnern, daß er ihn den Kollegen frei Haus geliefert hat.

Das Telefon klingelte. Seine Frau ermahnte ihn, an den Geburtstag der Schwiegermutter zu denken und nicht ohne Blumenstrauß aufzutauchen.

»Mach ich, Mäuschen!«

Um kurz nach halb zwölf steckte Brennecke den Kopf durch die Tür, faselte etwas von Krebsvorsorgeuntersuchung und trollte sich.

Er griff zum Telefon, wählte das Dattelner Rathaus an, aber Roggenkemper war schon wieder unterwegs. Wie der Mann das schaffte, war ihm schleierhaft . . .

Fünf Minuten später summte sein eigener Apparat.

»Lohkamp?«

»PEGASUS hier . . . «

Auch das noch.

41

»Volltreffer!« sagte Lohkamp lakonisch und bediente sich aus der Vorratskiste mit den Selbstgedrehten. »Wollen Sie nicht bei uns anfangen?«

Mager grinste zurück: »Sie können mich doch gar nicht angemessen bezahlen!«

Er steckte sich auch eine an und fand, daß seine Hausmarke so gut schmeckte wie schon lange nicht mehr: Endlich hatte er diesen Burschen mal gezeigt, was eine Harke ist! Und es hatte dem Bullen glatt den Schuh ausgezogen — das war ihm deutlich anzumerken. Der rüde Umgangston vom Montag war passé. Bis zum nächstenmal jedenfalls.

»Hören Sie — ich brauche diese Bänder. Dringend.«

Mager zog zwei Cassetten aus dem Regal: »Schon fertig. Kopien. Aber sauber . . . «

»Im Grunde genommen müßte ich die Originale . . . «

»Die kriegen Sie, wenn es einen Prozeß gibt.«

Lohkamp schwieg.

»Kann man das feststellen — daß dies Kopien sind?«

»Klar. Ihre Leute — ich meine, diejenigen, die auf Jagd nach den Raubcassetten sind — haben da ein paar schöne Methoden entwickelt. Man kann sogar eindeutig sagen, die wievielte Nach-Kopie das ist . . . «

Der Polizist zögerte noch.

»Sie können sich ja die Originale holen«, stichelte Saale, der unbemerkt hereingekommen war. »Ich meine: die Brieföffner, Herr Lohkamp.«

»Mal sehen.«

Er trank seinen Kaffee aus und stand auf.

»Wissen Sie wirklich noch nicht, was Sie jetzt unternehmen?« bohrte Saale nach.

»Doch. Ich setze mich erst einmal an meinen Schreibtisch und denke nach!«

Er klemmte sich die Cassetten unter den Arm und wandte sich zum Gehen. In der Tür fiel ihm aber noch ein guter Ratschlag ein: «Und Sie muß ich bitten, wie bisher . . . «

»Klar«, nickte Mager. »Wie bisher!«

Kaum war der beigefarbene Polizei-Golf aus dem Hof gerauscht, zogen sich die PEGASUS-Männer in Saales Dachkammer zurück.

»Was machen wir?« fragte Mager.

Statt einer Antwort griff Saale zum Telefon. Wählte Roggenkempers Nummer an. Fragte die Vorzimmerdame. Erhielt eine freundliche Antwort. Aber keine brauchbare Information.

Zu Hause: die Gattin.

»Tut mir leid — aber mein Mann ist so viel unterwegs, daß ich das wirklich nicht nachhalten kann . . . «

»Ruf mal bei Puth an!« empfahl Mager. Ausnahmsweise gehorchte der Lange ohne Widerworte.

Das Freizeichen ertönte. Ein, zwei Minuten vergingen. Nichts. Keine Gattin, keine Hausdame, kein Pferdepfleger.

»Dieser Lohkamp — der wird nicht lange an seinem Schreibtisch sitzen bleiben. Der greift sich die beiden — jede Wette!«

Mager nickte: »Und da möchte ich bei sein! Versuch's doch mal in Roggenkempers Unterbezirksbüro.«

Schon nach dem ersten Durchstellen bekamen sie eine richtige Information: »Herr Roggenkemper ist gerade aus dem Haus, Aber er hat vorher mit Herrn Puth telefoniert . . . «

Mager griff schon zu seiner Jacke: »Los, Saale. Pack die Klamotten!«

Eine halbe Stunde später bremste der Lada am Anfang des Kiesweges. Ohne abzuschließen, rannten die beiden zu der Villa hinunter. Klingelten, als ob ihnen der Leibhaftige auf den Fersen wäre. Und erst als drinnen schnelle Schritte nahten, fiel Mager siedend heiß ein, daß er absolut nicht wußte, was er der Frau erzählen sollte: Guten Tag, ich will Ihren Mann überführen? So ging's wohl doch nicht . . .

»Guten Tag. Sie wünschen?«

Sie stellten sich vor und sagten, daß sie den *Herrn Gemahl* sprechen wollten.

»Ach, das tut mir leid. Gerade, das heißt natürlich: vor einer halben Stunde sind die beiden losgezogen . . . «

Mager kam es überhaupt nicht in den Sinn zu fragen, wer der zweite Mann war. Das konnte nur einer sein.

»Es ist wirklich sehr dringend. Können Sie uns verraten, wohin?«

42

»Ist doch immer noch schön hier«, schwärmte Roggenkemper und blickte sich nach allen Seiten um.

Sie standen am Rande der ausgedehnten Deichanlage, an der die ersten siebenhundert Meter des Wesel-Datteln-Kanals enden. Flankiert von erhöhten Steuerungskabinen, Trafostationen und Maschinenhäuschen, graben sich zwei parallel angelegte Schleusen tief in den hohen Wall. Während das kürzere, westliche Bassin von Stahltüren versperrt wird, die bei Bedarf zur Seite weggefahren werden, ragen am Anfang und am Ende des östlichen Beckens zwei grüngestrichene Metallgerüste in den Himmel, an denen die stählernen Tore hochgezogen werden — wie das Fallbeil in einer Guillotine.

»Stimmt schon«, nickte Puth, der diesen Vergleich, auf den Roggenkemper schon vor Jahrzehnten gekommen war, längst vergessen hatte. Er ging ein paar Meter weiter und lehnte sich über das Geländer der Brücke, die über die Ausfahrt der längeren Kammer führt. Unter ihm zischten und gurgelten schmutzige Strudel; durch die Rohröffnungen am Boden der Fahrrinne schossen über dreiundzwanzigtausend Kubikmeter Wasser in das acht Meter tiefer liegende Hafenbecken. In wenigen Minuten würden die beiden deutschen Kähne und der tiefliegende Holländer ihre

Fahrt zum Niederrhein fortsetzen können. Das Auf und Ab der Schiffe war ein Schauspiel, das sie schon als Kinder fasziniert hatte.

Der Bürgermeister drehte sich um und nickte zum Hafen hinüber: »Weißt du noch, wie wir da unten gebadet haben? Und wie dein Alter uns beiden den Arsch versohlt hat?«

Der Unternehmer nickte, aber in seinen Augen glomm Mißtrauen auf: »Du bist doch nicht mit mir hierhermarschiert, um von den alten Zeiten zu schwärmen.«

Der andere lachte.

»Komm«, sagte Puth, der langes Herumreden noch nie hatte leiden können. »Ich kenne dich doch. Immer, wenn du von früher anfängst, willst du was von mir. Um was geht es diesmal?«

Roggenkemper lächelte dünn: »Gustav, dir kann man auch wirklich nichts vormachen . . . «

»Laß den Stuß! Erzähl!«

Die drei Schiffe waren schon mehrere Meter tief abgesackt. Wie die Felswände zu beiden Seiten einer Schlucht wuchsen neben ihnen schwarz und glitschig die Mauern der Schleusenkammer aus dem Wasser.

»Wo warst du Sonntag abend?« fragte der Bürgermeister plötzlich. »Gegen acht, halb neun . . . «

»Sonntag abend? Zu Hause.«

»Allein?«

»Ja. Beatrix war in Dortmund, in der Operette. Weißt du doch, Hedwig war doch auch dabei! Wieso?«

»Ach«, meinte Roggenkemper, »falls jemand nachfragt – ich war bei dir!«

Puth nickte automatisch. Aber dann sah er den anderen scharf an: »Moment mal, Gerd – am Sonntag . . . «

Roggenkempers Augen blieben betont ausdruckslos. Da begriff der Mann mit dem kantigen Schädel. »Du warst es also!« sagte er und trat unwillkürlich ein paar Schritte zurück.

»Was war ich?« fragte Roggenkemper barsch.

»Du hast . . . «

»Quatsch. Eine Weibergeschichte, mehr nicht. Und falls jemand nachfragt, erzähl ihm, ich wäre bei dir gewesen . . . «

Puth lachte spöttisch: »Für wen brauchst du denn ein Alibi? Hedwig kannst du sowieso nichts mehr vormachen. Sie hätte deine Seitensprünge doch fast alle mitzählen können. Wer war's denn diesmal?«

Als Roggenkemper schwieg, sprach er selbst weiter: »Sonntag ist Gellermann gestorben. Selbstmord, sagt die Polizei. Wieso brauchst du ein Alibi, wenn es Selbstmord war?«

»Wie gesagt – nur eine Weibergeschichte. Gustav, du kennst mich doch . . . «

»Eben. Und deine Weibergeschichten auch. Seit über vierzig Jahren . . . «

Er spuckte in das Wasser hinunter, den alarmierten Blick des anderen ignorierend. Früher hatten sie das stundenlang gemacht: Auf Windstille gewartet und gezielt, gewettet, wer am besten treffen konnte. Früher.

»*Du* warst es. Hast ihm eine Kugel in den Kopf gejagt und den Abschiedsbrief getippt.«

»Und die Unterschrift?« fragte der Bürgermeister. »Habe ich die etwa auch gefälscht?«

»Hör doch auf! Wer sich im Rathaus auskennt, weiß, daß du stapelweise Blankopapier mit seiner Unterschrift hast. Zu Hause, im Büro. Damit du Briefe der Fraktion selbst schreiben kannst, wenn es eilt. Das läuft bei euch so, und bei uns ist es auch nicht anders. Mich wundert's nur, daß dieser Lohkamp dir das abgenommen hat.«

Zwei Halbwüchsige keuchten mit ihren Fahrrädern um die Ecke. Sie stellten ihre Stahlrösser ab und steckten ihre Köpfe dicht neben den Männern über das Geländer.

Roggenkemper faßte Puth am Ellenbogen unter und zog ihn zur Seite. Hintereinander kletterten sie die steile Steintreppe zum Ufer des Hafenbeckens hinab. Das Wasser vor dem Stahltor hatte sich beruhigt, gleich würde die Sperre hochgezogen werden. Mißtrauisch blickte Roggenkemper zu den beiden Jungen auf der Brücke hoch, aber sie waren viel zu weit weg, um sie belauschen zu können.

»Gustav . . . «

»Nein, jetzt hör mir mal zu!«

Der Unternehmer tippte Roggenkemper auf die Brust und schob ihn ein Stück vor sich her, von der Treppe weg. Auch er schaute noch einmal zur Schleuse hoch und am Ufer entlang – aber kein Jogger, kein Angler war in der Nähe. Die zahlreichen Geräusche, die durch die Luft schwirrten, schirmten sie zusätzlich ab. Selbst das Surren der Autos auf der Bundesstraße drang von der Natorper Brücke bis zu ihnen herüber.

»Weißt du, warum ich so sicher bin? Weil mich Uwe Sonntag

nachmittag angerufen hat. Er saß wieder allein zu Hause, die Kinder bei der Oma in Essen, Heike auf Lanzarote. Er hat den ganzen Samstag durchgesoffen und am Sonntag das heulende Elend gekriegt. Fertig war er, restlos fertig. Einen Mord wäscht man nicht einfach von sich ab. Aber als er Ruth umbrachte, da hat er noch geglaubt, was du ihm erzählt hast: Daß Ruth *ihn* hochgehen lassen wollte. Daß es um *seine* Karriere ging, die zu Ende wäre, noch bevor sie richtig begonnen hatte: Unterschlagung, Steuerhinterziehung, Kreditbetrug . . . «

»Du kennst eure Sünden ja sehr genau«, warf Roggenkemper ein und lachte kurz auf.

»Für wie blöd hältst du mich eigentlich?« fragte Puth kalt. »Ich weiß mehr, als du glaubst. Zum Beispiel auch, daß Uwe mich beschissen hat, wo er nur konnte. Aber mir waren die Hände gebunden. Die Firma durfte nicht ins Gerede kommen, wenn ich noch eine Chance haben wollte, sie zu retten. Außerdem war er ja dein Mann. Dein Ziehkind sogar. Dein Hauskandidat fürs Wirtschaftsministerium . . . «

Das stählerne Schleusentor bewegte sich langsam in die Höhe wie der Vorhang vor einer Theaterbühne. Nach und nach wurde der Blick auf die drei Lastkähne frei, die in ihrer über zweihundert Meter langen Schlucht auf die Weiterfahrt warteten. Auf dem Holländer löste ein Matrose bereits die Bugtrossen von den Stahlpollern am Beckenrand.

»Ich packe aus, hat er gesagt. Und wahrscheinlich war er so blöd, dich auch noch anzurufen. Verstehst du? Er wäre lieber ein Leben lang in den Knast gegangen, als die nächsten zwanzig Jahre nach deiner Pfeife zu tanzen. Ein Wirtschaftsminister für Datteln? Er wäre dein Privatminister geworden. Und diese Aussicht war für ihn schlimmer als der Knast.«

Er starrte aufs Wasser, ehe er Roggenkemper ins Gesicht sah.

»Wie du ihn dazu gekriegt hast, weiß ich nicht. Aber auf jeden Fall hat er dir Sonntag nach dem Anruf noch einmal die Tür aufgemacht. Du hast ihn einfach abgeknallt. Wie ein Karnickel, das in deinem Garten Blumen abfrißt. Er hätte daran denken sollen, daß ihr Kollegen seid. Zwei Mörder unter sich . . . «

43

Der Kiesbelag auf Puths Privatweg knirschte böse, als sie mit stampfenden Schritten zurück zum Wagen liefen. Sie warfen sich in die Sitze, als würden die das noch öfter aushalten, wendeten und rasten los. Mußten an der Bundesstraße warten, bis ein Linienbus vorbeigezockelt war. Klemmten sich hinter ihn und kamen auf dem kurzen Stück bis zur Brücke nicht mehr an ihm vorbei. Standen erneut, weil eine lange Fahrzeugschlange aus Datteln heraus über den Kanal kroch und ihnen das Linksabbiegen verwehrte.

»Meine Güte nochmal!« stöhnte Mager. Mit brennenden Augen starrte er auf den Lindwurm aus Blech, auf das Hafenbekken hinter der Brücke, auf die beiden Riesenguillotinen an der Ostschleuse, die den ganzen Horizont beherrschten. Zum Greifen nah lagen sie vor ihnen.

In der Kolonne auf der Gegenspur tat sich plötzlich eine Lücke auf, groß genug, um eine Schwalbe durchzulassen.

»Fahr doch!« brüllte Mager. Sein Anspruch, im Bett zu sterben, war in dieser Sekunde vergessen.

Und Saale fuhr. Fünfundsiebzig Pferdestärken heulten auf, die Reifen verloren einen halben Millimeter von ihrem Profil, zwei, drei entgegenkommende Fahrer mußten mit beiden Füßen auf ihre Bremsen — aber sie kamen durch. Stürzten sich die schmale Piste zum Kanal hinunter, daß die Bäume und Büsche an beiden Seiten ängstlich zurückwichen, rasten auf das Wasser und die Schleusen zu. Linkskurve, noch ein paar Bäume — in diesem Stil hätten sie eine Chance auf der Rallye Paris-Dakar gehabt.

»Langsamer«, warnte Mager jetzt. »Bremsen, Junge! Wir sind gleich da . . . «

Hinter einer leichten Rechtskurve weitete sich der Blick: Die Straße führte in offeneres Gelände hinaus. Auf Saales Seite lag, ein ganzes Stück zurückgesetzt, der *Ankerplatz*, halbrechts zweigte die aufgeschüttete Rampe ab, die — parallel zum nahen Ufer — zwischen Birken, Pappeln und Weiden zu den Schleusen hinaufführte.«

»Da sind sie!« flüsterte Saale.

Er zeigte auf einen schmalen Zipfel Wiese, der — schon im Schatten der Dämme — zwischen Hafenbecken und Rampe lag. Neben einer tiefhängenden Trauerweide erkannte nun auch Mager den kahlen Schädel des Betonfabrikanten und die handtuchbreite Gestalt des Bürgermeisters. Der Abstand zwischen den beiden und die heftigen Bewegungen ihrer Arme ließen gar nicht erst den Verdacht aufkommen, da vorne würden alte Treueschwüre erneuert.

»Geradeaus weiter!«

Ganz sachte gab Saale Gas. Er hielt erst wieder an, als die nach Süden ansteigende Rampe zwischen ihnen und den Streitenden lag. Zum Parken aber war die Stelle eigentlich zu schmal. Saale lenkte den Kombi so weit an den Rand, daß sich die Räder auf der Beifahrerseite in den schweren Boden des Ackerstreifens gruben, der sie noch von der Böschung der Schleusenauffahrt trennte.

»Raus!« Doch Saale rührte sich nicht.

»Muffe?« fragte Mager.

»Ja. Was sagen wir den beiden, wenn sie fragen, warum wir . . . «

»Irgendeinen Scheiß«, winkte Mager ab. »Landschaftsaufnahme. Dattelns wichtigste Männer am Schauplatz ihrer Jugendsünden. Außerdem werden sie uns nicht sehen. Laß uns mal Mäuschen spielen . . . «

Sie stampften über die Brache und keuchten die Böschung hinauf. Mager rutschte aus, schlug der Länge nach hin, fluchte leise. Als er aufstand, war sein blauer Pullover grün wie Gras.

Vorsichtig spähten sie über die Fahrbahn hinweg: Von ihren Kunden war nichts zu sehen. Aber sie hörten ihre Stimmen.

»Wir müssen näher 'ran!« raunte Mager.

Gebückt schlichen sie über die schmale Asphaltpiste auf ein paar dickere Baumstämme zu. Noch hing genug Laub an den Zweigen, um sie gegen einen flüchtigen Blick zu schützen.

»Ich packe aus, hat er gesagt. Und wahrscheinlich war er so blöd, dich auch noch anzurufen. Verstehst du? Er wäre lieber ein Leben lang in den Knast . . . «

In der Ausfahrt tauchte der Bug des Holländers auf. Sein Diesel ließ in der engen Schleusenkammer einen blau-weißen Qualmwirbel zurück, der sich nur langsam auflöste. Das Tuckern des Motors wurde von den steilen Mauern verdreifacht.

»Mist!« schimpfte der Dicke so laut, daß Saale erschrocken den Finger an den Mund legte – eine Geste, die sogar Mager verstand. Aber ihre Sorge war unnötig: Drei Meter vom Wasser und dem lärmenden Diesel entfernt, konnten die beiden Streithähne einander selbst kaum verstehen.

Vor Ungeduld fiebernd klebten Mager und Saale hinter ihren Bäumen und hofften, daß diese Scheiß- Kähne sich möglichst bald verzogen.

»Weißt du, was ihn am meisten fertiggemacht hat? Daß du ihn belogen hast. Er hat anfangs wirklich geglaubt, du wolltest ihn warnen und er hätte nur seine eigene Haut gerettet. Aber in Vlieland und in Ruths Wohnung hat er all das Material gefunden, das Ruth gegen dich in der Hand hatte. Nicht ihm wollte sie an die Wäsche, sondern dir. Januar fünfundvierzig! Denkst du noch manchmal daran? Mit der Vlieland-Geschichte hätte sie dir das Genick gebrochen. Und darum hast du ihn gegen das Mädchen gehetzt. Wie einen Bluthund . . . «

»Mensch, ich hatte gar keine andere Wahl. Gellermann hat durchgedreht. Der wollte sich stellen und hätte uns alle mit 'reingerissen. Dich, mich, unsere Familien. Alles wäre hin gewesen, was wir uns in den letzten vierzig Jahren hier aufgebaut haben. Alles, was wir für diese Stadt getan haben, hätten sie in den Dreck gezogen. Und wofür? Für eine Sache, die schon so weit zurückliegt, daß sie schon gar nicht mehr wahr ist. Wir waren damals noch halbe Kinder . . . «

»Die Ausrüstung!« flüsterte Saale. »Schnell!«

Im Rückwärtsgang zogen sie sich von ihrem Horchposten zurück, sprangen die Böschung hinunter und rannten durch den Lehm zum Wagen. Um die Ausrüstung herauszuholen, brauchten sie nur Sekunden, dann ging es wieder durch die Matsche – die unvermeidlichen Leiden der Reporter, die noch vom großen Fernsehpreis träumen.

Am Fuß der steilen Böschung hielt Mager an und zerrte mit einem Ruck die rote JVC-Kamera aus dem klobigen Kunststoffkoffer. Er klappte das Okular herunter und blickte Saale an: »Fertig?«

Doch sein Kumpel fluchte nur.

»Was ist?«

»Der Recorder springt nicht an!«

»Ausgerechnet jetzt! Hier, stöpsel schon mal ein!«

Mager hielt ihm das Ende für das Verbindungskabel zwischen Kamera und Recorder unter die Nase.

»Andere Seite! Mach schon!«

Der Kameramann streckte ihm bereits die Cassette entgegen, da kämpfte Saale noch mit der Verbindungsbuchse: Stecker mit vierzehn Stiften in die richtigen Löcher zu fummeln, war schon im

Training nicht einfach. Aber jetzt, als es um Sekunden ging, weil die heißeste Aufnahme ihrer Laufbahn auf sie wartete, zitterten ihm die Hände.

»Mach doch, du Arsch!« flehte Mager mit bebender Stimme. Seine Pulsfrequenz lag über zweihundert, und an seinen Magenwänden tobten sich zwei Wölfe aus. Herzinfarkt, du mußt warten, dachte er. Nur noch diese Aufnahme!

»Er tut's nicht!« jammerte Saale, während er die *Power*-Taste bearbeitete.

»Kein Saft!«

»Ist denn überhaupt ein Akku drin?«

Saale riß die Klappe auf und starrte ins Leere: »Ach, du schöne Scheiße!«

Mager verdrehte die Augen und tippte sich an die Stirn: »Los, lauf. Die braune Tasche. Die mußt du doch . . . «

Irgendetwas in den Augen seines Kofferschleppers verriet ihm, daß er sie nicht eingepackt hatte. Aber er wollte es nicht wahrhaben.

»Lauf, guck trotzdem nach!«

»Nein, ich weiß, wo der Akku ist . . . «

»Ja?«

»Im Ladegerät!«

»Und wo ist das?«

»Zu Hause . . . «

44

Brennecke und die anderen nahmen gespannt Platz, als Lohkamp die Video-Cassette einlegte. Geheimnisvoll, wie der Chef tat, war nun die sensationelle Wende in den Ermittlungen angesagt, auf die sie alle warteten: Denn Gellermanns Selbstmord und die Schulderklärung hatten niemanden überzeugt oder gar befriedigt.

Aus Erfahrung wußten sie: Tötungsdelikte ließen sich oft im ersten Zugriff lösen — wenn sie im Affekt begangen wurden und die Täter, aus dem Rausch aufgewacht, nichts Dringenderes zu tun hatten, als sich mit einem schnellen Geständnis Erleichterung zu verschaffen.

Aber der Fall Michalski/Gellermann war einer von der unangenehmeren Sorte — falls es angesichts des Abschiedbriefes überhaupt noch einer war. Dann hatte der Mörder die Tat kühl geplant und die Spuren mit Bedacht verwischt. Ein solches Lügengespinst zu entwirren, war nicht einfach, und mit insgesamt dreieinhalb Wochen Ermittlungsdauer lagen sie noch nicht einmal schlecht. Aber wenn sie noch lange ohne handfestes Material die feineren Kreise der Kanalstadt belästigten, würde es Ärger geben. Und unter solchem Druck würde ihre Arbeit weder leichter noch besser werden . . .

Die Reaktionen auf Lohkamps Video-Vorführung waren völlig unterschiedlich.

»Sie sahen einen Werbefilm der europäischen Brieföffnerindustrie«, bemerkte Steigerwald süffisant und begann, sich in Seelenruhe eine Pfeife zu stopfen. Die Langer dachte nach, Hänsel schüttelte enttäuscht den Kopf, und nur Brennecke schrie nach einem Haftbefehl: »Die haben doch gelogen! Puth hat behauptet, er hätte nie etwas von dieser Insel gehört. Und Roggenkemper . . . «

»Hat nicht gelogen!«

Hänsel hob den Schnellhefter mit den Aussageprotokollen: »Wenn ich vorlesen darf, was er unterschrieben hat: 'Der Zweck der Reise, die Frau Michalski nach Vlieland unternommen hat, ist mir gänzlich unbekannt.' Ende.«

»Das war anders«, widersprach der Kriminalmeister. »Wir haben ihn gefragt, ob er die Insel kennt. Und da hat er gesagt . . . Mist!«

»Mit der Antwort habt ihr euch zufrieden gegeben?« warf Steigerwald ein.

»Quatsch. Er hat gesagt, er kennt sie, weil die Luftwaffe da übt.«

»Falsch«, schaltete sich Lohkamp ein. »Er hat nur gesagt: Die Luftwaffe übt da.«

»Und wo ist der Unterschied?«

»Mensch, bei wem hast du Deutsch gehabt?« fragte Steigerwald. Brennecke schwieg beleidigt.

»Warum haben Sie Roggenkemper nicht direkt gefragt, ob er auf Vlieland war?« fragte die Kommissarin. »Wer hat das denn verschlampt?«

»Verpennt«, gestand Lohkamp. Ihre Augen vereisten, und er verzichtete auf jeden Versuch, seinen Patzer zu erklären.

»Ich verstehe die ganze Aufregung sowieso nicht«, wiegelte Hänsel ab. »Zwei gleiche Brieföffner — was besagt das schon? Irgendwer hat die als Andenken mitgebracht und verschenkt.«

»Ach, kommen Sie!« sagte die Langer. »Wenn die aus Heidelberg wären, aus München oder Paris — dafür gäbe es sicher eine harmlose Erklärung. Aber ausgerechnet diese Insel? Da muß etwas dran sein . . . «

»Aber nichts, wofür wir den Haftbefehl bekommen, den Kollege Brennecke verlangt«, beharrte Hänsel.

Alle nickten.

»Hinfahren, nachfragen!« schlug Steigerwald vor. «Das ist am einfachsten . . . «

Sie blickten Lohkamp an. Er hatte zu entscheiden.

»Ich muß mir das alles nochmal überlegen«, sagte er nach einer Weile. »Und dabei stört ihr . . . «

»Wirklich, ein eleganter Rausschmiß!« kicherte die Langer, als sie zur Tür drängten.

»Und haltet mir die Anrufer vom Leib!«

Lohkamp starrte auf die Papiere, die sich auf seinem Schreibtisch stapelten. In diesem Wust konnte die Lösung sein — aber wo? Wie sah sie aus?

Er setzte neuen Kaffee auf und blätterte die Protokolle durch, die Hänsel aus dem Niederländischen übersetzt hatte — saubere Arbeit, soweit er das bei einem Textvergleich beurteilen konnte. Aber spätestens bei Vorlage der Rechnungen für die Wörterbücher würden ihnen ein paar Bürokratenseelen aufs Dach steigen, weil sie keinen vereidigten Dolmetscher engagiert hatten. Die Vorschriften waren diesen Typen wichtiger — auch wenn es das Vierfache an Zeit und das Zwanzigfache an Geld kostete.

Die Blätter mit den Aussagen Gerrit Bakkers überschlug er: Der war's nicht, und der wußte nichts. Die Flurnachbarn: Sie waren viel zu blau gewesen, um in jener Nacht noch etwas zu bemerken. Das Personal, die Familie des Besitzers, die anderen Gäste: Alle hatten in ihren Betten gelegen und nichts bemerkt. Der Discjockey: Er konnte zwar in allen Einzelheiten erzählen, wie das Ankoppelungsmanöver zwischen Ruth und Gerrit abgelaufen war — aber das brachte sie auch nicht weiter. Die Ladenbesitzer, die Bibliothekarin, die Leute vom Fremdenverkehrsbüro *VVV*, alle also, bei denen sich Ruth Lektüre besorgt hatte — nichts. Was blieb, war das Bild einer schnuckeligen Insel, auf der man wirklich einmal Urlaub . . .

Alles Quatsch.

Genauso unsinnig wie die Behauptung dieser Ruth Michalski,

ihr Vater hätte da gedient. Ernst Pohlmann, der bei Kriegsende elf Jahre alt war . . .

Aber – warum erzählte sie solch einen Blödsinn?

Lohkamp wühlte in dem Stapel mit den Ausgaben des *Vlieland Magazine,* mit dem die Insel überall in den Niederlanden Urlauber anwarb. Ein blaues Sonderheft: *Vlieland en de Oorlogsjaren – Vlieland im Krieg.*

Lohkamp schlug das Heft auf. Er hatte es schon mindestens dreimal durchgeblättert und kannte es fast auswendig. Vier bunte Reklameseiten am Anfang - auf einer von ihnen das *Albatros* , in dem Ruth Michalski ermordet worden war. Dann die Anzeige eines Hotels, in der sich eine Zeichnung des Leuchtturms befand – samt diesem seltsamen Gestell daneben. Mehrere Geschichten mit Kriegserlebnissen gebürtiger Vlieländer. Ein Bild des Wehrmachtsbefehlshabers der Niederlande, der die Besatzungstruppen auf der Insel inspizierte. Die beiden Fotoseiten in der Mitte.

Wie immer richtete sich Lohkamps Blick zuerst nach rechts oben: Eine Batterie kurznasiger Kanonen auf Gummirädern. Darunter die Abfahrt der deutschen Soldaten am 4. Juni 1945. Dicht gedrängt standen sie an der Reling eines Fahrgastschiffes – mit Fahrrädern und Strandkarren, als zögen sie auf Urlaub und nicht in Gefangenenschaft. Links unten: Die Engländer übernehmen die Stellungen der Wehrmacht. Am Rand der Szene der ehemalige Batteriechef, vollgefressen wie auf einer Karikatur – das Vlieland-Kommando galt als Lebensversicherung.

Und oben. Eine offene Hotelveranda. Vier deutsche Soldaten. Drei, hinter einem hüfthohen Mäuerchen, wie Urlauber: Lässig zurückgelehnt, zufrieden mit sich und dem Schicksal, das sie auf diese friedliche Insel verschlagen hatte. Und ein vierter, vor dem Mäuerchen auf einem Faß sitzend. Die rechte Hand etwas verlegen am linken Unterarm, die andere vor dem Hosenschlitz. Ein dümmliches Grinsen: Hier bin ich, mir gehört die Welt . . .

Brennecke fiel fast von seinem Stuhl, als er Lohkamp nebenan losschreien hörte: Hatte der Chef einen Rappel?

Sie stürzten alle in sein Dienstzimmer. Er saß, die Beine ausgestreckt, hinter dem Schreibtisch und lächelte zufrieden. Vor sich hatte er eine Menge Papier ausgebreitet. Weiße Blätter, die irgendetwas abdeckten. Mit zwei quadratischen Lücken, briefmarkengroß. In den Lücken: Gesichter.

Vier Köpfe beugten sich über das Arrangement.

»Das ist doch Puth!« sagte Brennecke. »Dieses fette Grinsen . . . «

Alle nickten.

»Und der andere?« fragte Lohkamp.

Brennecke hielt den Atem an.

»Eindeutig«, sagte Steigerwald: »So kennt ihn der ganze Landkreis aus der Zeitung: Roggenkemper!«

»Und was soll das Spiel?« fragte Hänsel, seine herrlich grüne Krawatte zurechtzupfend.

Lohkamp nahm die Blätter weg, mit denen er den Rest des Fotos abgedeckt hatte. Alle studierten die Szene. Und lasen den Text: *Duitse bezetters – uitrustend in de sére bij Hotel Dijkstra.*

»Deutsche Besatzer«, übersetzte Hänsel, »die sich auf der Veranda vor dem Hotel Dijkstra ausruhen . . . «

45

Puth atmete schwer und lockerte den Sitz seiner Krawatte. Hochrot im Gesicht stand er vor dem Bürgermeister, die Schultern leicht gebeugt, den Schädel gesenkt wie ein Stier vor dem Angriff. Der Streit strengte ihn sicher mehr an, als es seinem Arzt gefallen hätte. Aber noch hielt er durch und wankte nicht.

Roggenkemper schwieg und musterte ihn, als wollte er testen, wie lange Puth noch auf den Beinen stand.

»Vergiß eines nicht!« sagte er plötzlich, und seine Stimme war kalt und schneidend.

»Wenn ich falle, Gustav, dann fällst du auch. Du selbst weißt am besten, was du alles auf dem Kerbholz hast. Laß deinen Anwalt mal zusammenrechnen, wieviel Jahre du für deine Betrügereien absitzen mußt. Da kommst du höchstens in einer Holzkiste wieder heraus. Denk daran, bevor du jetzt auch noch umfällst und irgendwelche Geschichten verbreitest!«

»Willst du mir drohen? Mir? Wo ich jetzt schon mit einem Bein im Grab stehe?«

»Nein, ich drohe nicht. Ich warne dich nur. Weil ich die Unterlagen habe. Alle . . . «

Puth starrte ihn verblüfft an.

»Was für Unterlagen?«

»Alle. Deine Schiebereien bei den Bauaufträgen. Die Sache mit den Leiharbeitern. Aber das ist ja Kleinkram. Am schönsten sind nämlich die Tricks, mit denen du eure Maschinenfabrik retten wollest. Die hättest du verkaufen sollen, an einen, der Ahnung hat. Das war nicht deine Branche, Gustav, und deshalb hat sie dir auch den Hals gebrochen.«

»Wer hat dir die Sachen gegeben? Ruth?«

Roggenkemper zog die Schultern hoch.

»Gellermann?«

»Beide«, lachte der andere. »Uwe und Ruth. Aber Ruth war die bessere Quelle. Sie hat nicht nur deine Sünden aufgezeichnet, sondern auch Uwes. Ich könnte dir auf Heller und Pfennig ausrechnen, um wieviel er dich beschissen hat.«

Puth schüttelte den Kopf und trat ein Stück näher ans Ufer. Die Kähne hatten sich, dünne Rauchfäden im Schlepp, schon ein ganzes Stück von ihnen entfernt. Nur die letzten Ausläufer ihres Kielwassers plätscherten noch gegen die Uferbefestigung.

»Hast du ihr die tausend Mark gegeben?«

»Welche tausend?«

»Dieser Lohkamp sagte so etwas. Sie soll jemanden erpreßt haben: Seit einem Jahr hat sie monatlich einen großen Braunen zusätzlich kassiert und aufs Konto gelegt . . . «

»Mich erpreßt keiner, merk dir das«, entgegnete der Bürgermeister und kicherte plötzlich: »Nein, sie hat Uwe zur Kasse gebeten als Wiedergutmachung für eine Enttäuschung. Und der hat's, nehme ich an, von dir genommen . . . «

Eine Weile stand Puth sprachlos. Seine Hände verkrampften sich in den Zweigen der Trauerweide, die auf der flachen Uferwiese einsame Wache hielt.

»Du bist das größte Schwein, das ich kenne«, sagte er.

»Spiel nicht den Empörten. Du hast auch kassiert, und das nicht zu knapp. Wer hat denn die meisten Bauaufträge bekommen? Du. Und warum? Weil deine Kalkulationen nie über den Sätzen der anderen Firmen lagen. Und warum war das so? Weil ein gewisser Gustav Puth stets rechtzeitig in die Angebote der Konkurrenten gucken durfte . . . «

»Das war ein Geschäft auf Gegenseitigkeit, Gerd. Vergiß dein Haus in Spanien nicht! Nein, ich meine etwas anderes . . . «

Er holte tief Luft und sah sich noch einmal nach allen Seiten um, ehe er weitersprach.

»Wir alle sind für dich nur Marionetten gewesen, die du nach Belieben eingesetzt hast. Miteinander, gegeneinander — aber immer nur für dich.«

Er lachte bitter auf und schüttelte den Kopf.

»Ich halte vierzig Jahre lang die Schnauze, und du hetzt deine Spione auf mich. Hattest du Angst, daß ich auspacke? Druckmittel sammeln, was? Die besten Leute, die es gibt, hast du gesagt und den Wohltäter gespielt. Aber in Wirklichkeit haben sie alles über mich gesammelt, was sie bekommen konnten. Doch damit nicht genug: Du hast sie auch noch gegeneinander gehetzt: Ruth gegen Gellermann, Gellermann gegen Ruth. Jeden wolltest du in der Hand haben! Meine Güte, wenn das die Leute wüßten: Gerhard Roggenkemper, der Volkstribun von Datteln. Schön wär's. Aber in Wirklichkeit bist du das größte Schwein. Ein Ekelpaket. Ja — das Ekel von Datteln. Das wäre der richtige Titel für dich.«

Roggenkemper zog die Schultern hoch.

»Reg dich nicht auf, Gustav. Ich habe nie etwas gegen dich unternommen. Ich war immer fair . . . «

»Fair?«

Puth spuckte das Wort aus wie eine Spinne.

»Mensch, ich sehe das alles noch vor mir. Dieses Besäufnis Ende Januar fünfundvierzig. Damals hat das alles angefangen. Weil du die Finger nicht von den Weibern lassen konntest . . . «

»Die Finger schon«, versuchte Roggenkemper den alten Herrenwitz, doch damit konnte er bei dem anderen nicht landen.

»Das Mädchen wollte nicht, das war klar. Aber du wolltest. Und was man dir nicht freiwillig gibt, das holst du dir. Und als sie geschrien hat, hast du sie umgebracht. Einfach so. Und ich habe mir das alles von unten angehört und gehofft, daß der Sturm laut genug ist und keiner was merkt.«

»Es hat auch keiner was gemerkt . . . «

»Nein. Nur das Mädchen. Ich hätte 'raufkommen und dich abknallen sollen. Das wäre die beste Lösung gewesen . . . «

Er schüttelte den Kopf, dachte nach.

»Wenn ich mir überlege, wa wir für einen Massel hatten. Zehn Tage Schneetreiben. Ich sehe uns noch im Garten wühlen. Mit dem Klappspaten. Ein Grab für Hanna So-und-so . . . «

46

Magers Hände zitterten, sein Gesicht war kalkweiß. In ohnmächtigem Zorn blickte er über Böschung und Acker, als suchte er einen geeigneten Gegenstand, um Saale damit zu verprügeln. Aber außer einem roten Toyota, der den Feldweg entlangschnurrte, war nichts zu erkennen.

Die beiden Insassen verlangsamten ihre Fahrt und spähten neugierig herüber: Das Fernsehen in Datteln, obwohl das Kanalfest vorüber war? Welche Sensation gab's da zu sehen, von der die *Morgenpost* bei Redaktionsschluß noch nichts gewußt hatte?

Fahrt bloß weiter, beschwor Mager sie in Gedanken. Fahrt weiter, oder ihr sterbt auf diesem Acker!

Der Toyota rauschte davon, Mager atmete auf.

»Was ist mit deinem Kamera-Akku?« fragte Saale. »Hat der noch Saft?«

Der Dicke schulterte die Kamera und schaltete sie ein. Nickte erleichtert.

»Saft ist da. Aber ich weiß nicht, wieviel . . . «

Er stellte die Kamera auf einer Grasnarbe ab, die einigermaßen trocken aussah, entriegelte die Sicherung und koppelte die kiloschwere Box vom Ende der Kamera ab.

»Los!«

Als der Akku am Aufnahme-Recorder angeschlossen war, versuchte Saale sein Glück erneut. Doch die Maschine rührte sich nicht. Ratlos starrten sie sich an.

»Mensch, ich muß auf *Extern* umschalten«, erinnerte sich Mager und tastete nach dem Hebel. Die Kontrollampe am Recorder morste aufgeregt los, das Cassettenfach sprang auf.

»Na, also!« seufzte Saale und blickte Mager so triumphierend an, als hätte er selbst die rettende Idee gehabt. Doch der starrte wie gebannt auf die Batterie-Anzeige. Der Pegel stand in gefährlicher Nähe zu dem roten Feld. Wenn er es erreicht hatte, konnten sie einpacken.

»Das gibt nicht mehr viel!«

»Versuchen wir's!« beschwor ihn Saale und ließ die Cassette einfädeln. Dann schaltete er das Gerät aus und wuchtete es über seine Schulter.

Mager nahm die Kamera und bewegte seine Füße. Das Vier-Meter-Kabel, das die beiden Hauptteile ihrer Ausrüstung verband, hing durch und blieb immer wieder an Sträuchern hängen.

»Nicht so schnell, Saale!«

Der kurze Anstieg war schwerer als erwartet. Der schlanke Ex-Hamburger litt unter den zehn Kilo, die der Recorder wog, Mager unter den fast neunzig, die er an privatem Ballast mit sich herumschleppte.

Zeit zum Verschnaufen gab es nicht. Mager stieß seinen Kopf in Richtung Kanal, wo das Duell der Gladiatoren noch immer nicht beendet war. Als er über die Fahrbahn huschte und wieder hinter den Bäumen in Deckung ging, wieselte Saale hinterher. Er zerrte das Mikro heraus und machte es startklar. Noch stand der Pegel der Batterieanzeige im grünen Bereich.

Mit der linken Hand preßte sich Saale die Kopfhörer auf die Ohren und hielt das Mikro in Richtung Kampfplatz. Bis zum Anschlag mußte er den Aufnahmeregler drehen, ehe der Zeiger auf der Aussteuerungsskala leise ausschlug. Dünn, sehr dünn. Von Sendequalität konnte keine Rede sein, auch wenn jedes Wort zu verstehen war.

»Das Mädchen wollte nicht!« schrie Puth gerade. »Aber du wolltest. Und was man dir nicht freiwillig gibt . . . «

Saale blickte zu Mager hinüber. Der kämpfte noch mit ein paar tief herabhängenden Ästen, die ihm immer wieder vor die Kamera rutschten.

»Es hat keiner was gemerkt«, konterte Roggenkemper unten. Seine Stimme kam so scharf herauf, daß der Aussteuerungspegel endlich Sendequalität meldete.

Saale konnte nicht länger warten und drückte die Aufnahme- und Starttaste. Die Cassette begann zu laufen: »Zehn Tage Schneetreiben. Ich sehe uns noch im . . . «

Das grüne Lichtsignal im Suchermonitor brachte Mager in Panik. Er war so daran gewöhnt, die Kamera selbst einzuschalten, daß er jetzt genau das Falsche tat. Er drückte auf *Off*.

Idiot, dachte Saale. Er zerrte so fest am Verbindungskabel, daß es Mager fast die Kamera von der Schulter riß. Der Dicke drehte sich um und schoß einen Blick ab, der ausgereicht hätte, eine Herde Büffel zu verjagen.

»Los«, schrie Saale in Lippensprache.

Mager nickte, peilte durchs Okular und startete die Aufnahme. Mit dem Einschalten der Kamera sank der Pegel sofort ins rote Feld. Aber das Band – es drehte sich. Saale preßte den Kopfhörer so fest gegen das Ohr, daß er fast im Gehörgang verschwand. Zugleich versuchte er, das Mikro ruhig zu halten.

»Sie war eine Nutte«, verteidigte sich Roggenkemper. »Sie hat es mit der ganzen Batterie getrieben.«

»Was ändert das denn?« schrie Puth. »Sie war ein Mensch, egal, was sie getan hat. Niemand gibt uns das Recht, zu entscheiden . . . «

Eine Schiffssirene übertönte den Rest des Satzes. Weiter draußen im Hafenbecken waren sich zwei Kohlenfrachter ins Gehege kommen. Saale hätte sie auf der Stelle versenken können.

Als er wieder hinabschaute, kaute Roggenkemper an einem Weidenzweig und sah Puth böse und hinterhältig an. Die Geschichte, die der andere erzählte, schien ihm nicht zu gefallen. Aber das Heulen der Sirene war verhallt, und die nächsten Worte waren wieder deutlich zu hören.

»Und wer hat am nächsten Tag die Bücher auf der Schreibstube gefälscht? Passierschein für Hanna So-und-so? Wer hat das Gerücht in Umlauf gesetzt, sie hätte nach Zwolle zurückgewollt? Ich war's. Vierzig Jahre lang habe ich geschwiegen, habe das mit mir herumgeschleppt. Und du setzt mir Spitzel auf den Leib. Hau ab, Roggenkemper, du hast bei mir verschissen . . . «

»Jetzt will ich dir mal was sagen«, fuhr ihm der andere in die Parade.

»Du hast das alles eingebrockt. Wenn du deinen Mund gehalten hättest, brauchtest du jetzt nicht zu jammern. Das war ganz allein deine Entscheidung, deine Sekretärin zur Beichtmutter zu machen und ihr diese alten Stories aufzutischen. Kein Wunder, daß sie schnurstracks . . . «

Wie aus dem Nichts tauchte die Silhouette eines *Tornado* über dem Hafen auf. Die Triebwerke brüllten Saale die Ohren voll. Genau über den grünen Stahlgerüsten der Ostschleuse zog der Pilot den Todesvogel in die Kurve – weiter durfte er nicht, der Himmel über dem Ruhrgebiet war tabu.

»Seit zweiundvierzig Jahren schleppe ich das mit mir herum. Es gab Nächte, in denen ich keine Stunde Schlaf bekam. Und an jenem Montag war ich nah daran zu krepieren. Du weißt ja nicht, wie das ist, so ein Herzinfarkt. Das sind Schmerzen, viel schlimmer als alles, was du kennst. Wenn du darüber hinweg bist, dann fallen dir alle Sünden wieder ein. Dann weißt du, das nächste Mal überlebst du's nicht. Und dann will man alles loswerden . . . «

Er schwieg einen Moment und schüttelte stumm den Kopf. Seine Schultern hingen so tief herunter wie an jenem Tag, als Saale ihn zum erstenmal gesehen hatte, vierzehn Tage nach dem

Herzinfarkt, als Gellermann die Bankiers durch die Hallen schleifte.

»Ich hatte zum Glück die Schmerztabletten im Büro. Als sie endlich wirkten und ich mit Ruth auf den Krankenwagen wartete, da war ich restlos kaputt. Ich hatte Angst, sie kriegten mich im Krankenhaus nicht wieder hin. Ich dachte, das ist vielleicht die letzte Gelegenheit, alles zu erzählen . . . «

In diesem Augenblick machte es im Recorder *Klack.* Die Stimmen und alle Nebengeräusche im Kopfhörer verschwanden, das Band stand. Saale hätte sich am liebsten in den Hintern gebissen.

Roggenkemper lachte schrill.

»Und deswegen hast du gesungen? Ich sage dir was, Gustav: Du bist alt und schlapp und wehleidig geworden. Deine Selbstbeherrschung ist hin, du hast keinen Biß mehr. Und wer muß das ausbaden? Ich. Wen hat sie denn von Vlieland aus angerufen? Mich! *Hallo, Bürgermeister! Rate, wo ich bin? Kennst du noch das Hotel Dijkstra? Wie schön! Und jetzt hör gut zu: Ich habe den Beweis, daß du auf Vlieland warst. Du mußt das Schwein sein, von dem mir Puth erzählt hat. Vor dem er solch eine Angst hat, daß er selbst nach einem Herzinfarkt nicht mit dem Namen herausrückt. Und ich werde die Holländer dazu kriegen, daß sie hinter dem Rathaus buddeln. Da war doch euer Wehrmachtsheim, wo ihr gesoffen und 'rumgehurt habt. Und da liegt doch die Leiche, die auf dein Konto geht. Stimmt's? Also, genieße dein letztes freies Wochenende.* Das hat sie gesagt – und aufgelegt.«

Er verstummte und rang nach Atem. Dann änderte er Tonfall und Taktik: »Denk doch nach! Mir blieb keine andere Wahl – sie mußte weg. Aber sollte ich selber hinfahren und sie zum Schweigen bringen? Diese Lösung ist die beste – und Gellermanns Geständnis gibt uns die Chance, auch noch unsere letzten Jährchen zu überstehen. – Mensch, Gustav, uns kann doch keiner.«

Die PEGASUS-Männer starrten sich an. Die Lippen des Dikken formten lautlos zwei Silben: Wahn-sinn. Noch immer hatte er die nutzlos gewordene Kamera auf der Schulter, während Saale den Recorder längst auf der Fahrbahn abgestellt hatte.

Der Blickwechsel mit Mager löste Saale aus der Erstarrung. Daß die beiden da unten sie noch nicht entdeckt hatten, war fast ein Wunder. Vielleicht lag es daran, daß sie am Ende der Rampe kauerten, hoch über ihren Köpfen . . .

»Wir müssen hier weg«, hauchte Saale schließlich. Mager

schüttelte heftig den Kopf und zeigte ihm einen Vogel: Von der Generalbeichte da unten wollte er sich keine Silbe entgehen lassen. Das Flehen in Saales Augen konnte ihn nicht rühren.

Doch dann wurde die Situation auf ganz andere Weise geklärt.

»Das Fernsehen ist ja auch schon da!« bellte eine laute, gereizte Stimme hinter ihnen.

Saale zuckte zusammen: Lohkamp! Er wollte noch den Zeigefinger vor den Mund legen, aber es war zu spät, wie ein Blick über die Schulter bestätigte: Puth schaute herauf, und er hatte sie entdeckt. Mager mit der Kamera, Saale mit warnend erhobener Hand, Lohkamp mit Brennecke – alle in voller Größe, ungeschützt zwischen den Baumstämmen statt hinter ihnen.

Was sich von diesem Bild wirklich noch in seine Netzhaut einbrannte, konnte niemand mehr in Erfahrung bringen. Puths Gesicht verzerrte sich plötzlich in einem ungeheuren Schmerz, seine linke Hand fuhr an die Brust, er taumelte und schlug hin. Der schwere, eigensinnige Schädel schlug dumpf auf der Betonkante des Kanalbeckens auf.

»Gustav!« schrie Roggenkemper und beugte sich über den Gestürzten.

Halb rutschend, halb springend flog Lohkamp die Böschung hinunter. Er kniete neben Puth nieder und preßte ihm das Ohr auf die Brust, hob den Kopf und suchte die Halsschlagader.

»Einen Krankenwagen!« schrie er. »Mach schnell, Brennecke!«

Der Kriminalmeister machte auf dem Absatz kehrt und spurtete die Rampe hinunter.

Nun gerieten auch die PEGASUS-Leute in Bewegung. Mager legte endlich die Kamera ab und stolperte hinter Saale zum Ufer hinunter, wo Roggenkemper versuchte, sich zwischen Puth und den Polizisten zu schieben: »Gustav! Gustav!«

Ein Schweißfilm überzog seine Stirn, und in dem sonst so beherrschten Gesicht spiegelten sich Furcht und Entsetzen. Noch immer hielt er die Hand des Kranken, der mit ihm mehr als ein halbes Jahrhundert auf Gedeih und Verderb verbunden war.

Puth hatte die Lider zusammengepreßt, sein Gesicht war verzerrt. Der schwere Körper bebte wie in einem Krampf, der Mund zuckte, ein Seufzer kam über die zerbissenen Lippen.

»Gustav, komm zu dir, sprich doch!«

Doch Puth konnte nichts mehr sagen. Seine Augen hatten sich geöffnet und starrten in den graublauen Himmel über dem Kanal.

Es dauerte etliche Sekunden, bis die Umstehenden begriffen,

was geschehen war. Betreten standen sie da und wußten nicht, was sie tun sollten.

Roggenkemper erwachte aus seiner Benommenheit.

»Wie konnten Sie uns nur so erschrecken«, giftete er die drei an. »Sie wußten doch, daß der Mann krank ist. Sie haben ihn auf dem Gewissen. Sie alle.«

Sie standen wie vom Donner geschüttelt.

»Hören Sie«, sagte Saale. »Wer Puth in den Tod getrieben hat, ist doch wohl klar. Sie . . . «

»Was machen Sie hier eigentlich? Haben Sie mich belauscht? Ich habe mit einem alten Freund ein Privatgespräch geführt. Er hat mir ein paar entsetzliche Dinge gebeichtet, von denen ich bis heute keine Ahnung hatte . . . «

»Wie bitte?« fragte Mager.

»Herr Lohkamp«, sagte Roggenkemper feierlich. Er richtete sich auf, steckte den Zipfel seiner Krawatte in den Hosenbund und richtete seine graue Jacke. Seine grünen Augen starrten auf die Nasenwurzel des Polizisten.

»Herr Puth hat mir einen Mord gestanden . . . «

Saale stockte der Atem. Als er endlich wieder seine Lippen bewegen konnte, wurden seine Worte von einem Signalhorn übertönt. Auf der anderen Seite der Schleusen tauchte ein Rettungswagen auf, jaulte die Galerie vor den Wasserbecken entlang und hielt mit schleifenden Reifen über ihren Köpfen auf der Rampe.

Als Mager sich noch einmal zu Puth umsah, blieb ihm fast das Herz stehen: Roggenkemper kniete neben dem Toten, den Kopf gesenkt und die Hände gefaltet, und sprach ein stummes Gebet.

47

Die Farben auf dem Monitor verblaßten, Puths Stimme setzte aus, dann blieb das Bild schwarz.

»Wenig, bitter wenig, meine Herren«, sagte Lohkamp und schüttelte seine Locken. Brennecke zog die Nase hoch, und auch auf den Gesichtern der drei anderen Kriminalbeamten spiegelte sich nackte Enttäuschung.

»Und auf der Grundlage soll ich einen Mann wie Roggenkemper festnehmen? Was meinen Sie, was seine Anwälte mit mir machen?«

»Roggenkemper ist ein Mörder. Das hat Puth klipp und klar gesagt. Das können wir beeiden.«

»Herr Mager«, antwortete Lohkamp. »Erstens. Zur Sprachregelung. Ein Mörder ist einer erst dann, wenn er von einem ordentlichen Gericht rechtskräftig wegen dieses Delikts verurteilt worden ist . . . «

Er sah, daß Mager tief Luft holte, ließ ihn aber gar nicht erst zu Wort kommen.

»Was immer Sie sagen wollen: In meinem Büro ist das so. Und wenn ich Ihnen einen guten Rat geben darf: Halten auch Sie es so bei Ihrer Arbeit. Das erspart Ihnen jede Menge Ärger.«

Der PEGASUS-Vize verdrehte die Augen und starrte zur Zimmerdecke hoch. Belehrungen konnte er noch nie vertragen, und von Bullen erst recht nicht.

»Zweitens«, fuhr Lohkamp unerbittlich fort und zielte mit seinem Kugelschreiber auf den Kontrollmonitor. »Zur Sachlage: Fahren Sie doch noch einmal die letzte Passage ab, die Sie auf dem Band haben. Achten Sie auf den Text, nicht auf das Bild . . . «

Mager spulte das Band ein Stück zurück. Nach zwei Versuchen hatte er die richtige Stelle gefunden.

Seit zweiundvierzig Jahren schleppe ich das mit mir herum. Es gibt noch immer Nächte, in denen mich die Erinnerung an diesen Mord nicht schlafen läßt. Und dann kam dieser Montag, an dem ich nahe dran war zu krepieren . . .

Mager und Saale blickten sich an. Langsam dämmerte ihnen, was Lohkamp demonstrieren wollte.

Ich hatte Angst, sie kriegten mich im Krankenhaus nicht wieder auf die Beine. Ich dachte, das ist vielleicht die letzte Gelegenheit, alles zu erzählen . . .

Seufzend lehnte sich Lohkamp zurück und griff nach Zigarette und Feuerzeug.

»Haben Sie's gemerkt? Wenn es in dieser Sache jemals zu einem Prozeß kommen sollte – bieten Sie die Cassette Roggenkempers Anwalt an. Dafür rückt der ein Honorar heraus, wie es Ihre Firma noch nicht gesehen hat.«

Betretenes Schweigen lastete auf der Versammlung. Es war heiß und stickig geworden. Lohkamp stand auf und öffnete das Fenster. Die Blätter des wilden Weins, der an den Außenwänden des Präsidiums hochkroch, färbten sich bereits rot. Der erste Herbststurm würde sie mit sich nehmen.

»Trotzdem müssen wir das Band behalten«, meinte er, als er sich wieder umdrehte. »Die Ermittlungen sind noch nicht abgeschlossen. Und vielleicht filtern unsere Techniker an den verdorbenen Stellen etwas mehr heraus, als wir hier mit diesen Geräten hören können.«

Saale und Mager rührten sich nicht.

»Vielen Dank, meine Herren«, sagte Lohkamp. »Sie haben eine Menge für uns getan. Vielleicht kann ich mich mal revanchieren . . . «

Sie packten ihre Ausrüstung zusammen und schleppten sie hinaus. Der lange Brennecke stiefelte hinter ihnen her: »Warten Sie! Mit mir kommen sie leichter durch die Kontrolle am Ausgang . . . «

»Dieser Scheiß-Bulle!« fluchte Mager, kaum daß sich die Tür hinter ihnen geschlossen hatte. »Wenn daraus wirklich noch 'mal ein Prozeß wird, dann könnten wir die Aufnahme gut gebrauchen. Puths letzte Worte im Fernsehen — das wäre ein Knüller.«

»Wenn, wirklich, wäre«, äffte ihn Saale nach. »Vergiß es!«

Sie zogen über den leeren Vorplatz des Präsidiums und strebten auf die Steintreppe zu, die zur Straße hinunterführte.

»Jetzt weiß ich, was ich gegen Recklinghausen habe«, meinte Mager. »Guck dir das mal an: Hinter uns die Bullen, vor uns das Finanzamt. Eine Firma wie unsere würde dazwischen glatt zerrieben . . . «

Als sie die Treppe betraten, kam ihnen von unten Roggenkemper entgegen. An seiner Seite befand sich ein kaum größerer, aber untersetzter Mann mit pechschwarzem Knebelbart und tonsurähnlicher Glatze auf dem Hinterkopf. Seine schwarze Ledertasche roch verdächtig nach Anwalt.

Mager wollte sich grußlos an dem Bürgermeister vorbeischlängeln, aber Roggenkemper hielt ihn fest: »Nicht so eilig, junger Mann!«

Dann blickte er den Mönchskopf an: »Wenn Sie uns einen kleinen Augenblick entschuldigen würden?«

Voller Verständnis eilte der Untersetzte die Stufen der Treppe hinauf und blieb erst stehen, als er deutlich außer Hörweite war. Mitten auf dem Pflaster setzte er die Tasche ab, entzündete eine Zigarre und studierte die gemeißelte Inschrift über dem Portal, als sähe er sie heute zum erstenmal.

»Was ich Sie fragen wollte«, begann der Bürgermeister und

blitzte die PEGASUS-Leute mit den Brillengläsern an. »Sie waren vorhin nicht die ganze Zeit dabei?«

Mager warf einen hilflosen Blick auf Saale, aber der konnte ihm auch nicht helfen.

»Nein«, sagte Mager schließlich. Wenn er es nicht selbst zugab, würde Roggenkemper es von Lohkamp erfahren.

»Dachte ich mir. Dann können Sie auch nicht verstehen, warum Herr Puth zum Schluß so die Kontrolle über sich verloren hat.«

»Was meinen Sie damit?« fragte Saale überrascht.

»Nun, diese Phantasievorstellungen, in die er sich hineingesteigert hat. Ich will Ihnen etwas verraten: Gustav Puth war nicht nur körperlich am Ende. Die Ereignisse der letzten Wochen haben ihn psychisch ruiniert: Der Kampf um den Erhalt der Firma, Frau Michalskis schrecklicher Tod, die Entdeckung, daß Herr Gellermann es gewesen ist, die Feststellung, daß ausgerechnet dieser Mann seine Firma um Hunderttausende betrogen und sie damit noch näher an den Abgrund gestoßen hat — muß ich noch mehr aufzählen? Das alles reicht schon, um einen angeschlagenen Mann in den Wahnsinn zu treiben.«

»Ich glaube Ihnen kein einziges Wort!« entfuhr es Mager.

»Niemand verlangt das, meine Herren. Sie müssen das alles sicher auch noch einmal in Ruhe überdenken. Ich wollte Sie nur über einige Hintergründe aufklären, damit Sie nicht vorschnell falsche Schlüsse aus dem ziehen, was Sie an der Schleuse gehört haben. Ihnen fehlt einfach der Kontext, um diese Tragödie richtig zu verstehen.«

Verblüfft starrte Mager den kleinen Mann an. Wie konnte der zwei Stunden nach der Szene am Kanal so freundlich und gelassen sein?

»Und dann wollte ich mich noch bei Ihnen entschuldigen«, fuhr Roggenkemper fast ohne Unterbrechung fort. »Mein Vorwurf, Sie hätten Gustav Puth in den Tod getrieben. Das war einfach ungezogen . . . «

Er schaute wie zerknirscht zu Boden und schüttelte das Haupt, als könne er sich selbst nicht begreifen.

»Halten Sie mir zugute, daß ich zutiefst erschüttert war und bin. Puth war trotz allem ein aufrichtiger und warmherziger Freund — Sie selbst könnten sich keinen besseren wünschen. Diese letzte halbe Stunde werde ich einfach aus meinem Gedächtnis streichen . . . «

Ein Streifenwagen rollte auf den reservierten Parkstreifen vor dem Präsidium. Die Polizisten stiegen aus, lachend, schlossen ihren Wagen ab und liefen, noch immer feixend, an ihnen vorbei.

»Im übrigen: Unsere Zusammenarbeit sollte von diesen traurigen Vorfällen unberührt bleiben«, sagte Roggenkemper beinahe herzlich und strich sich mit der rechten Hand vorsichtig über seine Haarbürste — als wären die Stoppeln angespitzt und vergiftet.

»Ich bin mit Ihrer Arbeit sehr zufrieden. Ich habe neulich im Unterbezirk davon erzählt, und mehrere meiner Parteifreunde waren sehr interessiert. Sie würden gern ähnliche Filme über ihre Städte produzieren lassen. Ich glaube, hier sitzt noch mancher Anschlußauftrag für Sie drin. Und ich bin gerne bereit, mein bescheidenes Gewicht für Sie in die Waagschale zu werfen . . . «

Er hob den Arm, blickte auf die Uhr und streckte Mager die Hand entgegen.

»Wie Sie sehen: Ich bin nicht nachtragend. Den kleinen Seitensprung mit dem Film von den Randalierern habe ich schon vergessen. Ich verstehe Sie ja: Eine alte Frau muß viel stricken, damit sie über den Winter kommt. Aber das haben Sie in Zukunft nicht mehr nötig.«

Er zog die unbenutzte Hand wieder ein, sparte sich eine zweite Niederlage bei Saale, nickte aber beiden noch einmal freundlich zu, bevor er zu seiner nächsten Vorführung enteilte: Lohkamp würde noch seinen Spaß an ihm haben.

Schweigend trugen sie ihre Ausrüstung zum Wagen.

»So ein Schwein«, sagte Mager. »Der preßt die Leute aus wie Zitronen.«

»Jetzt weißt du, warum die Michalski den Roggenkemper so gehaßt hat!« nickte Saale. »Mit der Vlieland-Geschichte hätte sie es ihm heimzahlen können.«

»Ich kapier nur eins nicht«, meinte Mager, während er den Wagen startete. »Bei Gellermann hat sie abkassiert, weil er sie abgeschossen hat. Warum hat sie nicht auch den Puth angezapft?«

»Keine Ahnung. Vielleicht, weil er noch der menschlichste von diesen Gangstern war.«

48

Seit Tagen wehte ein unangenehmer Sprühregen über die Insel. Alles troff, und in den Pflastermulden auf der Dorpsstraat bildeten sich riesige Pfützen, deren Wasser nicht mehr abfloß. Der Sturm rüttelte an Dachziegeln und Fensterläden und riß die Blätter von den Bäumen. Im Watt drückten, sobald die Flut stieg, die grauen Wogen so hoch gegen den Deich, als wollten sie nun auch Oost-Vlieland von der Landkarte tilgen.

Herbstwetter, Nachsaison: Die Touristenzahl war auf unter vierhundert geschrumpft. Trotzdem mußten jetzt noch viele Menschen morgens zur Arbeit: Der Fährbetrieb zum Festland ging weiter, Post, Banken und die meisten Läden und Hotels blieben geöffnet, der Kindergarten und die Schule hatten die nächsten Ferien noch weit vor sich, und auch die drei Männer der *Rijkspolitie* taten ihren Dienst. Ungewöhnlich war lediglich das Treiben im Rathausgarten.

Oberwachtmeister Hoekstra stand seit zwei Tagen im Regenumhang zwischen Deich und Rathaus und sah zu, wie sechs Mitarbeiter der *Taktischen Recherche* aus Leeuwarden Stück für Stück den Rasen abhoben und metertiefe Löcher in den Sand schaufelten. Mehr als einmal geschah es, daß sie bis zu den Knöcheln im Wasser standen, und nicht immer war klar, ob es noch der Regen oder schon das Grundwasser war.

Neben einer Unzahl von Muscheln, Krebspanzern und Fischskeletten förderten sie einige Gegenstände zu Tage, von denen keiner zu sagen wußte, wie sie in den sandigen Boden geraten sein mochten: ein verrosteter Hammer ohne Stiel, ein paar Münzen aus dem letzten Jahrhundert, eine Ölsardinenbüchse aus den Dreißigern und ein verrotteter Turnschuh aus den Sechzigern.

Zum Schluß sah der Garten aus wie eine Baugrube, aber von der menschlichen Leiche, die es hier geben sollte, fand sich keine Spur.

Vor Nässe triefend, trafen sich die Polizisten im Rathaus, schlürften heißen Tee und kalten *Genever*, berieten. Die einzige Konsequenz, die sich aus ihren bisherigen Mißerfolgen ergab, würde dem Bürgermeister der Insel nicht gefallen.

»Ihr seid ja verrückt!« brauste van der Meer erwartungsgemäß auf, als sie ihm ihren Vorschlag unterbreiteten. »Außerdem gibt es hier keine Leiche, auf der Insel wurde niemals jemand vermißt . . . «

»Wir müssen es genau wissen, Fokke. Und anders geht es nicht . . . «

Nachdenken, Schweigen, Kopfschütteln. Hoekstra gab von seinem Vorrat Zigarillos ab, den er ständig bei sich trug und täglich erneuern mußte. Das gemeinsame Rauchopfer half dem Bürgermeister, in allen Ehren zu kapitulieren.

»Also gut . . . «

Mißmutig sah er zu, wie die Polizisten den braunen Holzbungalow in Angriff nahmen, der zur Erweiterung der Büroflächen im Garten aufgestellt war. Sie benötigten einen ganzen Tag, bis sie sämtliche Akten und Möbel herausgeschleppt hatten. Tische, Stühle und Aktenschränke versperrten alle Gänge und Ablageflächen im Hauptgebäude und machten jede geregelte Weiterarbeit unmöglich. Der Gartensand knirschte in allen Gängen.

Dann begannen die Polizisten, die Fußböden aus dem Bungalow herauszumontieren und die Einzelteile unter Plastikplanen zu stapeln. Was man wiederverwenden konnte, brauchte nicht bezahlt zu werden.Mit Spitzhacken wurde die dünne Betonschicht unter dem Fußbodenholz durchstoßen und quadratmeterweise zerhackt. Die Männer husteten nun noch heftiger als vorher: Zu den Erkältungen, die sie sich schon im Freien eingefangen hatten, kam jetzt noch der Staub. Graue Wolken wirbelten auf und setzten sich an den Wänden, in der Kleidung und in den Haaren fest. Eimerweise wurden die Betonbrocken vor die Tür getragen und zu einem riesigen Haufen aufgeschüttet.

Dann kam der Sand an die Reihe. Schaufelweise. Die Polizisten arbeiteten mit der Umsicht von Archäologen, die ein Römerlager freilegten und auf Gegenstände aus Glas und Keramik stoßen konnten, von denen sie nicht eine Scherbe zerbrechen wollten. Und je näher sie sich an die Barackenwände herangruben, desto behutsamer gingen sie zu Werke. Aber immer wieder rutschte nasser Sand aus dem Garten nach.

Der Pulk von Journalisten, die sich auf der Insel versammelt hatten, hatte es schon längst aufgegeben, den Grabenden stundenlang auf die Finger zu schauen. Einmal täglich machten sie aus dem Nachbargarten heraus eine fotografische Bestandsaufnahme der Verwüstungen hinter dem Rathaus und setzten sich dann in die nächste Kneipe, um ihre Kleidung zu trocken und die Kehlen zu befeuchten. Sie hatten Hoekstras Wort, sofort gerufen zu werden, sobald die Grabenden fündig wurden — falls sie überhaupt etwas fanden.

Am vierten Tag, gegen halb elf, war's soweit. Einer der Männer stieß mit seinem Handspaten gegen etwas Hartes, Morsches. Mit einem dichten Malerpinsel kratzte er den Sand weg, der den grauen Gegenstand im Boden umgab. Zentimeterweise legte er ein größeres, leicht gewölbtes Knochenstück frei. Den Schädel eines Menschen.

49

Der Bericht aus Leeuwarden kam diesmal schnell und unbürokratisch: Major de Jong hatte den Befund der Leiche und der Begräbnisstätte einfach einmal mehr kopiert und die Blätter unter Umgehung aller Dienstwege direkt nach Recklinghausen geschickt.

Während sich Oberkommissar Hänsel mit den vier eng beschrifteten Seiten zu seinen Wörterbüchern ins Nebenzimmer begab, gluckste Steigerwald plötzlich los. Alle starrten ihn an, aber er grinste ungerührt weiter und tippte mit dem Mundstück seiner Pfeife auf das Wappen, das den beige-braunen Briefumschlag zierte: Mitten in einem achtzackigen Polizeistern prangte eine jener handlichen runden Wurfbomben, mit denen die Terroristen des neunzehnten Jahrhunderts so manchen Despoten auf seine letzte Reise geschickt hatten. Der unbekannte Zeichner hatte offensichtlich Sinn für dramatische Momente besessen: Aus einer Öffnung im Oberteil der Kugel loderten neun flackernde Flammen in den Himmel – das letzte Tausendstel vor der Sekunde der Explosion.

»Stellen Sie sich vor«, feixte Steigerwald, »dieser Brief landete in Bonn auf dem Schreibtisch des Innenministers . . . «

Lohkamp sah ihn ausdruckslos an. Er kannte den Herrn, von dem Steigerwald sprach, von Angesicht zu Angesicht. Aber seit der Dortmunder Affaire hatte er aufgehört, Witze über ihn zu reißen.

Schließlich zuckte er mit den Achseln: »Hoffen wir, daß der Inhalt genauso brisant ist . . . «

Als Hänsel um kurz vor zwölf mit den Texten zurückkam, hatte er einen Joghurtflecken auf seiner weinroten Krawatte und zog ein enttäuschtes Gesicht: »Hören Sie zu . . . «

Das Skelett im Rathausgarten stammte von einer zwanzig- bis dreißigjährigen Frau und hatte vierzig bis fünfundvierzig Jahre im

Boden gelegen. Die sterblichen Überreste gaben keinen Aufschluß über die Art ihres Todes.

Was die von Puth erwähnte junge Frau anging, so erinnerten sich zwei alte Inselbewohner an ein Mädchen namens Hanna Kienstra aus Zwolle. Sie hatte einem — Ende 1944 verstorbenen — pensionierten Kapitän den Haushalt geführt. Nach seinem Tode beauftragten dessen in Rotterdam lebende Verwandte sie damit, das winklige Haus am Ende der Dorpstraat bis zum Kriegsende in Schuß zu halten — es war nicht die Zeit, um Erbschaften anzutreten. Als Hanna K. Ende Januar / Anfang Februar 1945 verschwand, machte sich niemand über sie Gedanken — es hieß, sie sei aufs Festland zurückgekehrt. In Zwolle aber sei sie nach dem bisherigen Stand der Ermittlungen nie mehr aufgetaucht.

»Kann ja immer noch sein«, wandte die Langer ein, »daß sie tatsächlich abgereist ist und daß das Schiff einen Volltreffer . . . «

Steigerwald schüttelte den Kopf: »Die Holländer hatten während der Besatzung ihre Nationalflagge aufs Dach gemalt. Die Alliierten haben sie aus Prinzip nicht angegriffen. Und Görings Luftwaffe nicht, weil deutsche Soldaten auf den Booten sein konnten . . . «

Lohkamp blieb die Spucke weg: »Woher . . . «

»Mein Alter war Flieger. Und hat mich jahrelang mit seinen Memoiren beglückt . . . «

Hänsel musterte ihn irritiert, fuhr aber dann mit seinem Bericht fort. Ob Hanna K. mit der Toten im Rathausgarten identisch sei, könne zur Zeit nicht festgestellt werden. Gegenwärtig werde versucht, medizinische Unterlagen über Hanna K. aufzutreiben, aber selbst ein Gebißvergleich sei fast aussichtslos: Die Tote habe nahezu makellose Zähne gehabt.

»Aber was ist mit dem Grab?« fragte Brennecke. »Da muß es doch irgendwelche Spuren geben . . . «

»Nichts«, sagte Hänsel. »Genauer gesagt: Sie haben einen Knopf von einer Wehrmachtsjacke gefunden. Mehr nicht . . . «

»Der perfekte Mord«, sagte Steigerwald und griff zu Pfeife und Tabaksbeutel. Hänsel rieb mit Spucke an dem Joghurtfleck herum, Brennecke trommelte mit den Fingernägeln ein langsames, trostloses Solo auf ein Regalbrett, und die Langer starrte die Buntnessel an, die auf der Fensterbank wucherte.

Lohkamp schlug seufzend die Akten mit dem vorformulierten Abschlußbericht auf. Der bisher letzte Satz lautete: . . . *ist die*

Täterschaft des Uwe Gellermann im Falle Michalski unseres Erachtens schlüssig nachgewiesen. Was seinen eigenen Tod vom 28. September d.J. angeht, so haben sich trotz der Hinweise der Zeugen Mager und Saale keine Beweise für die These finden lassen, daß er anders als durch Suizid ums Leben gekommen ist.

Er schüttelte noch einmal den Kopf und klappte den Ordner geräuschvoll zu: »Herr Hänsel?«

»Ja?« Die Finger des Oberkommissars fielen jäh von der Krawatte herab.

»Seien Sie so nett: Tippen Sie noch eine Bemerkung darunter, daß die letzten Ermitlungen von Rijkspolitie an der Sachlage nichts geändert haben. Heften Sie Ihre Übersetzung dazu und legen Sie mir das Zeug morgen früh zur Unterschrift vor.«

Er stand auf, reckte sich und griff zur Jacke: »Brennecke, du kommst mit!«

»Wohin?«

»Krebsvorsorgeuntersuchung . . . «

»Aber da war ich . . . «

Brennecke begriff und stand auf. Ehe er den Raum verließ, warf er Steigerwald seinen Wagenschlüssel zu: »Schließ den besser bei dir ein. Und ruf' meine Mutter an: Es wird spät . . . «

50

Rund achtzehn Kilometer Luftlinie von Lohkamps Büro entfernt saßen Susanne Ledig und Karin Jacobsmayer mit geröteten Augen vor den Monitoren im PEGASUS-Studio. Seit dreimal sechs Stunden bemühten sie sich, das Datteln-Video fertigzuschneiden. Sie fühlten sich wie gerädert und hätten am liebsten aufgehört. Susannes Bett war nur knappe zwei Meter entfernt und auf dem kurzen Umweg über das Treppenhaus erreichbar. Aber sie dachte nicht daran, einfach aufzugeben und die Decke über den Kopf zu ziehen.

Während Karin vor allem wegen der in Aussicht gestellten Erfolgsprämie von fünf Blauen durchhielt, gab es für Susannes Hartnäckigkeit mindestens zwei Gründe: Der erste war die Sorge um die Bezahlung des lukrativen Auftrags — am selben Tag lief die letzte Abgabefrist ab, und neben dem Honorar standen fünf weitere Tausender von Firmen in Aussicht, deren Leuchtreklamen und Lieferwagen im Bild auftauchten.

Der zweite Grund hing, mit Filzstift auf ein Stück Papier geschmiert, noch immer an der Studiotür. Es war eine kurze Mitteilung, die Saale und Mager hinterlassen hatten, ehe sie am Abend zuvor verschwunden waren: »Hier wird gestreikt.«

In der Bochumer Prinz-Regent-Straße, gegenüber der alten Zeche gleichen Namens, parkte seit rund achtzehn Stunden ein roter Lada-Kombi. Die beiden Insassen des Fahrzeugs waren aber längst weitergezogen. Als die Zeche dichtgemacht hatte, waren sie mit dem Taxi in die Innenstadt gefahren, nach zwei, drei Zwischenstationen früh morgens in die Kantine des Großmarkts vorgedrungen und von dort in die Bahnhofskneipe übergewechselt. Als die Nacht endgültig vorüber war, hatten sie sich für längere Zeit in einem etwas feudaleren Café am Dr. Ruer-Platz breitgemacht und standen nun, nach einem kleinen, aber erfrischenden Spaziergang, vor Bochums berühmtester Würstchenbude, wo sie ihr Mittagsmahl einnahmen – leicht schwankend, aber im Prinzip aufrecht.

Sehr viele Kilometer weiter saß, ebenfalls um diese Mittagsstunde, ein nicht sehr großer, aber kräftig gebauter Mann Ende der vierzig an seinem Schreibcomputer und bereitete einen Artikel für die nächste Ausgabe des *Vlieland Magazine* vor. Neben der Tastatur lag eine ältere Ausgabe derselben Zeitschrift. Unter der Schlagzeile »Der letzte Mord auf Vlieland« war da die Geschichte des Eynte Harmens aufgezeichnet, der im Jahre 1807 die Witwe Jannetje Prangers beraubt und erschlagen hatte.

Der Mann zögerte einen Augenblick – die ersten Sätze sind immer die schwersten. Womit anfangen? Daß man noch immer nicht wußte, wer die Tote war? Daß die *Recherche* tagelang in den Büros über ihrem Grab getagt und ermittelt hatte?

Schließlich setzten sich seine Finger in Bewegung, und auf dem Bildschirm erschien der Satz: »Es ist leider an der Zeit, die Chronik unserer schönen Insel um ein sehr häßliches Kapitel zu ergänzen . . . «

Zum selben Zeitpunkt wurde Puth wurde unter großer Anteilnahme der Bevölkerung zu Grabe getragen. Fast jeder in Datteln hatte schon einmal mit ihm zu tun gehabt: Als Erbauer eines Eigenheims mit seinen Baggern und seinem Beton, als Mieter bei der kommunalen Wohnungsgesellschaft mit den Bauten, die

Puths Maurerkolonnen hochgezogen hatten, als Bergmann mit seinen Kohlehobeln und Transportbändern.

Es war ein kalter, trüber Tag, und besser noch als das Ritual des Pfarrers wärmten die Worte des Mannes, der am offenen Grab den letzten Gruß der Stadt sprach: »In dieser kühlen, vom nackten Materialismus und Egoismus geprägten Zeit steht dieser teure Tote als Zeugnis dafür, daß es auch heute noch Tugenden, ja Schätze gibt wie Liebe, Treue und Freundschaft, die alles im Leben und den Tod selbst überdauern . . . «

Auch Schatulla, dieser Hauklotz von einem Landrat, war von diesen Worten sonderbar angerührt. Mit feuchtem Schimmer in den Augen wandte er sich an den Vorsitzenden seines Ortsvereins, der sich still die Nase schneuzte: »Ährlich, du: Diese ganzen Heinis, die im Fernsehen das Wort zum Sonntag labern - die kannze alle vergessen. Sowatt kann keiner besser wie unser Bürgermeister.«

Krimis von Leo P. Ard & Reinhard Junge

Die Waffen des Ekels
ISBN 3-89425-021-6 DM 14,80
»Überaus spritzig inszenieren die beiden Autoren erneut eine ungeschminkte Liebeserklärung an das Revier zwischen Haltern und Hattingen... Genial springen die Autoren zwischen mehreren Handlungssträngen, spielen mit der deutschen Sprache wie mit Verdachtsmomenten; so entsteht Lesevergnügen vom Feinsten. Unter den deutschen Krimis hat die eklige Trilogie schon jetzt einen Ehrenplatz verdient.« (SCHNÜSS, Bonn)

Das Ekel schlägt zurück
ISBN 3-89425-010-0 DM 14,80
»Die Rezeptur... stimmt mal wieder: Tempo, Spannung, der milieusichere Blick in die rauhe Herzlichkeit des Revier-Genossen-Filzes.« (Manfred Breuckmann/WDR)
»Eine freche, vergnügliche Polit-Satire von manchmal sympathischer, manchmal abstoßender Bösartigkeit.« (WAZ)

Das Ekel von Datteln
ISBN 3-89425-426-2 DM 12,80
»Süffige, spannende Lektüre - ein Muß für jeden Krimi-Freund.« (WAZ, Bochum)
»Gründlich ausrecherchiert - darum sehr realitätsnah - ist die Szenerie an den Schauplätzen des kriminellen Geschehens.« (Ruhr-Nachrichten)

Meine Niere, deine Niere
ISBN 3-89425-028-3 DM 14,80
PEGASUS, der berühmteste Videoteam zwischen Marten, Oespel und Lütgendortmund, deckt kriminellen Organhandel auf - und natürlich mischt »Ekel« Roggenkemper wieder mit.

grafit

Krimis von Leo P. Ard & Reinhard Junge

Bonner Roulette
ISBN 3-89425-391-6 DM 12,80
»Eine brisante Mixtur aus Verbrechen, Politik und Satire zieht die Leser in ihren Bann.« (WDR)
»Ich habe es zunächst mit bewunderndem Spaß gelesen: Woher Sie wohl so gut wissen, wie es in einem Krisenstab zugeht? Dann mit nachdenklichem Entsetzen.« (Egon Bahr)

Klassenfahrt
ISBN 3-89425-331-2 DM 12,80
»Spannend und aktionsreich« (Aachener Nachrichten)
»Vor dem Hintergrund der rechtsradikalen Terrorszene spielt sich das Drama um den Türkenjungen Ylmaz ab, der auf einem Ausflug mit seiner Klasse plötzlich verschwindet.« (WAZ)

Gemischtes Doppel
ISBN 3-89425-025-9 DM 14,80
Neonazis attackieren eine Kaserne der Roten Armee in Berlin-Karlshorst. Einen Tag später wird die Offiziersfrau Vera Tozkaja in einem benachbarten Waldstück tot aufgefunden.
Hochaktueller Berlin-Krimi über Wende-Gewinner und Wende-Opfer und das neue hauptstädtische kriminelle Treiben.

Die Meute von Hörde
und andere Kriminalgeschichten
ISBN 3-89425-003-8 DM 14,80
»...gut geschrieben, spannend, milieugetreu und realitätsnah. Eine gelungene Mischung.« (ekz-Informationsdienst)

grafit

Ard/Bieber/Breinersdorfer/
Diesmann/Eik/Flieger/Göhre/
Junge/Karr/Kehrer/-ky/Kuták/
Lens/Liedtke/Mohr/Nikula/
Randow/Schmidt/Illner/
Schumacher/Wehner/Wolf u.a.

Good bye, Brunhilde

Kriminalgeschichten
ISBN 3-89425-023-2

Jahrhundertelang konnten die Männer nach Herzenslust ihren Mordgelüsten frönen. Dann kamen die Frauenbewegung, die Gleichstellungsbeauftragten und die Frauenkrimis.
Von ihren Kaffeekränzchen und Selbsterfahrungsgruppen angestiftet, entledigen sich Frauen zumeist aus niedrigen Gründen ihrer Ehemänner oder Liebhaber. Männer dagegen morden immer aus edlen Motiven: aus Liebe zu einer schönen Frau, aus Achtung vor Edelmetallen und Wertpapieren, aus Verehrung höherer Prinzipien wie Nachruhm oder Vaterlandsliebe.
»Rache für Bruno. Wir lassen uns das Morden nicht verbieten!« So lautet die tapfere Botschaft von 24 Männern in einer Welt, die zunehmend von femininer Grausamkeit und matriarchalischem Gemetzel beherrscht wird.

grafit